JN272427

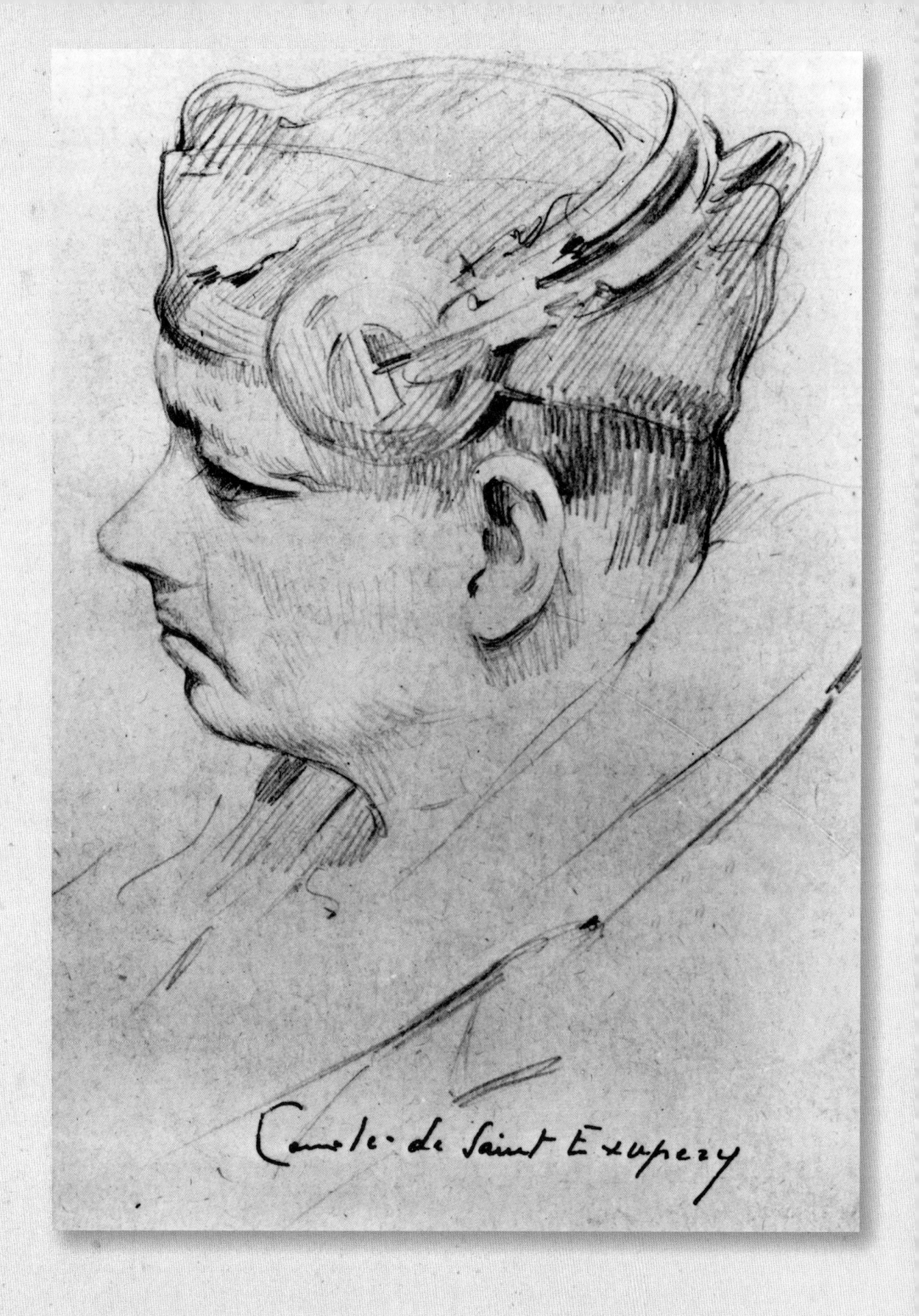

アントワーヌ・ド・サン=テグジュペリ、
そして、コンスエロ・ド・サン=テグジュペリへ

Auteur: Jean–Pierre Guéno
Titre: La mémoire du Petit Prince
2009, Editions Jacob-Duvernet

134, rue du Bac. 75006 Paris
This book is published in Japan
by arrangement with Editions Jacob-Duvernet,
through le Bureau des Copyrights Français, Tokyo.

La mémoire du Petit Prince
Antoine de Saint-Exupéry Le journal d'une vie
JEAN-PIERRE GUÉNO

星の王子さまの
メモワール

アントワーヌ・ド・サン゠テグジュペリの軌跡

ジャン゠ピエール・ゲノ

大林 薫 ———— 訳

駿河台出版社

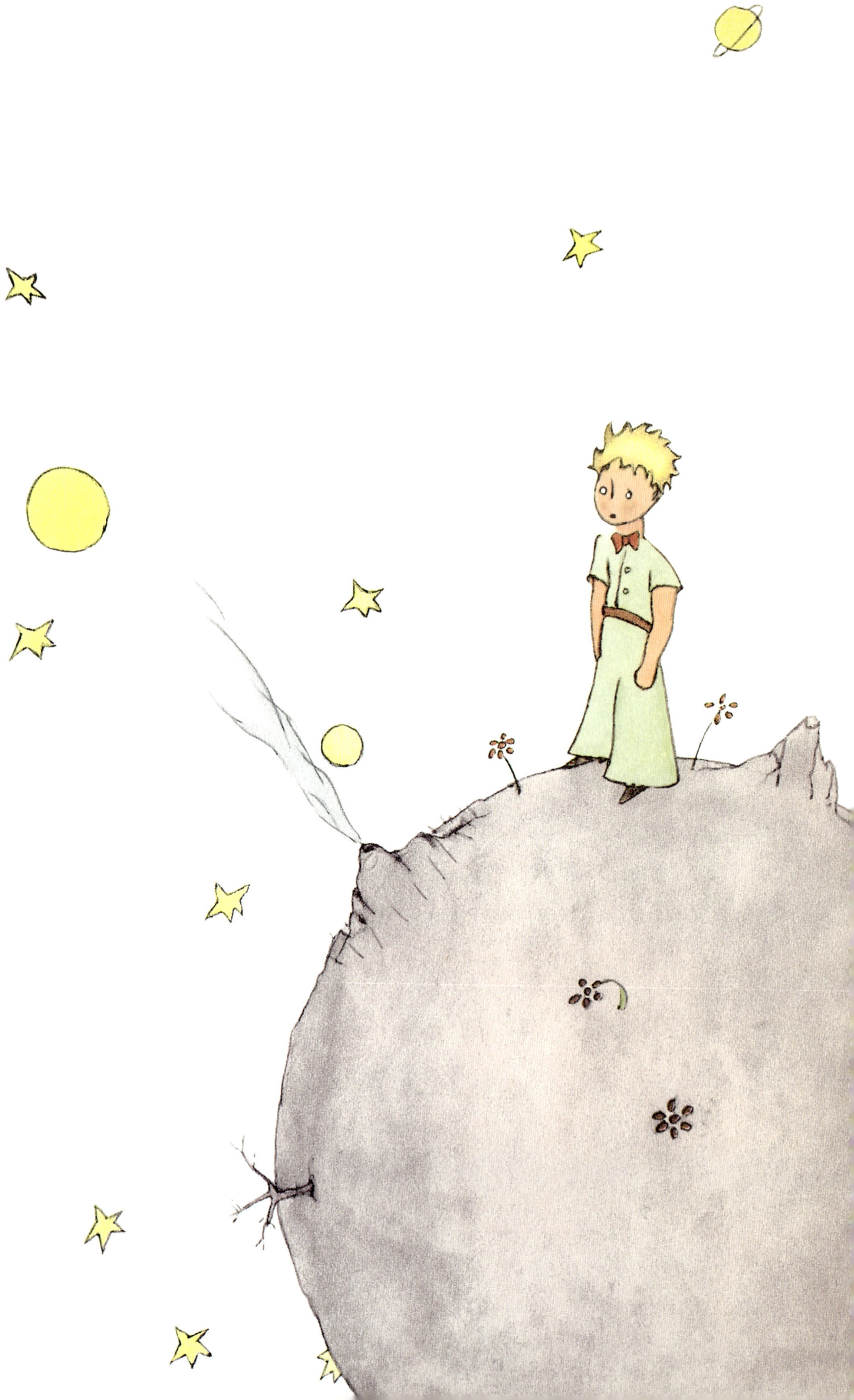

J'ai retrouvé
帰ってきた星の王子さま
le Petit Prince

　その晩、部屋の窓は開いていた。冬の夜空は、穏やかで、星たちにじっと見つめられて震えているようだった。わたしは夢見心地で、とりとめもなくいろいろな思い出にふけっていた。そんなときだった。人の住むどんなところからも遠く遠く離れた、この世で一番美しく、一番悲しい景色が見えてきたのは。そう、飛行士のアントワーヌ・ド・サン＝テグジュペリが、小さな王子さまに起こされた、あの場所である。

　あの景色とまったくいっしょだった。童心にかえって見ていると、あの天使のような子供の絵が思い出された。その子が姿を消す前の場面。荒涼とした地球の上に輝く一つの星に目がくらんだかのようになって、そして、1本の木が倒れでもするかのように音もなく倒れていくところだ。

　そこで、わたしはアントワーヌが言っていたとおりにした。無数の星たちは、鳴りわたる鈴さながらに笑っているようだった。だが、それに気をとられることもなく、わたしはただ一つの星の下に立ち、王子さまを待ってみたのである。

　すると、なんと目の前にひとりの男の子が姿を現したではないか。その子はまるで長いこと眠っていたかのように、空に向かって腕を突き出し、ううんと伸びをした。そして、こちらへやってきたのだ。髪はブロンド。小さくて奇妙な声。まさにその声は、砂漠で眠っていた飛行士をびっくり仰天させた、あの王子さまの声にちがいなかった。その子の笑い声のおかげで、わたしはすぐに打ち解けることができた。こうして、わたしは王子さまから、在りし日のアントワーヌについて話を聞くことができたのである。相も変わらず絵が描けない王子さまは、その代わりにさまざまな宝ものをコラージュしたり、解説したりしながらわたしに披露してくれた。そして、読者のために自分の手でこの本の各ページに割りふり、分類し、解説まで添えてくれた。それらはアントワーヌが7歳のときからずっと、大きな櫃にあれこれためつづけてきた宝ものである。いわば、彼の人生の軌跡ともいうべき品々だ。

　ここに収めたものは作家が歩んだ道のりを物語る作品群の抜粋だけではない。受け取った手紙、下書きや自筆の原稿、ちょっとしたデッサン、荷札、期限切れのパスポートや小切手、ホテルの勘定書、レストランのメニュー、葉書、写真といった、アントワーヌがとても愛おしみ、記憶に留めておこうとした人物、もの、過ごした時間である。この本にはそれらが、目で見て、手で触れられんばかりのかたちで残されている。

　王子さまがもどってきたことを、アントワーヌに手紙で知らせることは、もうかなわない。だが、笑い上戸の王子さまは、自らが案内役となったこのアントワーヌの生涯の記録を残してくれた。本書をご覧いただければ、サン＝テグジュペリと王子さまは一体なのだということがおわかりいただけるだろう。もし、星の王子さまについてのすべてを知りたいとお思いなら、『城砦』を読んでいただきたい。『戦う操縦士』を読んでいただきたい。アントワーヌ・ド・サン＝テグジュペリの全作品を読んでいただきたい。

ジャン＝ピエール・ゲノ

大きな本が1冊あった。
そのなかに、ぼくの幼なじみはとりとめもなく、いろいろなものを収めていった。
突飛な漫画、地下鉄の切符、西インド諸島についての文章など。
ときには1枚の海鳥の写真が、この代物を夢の世界に駆りたてて、
まるごとそのなかへ導いていくこともあった。
『今夜、自分の飛行機を見に行った』

ぼくは、あの無秩序な宝の山を支配したいんだ。
妹ガブリエルへの手紙

ぼくはサン＝モーリスに櫃を一つ持っている。
7歳のときから、そのなかにいろいろなものをしまいこんできた。
5幕悲劇の草稿や、もらった手紙、自分で撮った写真。
どれもが、愛おしく、思いを寄せているもの、
ずっと心に留めておきたいものばかりだ。
たまに、それらをすっかり床の上にばらばらに広げることがある。
そして腹ばいになって、その品々を眺めなおしてみるのだ。
ぼくの人生で大事なものといったら、この櫃しかない。

リネット［訳注：ボシュエ学院の同級生ベルトランの姉、ルネ・ド・ソシーヌ］への手紙

アントワーヌの櫃。

SOMMAIRE
目次

第1章
L'ENFANCE ÉTERNELLE
永遠の子供時代
Les racines
サン゠テグジュペリのルーツ
010

第2章
L'ALBATROS
アルバトロス
Saint–Exupéry et le ciel
サン゠テグジュペリと空
038

第3章
LE PRIX DE L'EXIL
亡命の代償
Saint–Exupéry et la solitude
サン゠テグジュペリと孤独
058

第4章
ÉCRIRE AVEC SON CORPS
鼓動する言葉
Saint–Exupéry et les mots
サン゠テグジュペリと文学
080

第5章
VOYAGER EN SOI–MÊME
省察へのボワイヤージュ
Saint–Exupéry et l'aventure
サン゠テグジュペリと冒険
104

第6章
AU NOM DE LA ROSE
ローズのおもかげ
Saint-Exupéry et les femmes
サン゠テグジュペリと女性たち
128

第7章
LES ACTES QUI ENGAGENT
戦いの前線へ
Saint-Exupéry et la guerre
サン゠テグジュペリと戦争
152

第8章
TOMBÉ DU CIEL
撃墜
Saint-Exupéry et la mort
サン゠テグジュペリと死
168

第9章
PASSEUR D'ÉTOILES
星の案内人
L'héritage de Saint-Exupéry
サン゠テグジュペリの遺産
180

おわりに
VA, VIS ET DEVIENS!
行け、生きろ、生まれ変われ！
196

訳者あとがき
206

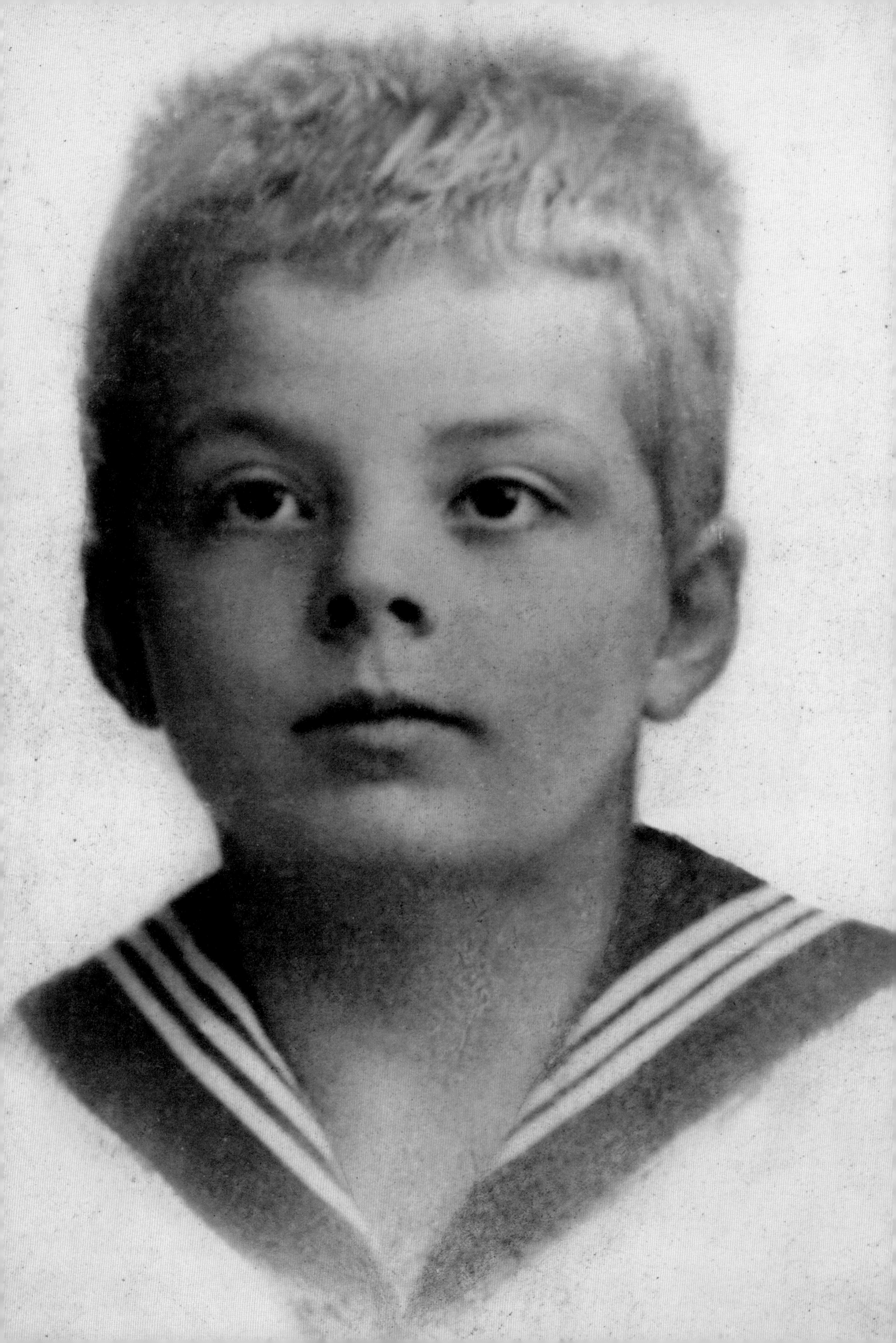

Cha_pit_re
I

L'ENFANCE ÉTERNELLE

第1章
Les racines

永遠の子供時代

サン=テグジュペリのルーツ

ぼくのふるさとは、ぼくの星であり、
ぼくの子供時代でもある。
きみのふるさとは、きみの国であり、
きみの子供時代でもある。

„ ぼくはすっかりうれしくなって、
絶大な庇護を受けていたあの子供時代のなかに閉じこもった！
『戦う操縦士』 "

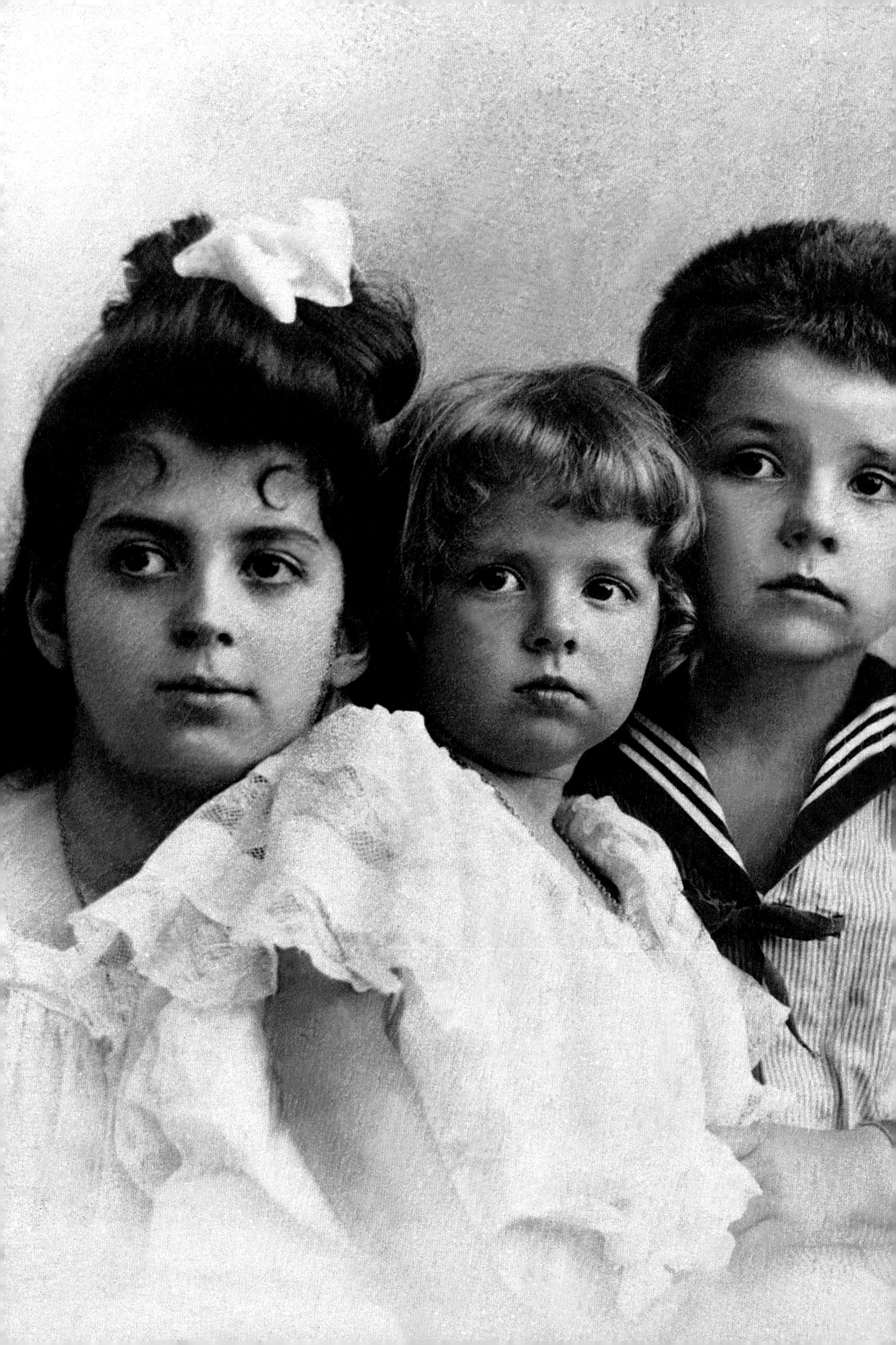

左から順に、長姉マリー＝マドレーヌ、妹ガブリエル、弟フランソワ、アントワーヌ、次姉シモーヌ。

CHAPITRE I L'ENFANCE ÉTERNELLE

01

夢のような子供時代

> そもそも、ここでぼくが主人公の名づけ親になる必要はないだろう？ だって、今回の主人公は、あのときぼくに名前をつけてくれなかったきみだからだ。それに、きみには両親からもらった、アントワーヌ、ジャン゠バティスト、マリー、ロジェ、ピエール・ド・サン゠テグジュペリ、というありがたい名前がある。それだけじゃない。生まれて間もなくきみは"トニオ"の愛称で呼ばれている。きみが生まれたのは、リヨン市［訳注：フランス中央部ローヌ県県庁所在地］のペラ通り8番地。1900年6月29日のことだ。父親はジャン・ド・サン゠テグジュペリ、母親はマリー・ド・フォンコロンブ。ふたりの出会いは、きみの生まれる数年前にさかのぼる。場所はトリコー伯爵夫人のガブリエル・ド・レトランジュのサロンだった。ちなみにこの伯爵夫人はきみの大叔母に当たるひとで、きみの生家からほど近いベルクール広場に住んでいた。1896年6月8日、はれてきみの両親は、ビュジェ地方にあるサン゠モーリスのお城で結婚式をあげた。このビュジェが、きみにとって子供のころの大切な思い出の地となるわけだ。

こうして、新世紀を迎えようとする年にきみは誕生した。その3年前には姉のマリー゠マドレーヌ──愛称"ビッシュ"、2年前には次姉シモーヌ──"モノー"が生まれている。そしてきみを挟んで、2年後に弟フランソワ──"ふとっちょさん"、3年後に妹ガブリエル──"ディディ"と続く……。きみが生まれたこの1900年という年は、パリで第5回万国博覧会とオリンピックが同時に開催され、地下鉄が開通して、パリがお祝いムードのまっただ中にあった年だった。

永遠の子供時代

サン＝テグジュペリのルーツ　　Une enfance de rêve　**015**

Les racines

心地よい記憶

> どこかに、黒い樅と菩提樹の茂った庭園と、ぼくの愛する古い家があった。(……)
> どこかにあるというだけで、ぼくのこの夜は、その家の存在で満たされたのだ。
> 『人間の大地』

> 家がもつ不思議な力は、ひとを保護し、暖をとらせるためのものでも、持ち主の所有欲を満たすためのものでもない。そうではなく、あの心地よい記憶の数々を、ゆっくりとぼくたちのなかに堆積させていくためにあるのだ。心の一番深いところで、気づかぬうちにその堆積が層を成し、そこから夢想が、泉さながらにこんこんと、湧き出るようにしておくためにあるのだ……。
> 『人間の大地』

fig. **1**
母マリー・ド・サン＝テグジュペリ。

fig. **2**
父ジャン・ド・サン＝テグジュペリ。

fig. **3**
母の実家、ラ・モールの城館［訳注：地中海サン・トロペ近くに所在］。

fig. **4**
ガブリエル・ド・レトランジュ。

fig. **5**
マリー・ド・フォンコロンブとジャン・ド・サン＝テグジュペリの結婚式。1896年、サン＝モーリス＝ド＝レマンスの城館［訳注：リヨンから60キロほど北東に所在］にて。

fig. **6**
アントワーヌの出生証明書（リヨン市役所、1929年9月3日の発行となっている）。

CHAPITRE I　　02　　L'ENFANCE ÉTERNELLE

永遠の子供時代

ラ・フー駅での事故

　1904年3月14日、きみがもうすぐ4歳になるというときのこと、きみのお父さんが、ラ・フー駅の構内で脳卒中をおこして亡くなってしまった。そんなことがあったものだから、きみはますますお母さんに甘えるようになった。お母さんは、当時28歳で、おなかには妹のディディがいた。きみたち家族は、ベルクール広場3番地のガブリエル大叔母さんのアパルトマンと、プロヴァンス地方にあるお母さんの実家のラ・モールのお城、そして、大叔母さんが夏の間を過ごすアン県のサン＝モーリス＝ド＝レマンスのお城を行き来するようになる。お母さんは、毎晩きみが寝る前に、アンデルセンの童話を読んでくれた。『マッチ売りの少女』、『羊飼い娘と煙突掃除屋』、『みにくいアヒルの子』、『エンドウ豆とお姫さま』、『雪の女王』、『はだかの王さま』。こういうストーリーはきみの心をとらえて離さなかった。ありきたりのお話じゃないからだ。そのほとんどが、「めでたし、めでたし」で終わらずに、ひとの運命の悲惨な面をあますところなく表現していて、ちょっとした小説みたいだったからだ。

fig. 1

La mort en face

Accident en gare de La Foux

Lundi soir, le gendre de Monsieur de Fonscolombe, parti en voyage avec sa jeune femme, s'est affaissé soudain en gare de La Foux sous le coup d'une congestion cérébrale. Les soins les plus empressés lui ont été prodigués immédiatement dans la salle d'attente, et le médecin mandé en toute hâte a pu être là presque tout de suite mais hélas tout a été inutile, le pauvre malade expirait bientôt entre les bras de son épouse désolée, après avoir reçu la bénédiction du prêtre et les derniers sacrements. Le corps a été ensuite transporté à La Môle où ont eu lieu les funérailles.
Cet accident a vivement émotionné les voyageurs qui arrivaient en ce moment en gare de La Faux des diverses directions de Saint-Tropez, Hyères, Saint-Raphaël et Cogolin. Cruelles surprises de la Mort ! Nos respectueuses condoléances aux familles que ce mortel accident plonge dans le deuil.

La Croix du Littoral, 20 mars 1904

fig. 1
父ジャン・ド・サン＝テグジュペリ

fig. 2
叔母マドレーヌと。1906年、ラ・モールにて。

fig. 3
ラ・フー駅──サン＝トロペ方面とコゴラン方面の分岐点。

fig. 4
1904年3月20日付〈ラ・クロワ〉紙地中海地方版。
死と直面して
──ラ・フー駅での不慮の事故
月曜日の夜、ド・フォンコロンブ氏令嬢の夫君が、ラ・フー駅構内にて、突如脳卒中を起こし倒れた。夫人と旅行中の出来事である。直ちに待合室にて応急処置が施され、すぐに医師が呼ばれたが、残念ながら手の施しようがなく、病人は、司祭から祝福と臨終の秘蹟を受け、悲しむ夫人の腕のなかで、間もなく息を引き取った。その後、遺体はラ・モールに移送され、そこで葬儀がとりおこなわれた。
　この突然の事故は、ちょうどそのとき、サン＝トロペ、イエール、サン＝ラファエル、コゴラン各地からラ・フー駅に到着した乗客らにも、かなりの衝撃を与えた。"死"が、前触れもなくこうも残酷な仕打ちをするものとは！　ご遺族には心よりお悔やみを申し上げる。

fig. 5
1910年、ル・マンのチャーチル家のいとこたちと（アントワーヌ、前列右から2番目）。

サン＝テグジュペリのルーツ　　　　Accident en gare de La Foux **017**

Les racines

fig. **5**

家族の肖像

> 1905年に撮影された"サン＝テグジュペリ家の子供たち"。姉さんたち、弟、妹といっしょに、きみが収まっている。きみと弟は、そろいのセーラー服だ。きみたちはみんな、特徴のある同じまなざしをしている。まわりの世界を徹底的に見てやろうというような瞳じゃないか。きみの上を向いた小さな鼻はお母さんゆずりだ。おかげで、きみは将来、クラスメートから"月刺し槍"というあだ名をつけられることになる。

> ぼくたちは5人姉弟で、つねに自分たちで新しい遊びをあみ出し、そのことに誇りをもっていた。なかでも、ひとしおの感慨をもって思い出される遊びがある。それは、事実、ぼくの心に、ある文明の余韻を残している。永遠に滅んでしまった文明だが、それをとおして、ぼくは18世紀を経験したのだろう。それは人生の甘美が味わえるといわれたもはや戻ってはこない時代だ。その遊びのおかげで、交流が絶たれた世界と交流できた。それができたのも、そこにあるものだけでぼくたちの世界が成り立っていたからだ。
>
> 『今夜、自分の飛行機を見に行った』

シモーヌ・ド・サン＝テグジュペリが語る 家族の肖像

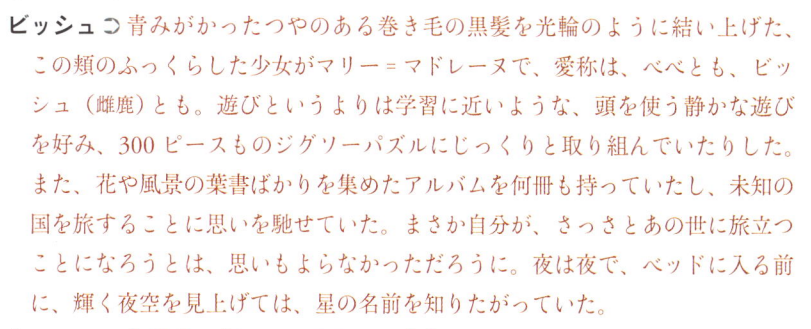

（右から順に）

ビッシュ ⊃ 青みがかったつやのある巻き毛の黒髪を光輪のように結い上げた、この頬のふっくらした少女がマリー＝マドレーヌで、愛称は、べべとも、ビッシュ（雌鹿）とも。遊びというよりは学習に近いような、頭を使う静かな遊びを好み、300ピースものジグソーパズルにじっくりと取り組んでいたりした。また、花や風景の葉書ばかりを集めたアルバムを何冊も持っていたし、未知の国を旅することに思いを馳せていた。まさか自分が、さっさとあの世に旅立つことになろうとは、思いもよらなかっただろうに。夜は夜で、ベッドに入る前に、輝く夜空を見上げては、星の名前を知りたがっていた。

シモーヌ ⊃ 物事を深刻にとらえない。底抜けに陽気である。彼女にかかると、なにもかもが、楽しくて、可笑しくて、冒険になってしまうのだ。ドイツ人の家庭教師嬢のいうことは聞かず、地理の学習、ローマ史などはそっちのけ、おやつを取り上げられようがおかまいなしで、毎朝、なにかに感嘆することから一日が始まる。その並はずれたユーモアのセンスと、独立心旺盛な性格がそうさせるのだ。だが、たしかに無作法なところはあった。

トニオ ⊃ トニオと呼ばれていたアントワーヌは、とてもかわいらしい子供だった。金髪がカールして光輪のように頭を覆い、"ロワ・ソレイユ（太陽王）"と呼ばれていた。茶色の大きな目に、長い睫毛、輪郭のくっきりとしたかたちのよい口元、ひじょうに秀でた額の持ち主である。短い鼻は上向きかげんで、そのせいで、モングレの中学では"ピック・ラ・リューヌ（月刺し槍）"とあだ名されることになる（ちなみに、このあだ名をつけた同級生のバルジョンは、のちにイエズス会の修道士になった）。この骨格のしっかりした鼻はそのまますんなり額へと続く。ここまで大きく鼻孔が開いていたら、アイディアや思いのたけを内側に閉じこめておくわけにはいくまい。

フランソワ ⊃ アントワーヌの2歳下の弟。姉弟のなかで一番体格がよかった。美しい瞳に長い睫毛、ビッシュとおなじく波打つ黒髪、バラ色のすべすべした愛らしい頬。当意即妙で、その才気には目を見張るものがあった。穏やかで、丸々としているので、"ふとっちょさん"と呼ばれていた。ドイツ人の家政婦たちにとても可愛がられた。

ディディ ⊃ ガブリエルの愛称はディディで、血色のよい女の子である。ブロンドの髪全体がくるくるとカールしており、えくぼとはじけるような笑顔の持ち主だ。丸みを帯びた体のライン、ふわふわとした巻き毛、輝くようなほほ笑みの下に、押しの強さと、頑として意志を曲げない部分、つまり"本性"を秘めている。いったんこうと決めたら、なにがあってもやり遂げるのだ。彼女の考えることには、秩序があって、手順があって、一貫性がある。ただし、泣くときはそれなりの理由がある。束縛されたり、思うようにならなかったりすると、我慢ならないのだ。

『公園の5人の子供たち』

うれしいヴァカンス

> 1907年。休暇中の家族を撮った写真がある。午後、ひと遊びしたあと、お城の庭の木の下で、あるいは並木道の木陰でくつろいでいるきみたち。ジェスチャーゲーム、即興のお芝居、お散歩、海水浴を楽しむきみたち。きみは、ビッシュとモノーと3人で新聞作りをしたり、ディディといっしょに水彩画のスケッチをしたりした。それから、ビッシュとおなじ先生についてヴァイオリンも習っていた。ディディはお母さんに倣ってピアノを弾いたし、全員で歌も歌った。散歩のときに近くを流れるアン川の高い橋の上を通るたび、きみは下に広がる大自然の眺めにじっと見入っていた。

fig. 1

fig. 2

fig. 1
サン゠モーリスの城館。
fig. 2
カルナック［訳注：ブルターニュ地方モルビアン県の都市］にて釣りを楽しむ。

CHAPITRE I _____05

L'ENFANCE ÉTERNELLE

子供時代の思い出

サン=テグジュペリのルーツ　　　　　　　　　　　　　　　　　　　　　　　　Souvenirs d'enfance　　023

Les racines

1905年、母マリー、弟フランソワとともに。

子供時代の味わい

　この日差しをじっくり味わうのもまた、教室の机やチョーク、黒板の子供っぽい匂いを胸いっぱいかぐのとおなじく、快感なのだ。ぼくはすっかりうれしくなって、絶大な庇護を受けていた、あの子供時代のなかに引きこもった！

『戦う操縦士』

　ぼくたちは、肉体を再生させる涼しさや、匂い、湿り気を味わった。ぼくたちは世界の果てをさまよう身となっていた。なぜなら、旅をすることが、なによりもまず肉体を変えることだと、すでに知っていたからだ。

『南方郵便機』

ぼくたちの家

　夕食時になると、ぼくたちは真珠を手にして浮上する東南アジアあたりの潜水夫よろしく、秘密をどっさり抱えて家路につく。太陽が傾き、食卓のクロスをうす紅に染めるそのときに、誰かがこんなことを言うのが聞こえ、ぼくたちはぞっとする。「日が長くなりましたわね……」この言い古されたきまり文句や、めぐる季節や休暇や冠婚葬祭から成る生活に、またもや囚われた気になる。あの上っ面ばかりのそらぞらしい喧騒のすべてに。そこから逃げだすことが、一番肝心だった。10歳のころ、ぼくたちは屋根裏の梁組みのなかを隠れ家にしていた。鳥の死骸や、裂け目のできた古いトランク、変てこな衣装が転がって、ちょっとした人生の楽屋のようだった。そこにはきっと宝が隠されているはずだと、ぼくたちはささやきあった。おとぎ話に出てくるような古い家にある宝、サファイアやオパールやダイヤモンドなどといった、あの、ほのかに輝く宝ものが。家に壁や梁があるのは、そんな宝があるからにちがいない。巨大な梁はなにかから家を守っている。そう、時からだ。ぼくたちにとって、最大の敵は時の流れだった。ひとは伝統の力を借りて、身を守っている。過去を崇拝することで。巨大な梁を持つことで。だが、ぼくたちだけは、この家が波間を進む船のようなものだということを知っていた。船倉や船底を訪れるぼくたちだけが、どこから浸水してくるのかを知っていた。ぼくたちは知っていた。屋根にいくつも穴があるのを。そしてそこから鳥が迷いこみ死んでいくのを。

『南方郵便機』

CHAPITRE I　　024　L'ENFANCE ÉTERNELLE　　永遠の子供時代

_____06

ノートル゠ダム゠ド゠サント゠クロワ学院

> 1909年秋。きみは、家族とル・マンに住むことになった。弟のフランソワとともに、きみはノートル゠ダム゠ド゠サント゠クロワ学院というイエズス会の学校に、半寄宿生［訳注：平日だけ寄宿して週末は自宅に帰る］として通いだす。きみは、才能ある生徒だったかもしれないが、変わりもので、そそっかしやで、もの思いにふけりがちで、ほかの子とはちがっていた。

fig. 1

fig. 1
1910年ごろ。ル・マンのノートル゠ダム゠ド゠サント゠クロワ学院第7学年第2組の集合写真（アントワーヌは最後列の左から5番目）。

サン=テグジュペリのルーツ　　　　　　　　　　　　　　　　　Notre-Dame-de-Sainte-Croix　　**025**

Les racines

母に守られて

> 悲しいとき、ママンだけがぼくの慰めでした。ル・マン時代のことを覚えておいででしょうか。子供のころ、学校で罰を与えられ、カバンを背負っておいおい泣きながら帰ってくると、あなたはひたすら抱きしめてくれたものです。それでなにもかも忘れることができました。ママンは、生徒監の神父たちから守ってくれるほんとうに心強い味方だったのです。あなたのいる家では心底安心できました。ぼくはあなただけの子供です。あなたがママンでよかった。
>
> 　　　　　　　　　　　　　　1922年　母マリーへの手紙

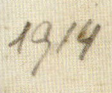

作家の卵

CHAPITRE I ___ 07

> はじめて書いた手紙に、はじめてつくったお話。子供のころのくせで、綴りがまちがいだらけだ。それから、きみはちょこちょこと絵もよく描いていた。そういったさし絵が、早くもきみの文章を飾るようになっていった。

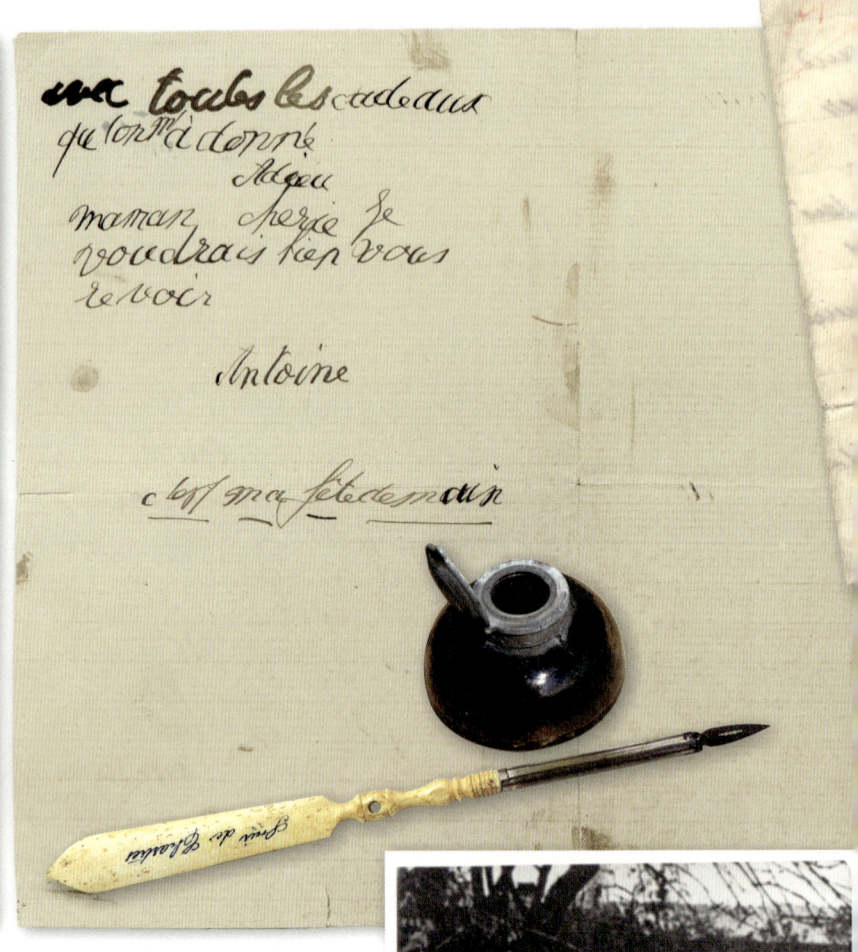

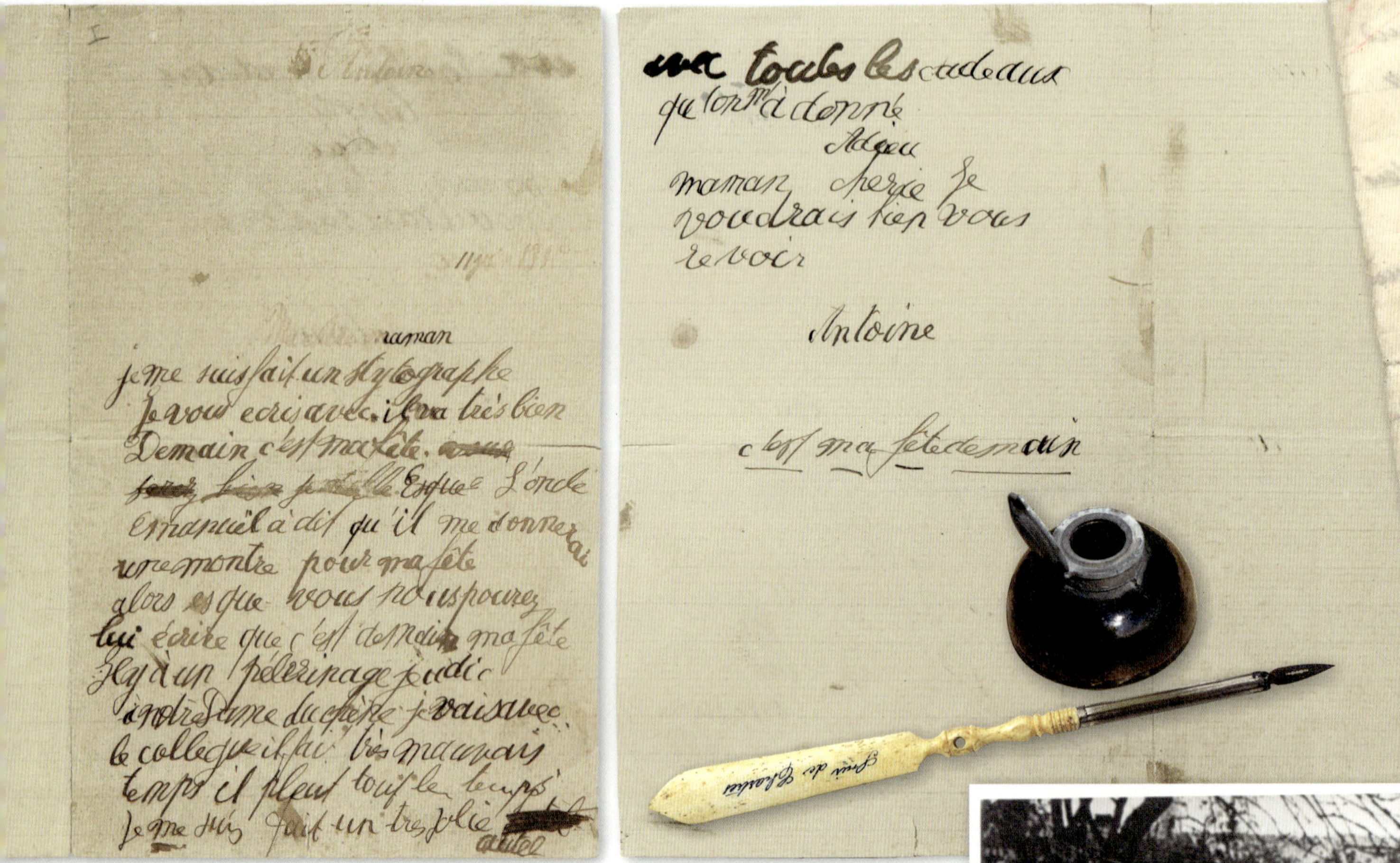

万年筆を手に入れました

ル・マン　1910年6月11日

しんあいなるママン、

　ぼくは万年筆を手に入れました。いま、それで書いています。とても書きよいです。あしたはぼくのおたん生会です。エマニュエルおじさんは、たん生日にうで時計をくださるといいました。ですから、ママンから、あしたはぼくのおたん生会だとおじさんに手紙を書いてもらえないでしょうか。木よう日に、ノートル・ダム・デュ・シェーヌ教会もうでがあります。学校のみんなと行きます。こちらはとても天気がわるいです。雨ばかりふっています。ぼくはもらったプレゼントをみんなかざって、たいそうきれいな祭だんをこさえました。それでは、さようなら。

アントワーヌより

fig. 1

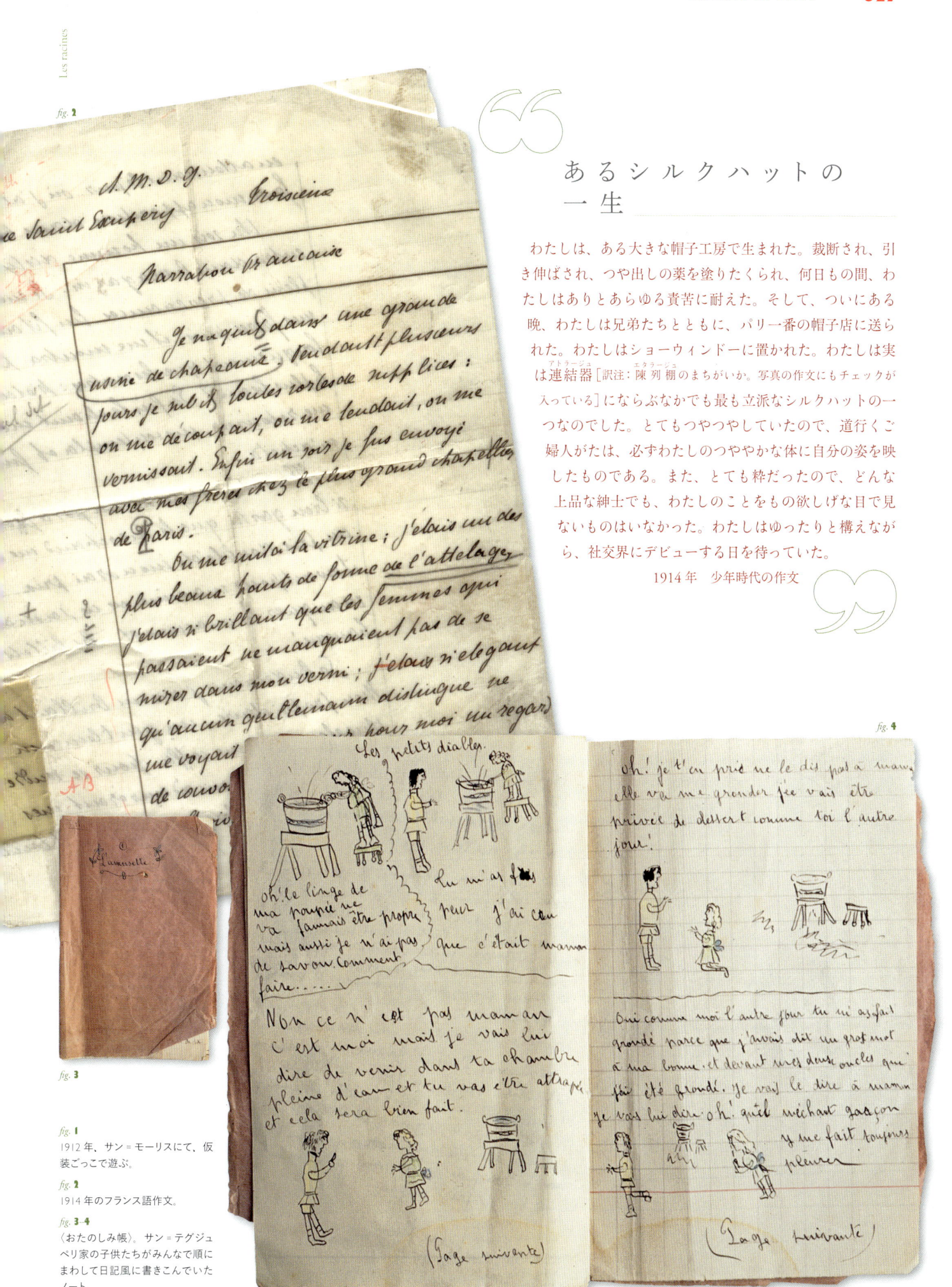

サン＝テグジュペリのルーツ　　　　　　　　　　　　　　　　　　　　　　　　　　　　　Écrivain en herbe　　**027**

Les racines

fig. 2

あるシルクハットの一生

わたしは、ある大きな帽子工房で生まれた。裁断され、引き伸ばされ、つや出しの薬を塗りたくられ、何日もの間、わたしはありとあらゆる責苦に耐えた。そして、ついにある晩、わたしは兄弟たちとともに、パリ一番の帽子店に送られた。わたしはショーウィンドーに置かれた。わたしは実は連結器［アトラージュ］［訳注：陳列棚［エタラージュ］のまちがいか。写真の作文にもチェックが入っている］にならぶなかでも最も立派なシルクハットの一つなのでした。とてもつやつやしていたので、道行くご婦人がたは、必ずわたしのつややかな体に自分の姿を映したものである。また、とても粋だったので、どんな上品な紳士でも、わたしのことをもの欲しげな目で見ないものはいなかった。わたしはゆったりと構えながら、社交界にデビューする日を待っていた。

1914年　少年時代の作文

fig. 4

fig. 3

fig. 1
1912年、サン＝モーリスにて、仮装ごっこで遊ぶ。

fig. 2
1914年のフランス語作文。

fig. 3-4
〈おたのしみ帳〉。サン＝テグジュペリ家の子供たちがみんなで順にまわして日記風に書きこんでいたノート。

(第1次)世界大戦とサン=ジャン学院

> 1914年8月1日、開戦。午後4時、フランス中の教会が一斉に鐘を鳴らして知らせた。まずは機動戦で、ロレーヌ地方が犠牲になった。最初の数週間、ものすごい激戦が続いた。1914年8月20日の週だけで、フランス軍は15万人以上もの死者を出した。

1914年9月。お母さんが看護の仕事をはじめた。お母さんはアンベリュー駅の医療救護施設で指揮をとり、前線から送り返される負傷兵たちの看護にあたった。きみの親族は子供たちの安全を守ろうとした。それで、きみは弟のフランソワとともに、ヴィルフランシュ=シュル=ソーヌにあるイエズス会のノートル=ダム=ド=モングレ学院に転入することになった。

1915年11月。きみとフランソワは、スイスのフリブールにあるマリア修道会のサン=ジャン学院に編入した。ここはパリのスタニスラス学院の兄弟校だった。きみには仲よしの友だちができた。そう、シャルル・サレスに、マルク・サブラン、ルイ・ド・ボヌヴィだ……。制服にチロリアンハットをかぶったきみの写真がなん枚か残っている。きみは、ここでバルザックとかボードレール、ドストエフスキーなんかの作品に出会った。そして、詩やオペレッタの台本を書いたりした。そうはいっても、成績はクラスでびりに近かった。けれども、体操や哲学、音楽、フェンシングの点数はよかった。

1917年7月。きみは17歳になり、バカロレア（大学入学資格試験）にも合格し……戦争がなければ、平穏な夏を迎えるはずだった。ところが、きみの人生を大きく変えるような出来事がおこった。フランソワが、ディヴォンヌ=レ=バンへの修学旅行中に風邪をひいたことから、ひどい病気にかかってしまったのだ。夏になれば回復するだろうと、お母さんが彼のことをサン=モーリスに連れもどした。でも、そのかいもなく、1917年7月10日、きみの腕のなかで、フランソワは亡くなってしまった。まだ14歳だった。

fig. **1**
弟フランソワ・ド・サン=テグジュペリ。

fig. **2**
アンベリューで看護師に志願した母マリー・ド・サン=テグジュペリ。

fig. **3**
1917年、フリブールのサン=ジャン学院にて。

fig. **4**
1914年、少年時代のイラスト。"ドイツ野郎どもの顔"。

ドイツ兵の特徴

❝　ここでみなさんにドイツ兵どもの実物をお見せできないのは残念ですが、それは無理というものでしょう。やつらを見たいなら、パリ―ベルリン間の列車に乗ればよいのです。いまでは、わが国の首都からやつらの首都まで行くのに、たった8、9カ月［訳注：原文のまま。アントワーヌは数量などに無頓着だったといわれる］しかかからない列車です。ほとんど鉄道だけで移動するわがフランス軍の動員の迅速性を証明するものでもあります。

発明の天才ミスター・クルップ［訳注：Alfred Krupp 1812–1817　アルフレート・クルップのことと思われる。父の創設したクルップ社を、鉄道車輪などの鉄鋼製品製造業から一大兵器会社へと発展させたドイツの企業家］についてはみなさんご存じのとおりですから、この迅速かつ実際的な現地偵察の新手段にいまさら驚くひともいないでしょうが……。

アントワーヌ
1914年　少年時代の文章 ❞

パリ空襲

CHAPITRE I　L'ENFANCE ÉTERNELLE　09

> 1917年10月。きみは兵役につく年齢になっていた。きみの親族は最悪の事態になることを懸念していた。きみの代父だったロジェ叔父さんが、戦争がはじまってまもなく、7人の子供を遺して戦死しているし、そのうちに、きみだって動員されるかもしれなかったからだ。そこで、親族たちはきみを戦死の危険が少ない"ロワイヤル"（フランス海軍）の道に進ませることに決め、きみはパリへ行くことになった。パリにはだれも知りあいがいなかったが、とにかく、きみは"フロッタール"（海軍兵学校志願者）として、サン＝ミシェル大通りにあるサン＝ルイ学院の準備学級に入り、海軍兵学校に入るための受験勉強をはじめた。学内の規律はゆるかった。生徒たちは全員、兵籍登録されたことにはなっているけれど、しばらくは戦争に行かないですむと認識していた。きみは、しょっちゅう学校を抜け出した。いっぽうで、戦争はいよいよ激しくなっていた。ドイツ軍の爆撃機やツェッペリン飛行船、大ベルタ砲［訳注：独クルップ社製の巨大榴弾砲。ディッケ・ベルタ、ビッグ・バーサとも］がパリを攻撃した。ほかの受験クラスの生徒も"フロッタール"も、やがてソー［訳注：パリから30キロほど南西の町］にあるラカナル学院へと疎開することになる。

fig. 1

Paris sous les bombes

fig. 1
1918年3月11日、廃墟と化した
デューヌ通り、メジエール通り、
グラン・タルメ大通り。

パリ上空の空中戦

"

ぼくらはいたるところで轟く砲声を聞いていた。その音のすごさたるや！ それがまた、ひっきりなしなのだ。ズドーン、ドン　ドン、ズドドドン……ズドーン……ドンドン。「あ、飛行機だ」「どこに？」「あそこ！」ぼくは空を見上げた。やけに明るいきれいな星が三つ、頭上に光っている。「ああ、あれだね！　見たまえ。ほら、赤色灯をつけている。フランスの戦闘機だ、ル・ブルジェの基地から飛んできたんだな。もちろん、急いでやってきたにちがいない。やれやれ……」ドーン !!!　言い終わらないうちに、大きな閃光が走り、凄まじい爆発音が響いた。「おい、いまのは爆弾だぞ」「まさか」

ぼくらはおし黙って状況を見届けようとした。砲声が次第に大きくなる。突然、あちこちからロケット砲が発射された。上空ですぐ消えてしまったり、ぱっと八方に広がって星と散っていったり。まるで夢のようにきれいなんだ！
「聞こえるか」「ああ、いま真上にいるな」「ドイツ機だぞ。赤色灯がついていない」「そうらしいな」「戦闘機はやつらを追尾していたんだ……あ、見ろ！」大きな光が一つぱっと点った。それから二つ、そして三つ、光は全部で七つ点り、それらが巨大な幾何学図形を成す。「敵機がサーチライトをつけた……」ロケット弾が1発発射された。すると、七つの光は一斉に消えた。「敵の位置くらい見当はついているさ」「でも、やつら慌てた様子もないぞ……」ドーン！　ドーン！　ドーン！　「うわぁ！」校舎全体が震えた。大きな閃光が見えた。右に一つ、左にも一つ。「街がとんでもないことになっている。きっと死者も多数出るな」「ああ、まちがいない」ドーン！　ドーン！　「今度はあっちだ。ほら、燃えている！」実際、空一面が真っ赤な色に照り映えていて、ペンキでも塗ったようだった。かなり遠くにはちがいない。と、いきなり、炎の赤い輝きが、扇が開くようにぱっと広がって、空を包んだ。そこから、血のように赤い煙の雲がわき上がって、もくもくとふくれ上がった。それはほんの10秒ほどの出来事で、すぐにおさまり、あとは炎だけになった。「すごい爆発だったな」「ああ、なにがあそこまで吹っ飛んだのだろう」「耳がどうにかなりそうだ、あちこちで爆発が起きている。やつら、狙うべき場所を心得ていやがる、ブ○野郎どもめ……」

（33ページに続く）

"

ゴータ爆撃機

永遠の子供時代

ゴータ（Gothas：ドイツ軍の主力爆撃機）の爆撃を受けるパリ

さまざまなサイズの爆弾を披露するドイツ兵

（31ページより）
ぼくらは上空の飛行機の動きを追っていた。そこへ仲間がやってきた。「ここは特等席じゃないか、よく見えるぞ！」「ほんとうだ」見物人は5人、6人、10人、15人と増えていく。「そんなに大勢きたら、先生にばれるじゃないか」「そうかもな」「こっちの人数が多ければ、むこうだって全員退学処分にするわけにはいかないさ」
それで、ぼくらはまた黙って、見物を続けた。ロケット砲が発射され、砲声が轟き、飛行機がひっきりなしに飛来する。ときおり、大きな閃光が走り、爆発があった。空中で砲弾が炸裂するのをいやというほど見た。「おい、あれはなんだ……なにかが落ちてくるぞ。あ、飛行機が燃えている！」まるで大きな松明が落ちてくるようだった。「フランス機じゃないか、赤色灯が見える、なんてこった！　ちくしょう、プ◯野郎どもめ！」

アントワーヌより
1918年2月　友人ルイ・ド・ボヌヴィへの手紙

新聞で報道されていることなど、どれもホラばかりだ。こちらは死者多数という、とんでもない状況にある。7階建ての建物などは穴だらけにされ、破壊された（崩壊したのだ）。あとには40人の住人が死んでいた。いたるところで死者が多数出ている。今夜、サン＝ラザール駅近くのアテネ通りで不発弾が爆発し、大勢のひとが亡くなった。東駅そばのマガザン・レユニ［訳注：デパート］は徹底的に破壊された。サン＝ミシェル大通りの高等鉱業学校前では、石油の備蓄場が3発の爆弾をくらって燃えた。医学校のそばでも死者が出て、おなじくドメニル通りでも、ベルヴィルでも、郊外でも、多くのひとが死んでいるのだ!!!……きみには想像もつくまい……（今日は木曜で外出日だから、いろいろと情報を仕入れてきた）。ところが、新聞にはその100分の1のことも書かれていない。フランスの飛行機は何機もゴータにやられている。新聞では、コンコルド広場に不時着した飛行機のことだけに触れ、それ以上は何も報道していない（でも、空軍はこんな声明を出している。「わが方の被害はのちほど報告する」と。みんなの士気を下げないためだ。しかし、そんな小細工をしたところで無意味なのだ）。
敵は空から「また明晩」とか「いずれまた」とか書かれたビラをまいた。
今晩、敵機がやってきたら、ぼくは屋根に上るつもりだ。そのほうがもっとよく見物できるだろう。それではまた。手紙をくれたまえ。

アントワーヌより
1918年2月　友人ルイ・ド・ボヌヴィへの手紙

ゴータはくる日もくる日も飛来します。ほんとうに、ドイツはとんでもない国です！　眠れやしません。今日の爆撃もひどいものでした。一昨日の10倍以上です。このままだと、パリから全市民が逃げ出すでしょう。犠牲者の数は甚大で、崩壊した建物も数知れません。サン＝ルイ学院の近所からリュクサンブール公園にかけての被害も相当なものです（ぼくたちは爆弾に取り囲まれているのです）。
注：ぼくはちゃんと生きていますよ。
サン＝ジェルマン大通り沿いに7発爆弾が落とされましたが、そのうち3発はサン＝ドミニク通り近くの陸軍省めがけてです。なんと叔母さまの家の真向かいです。

アントワーヌ
1918年　母マリーへの手紙

CHAPITRE I　II　L'ENFANCE ÉTERNELLE

永遠の子供時代

学生生活

> 1918年11月。戦争は、きみが兵役につこうとしていたときに終わった。この"大戦争"という非常事態で、結局きみは、なんのおつとめも果たせなかったというわけだ。終戦にともない、きみらサン＝ルイ学院の生徒たちは、さんざんばか騒ぎを繰り返した。

1919年1月。きみはボシュエ学院の寮に寄宿し、そこからサン＝ルイ学院の準備学級に通っていた。きみのおかあさんが、ボシュエのほうが、規律が行き届いていると思ったからだった。きみはそこでシュドゥール神父［訳注：アントワーヌの文学的才能を認め、励ましてくれていたボシュエ学院の恩師］と出会った。このひとのことをきみはとても尊敬し、この先もふたりの絆はずっと続いていく。けれども、善良なる神さまが最愛の弟フランソワを奪ったことについては、ふたりのあいだでどんな会話があったんだろう？

いっぽうで、いとこのイヴォンヌ・ド・レトランジュ［訳注：母のまたいとこのド・トレヴィーズ公爵夫人］もきみにいろいろよくしてくれて、自分のサロンに招いてくれた。イヴォンヌは、ガリマール書店［訳注：1911年創立。フランスを代表する出版社の前身。1919年に新フランス評論出版社がガリマール書店に発展した］や『新フランス評論』［訳注：NRF。1908年創刊の文芸雑誌］周辺の関係者にもきみのことを紹介し、文壇への道を開いてくれた。また、友だちをとおして、きみはソシーヌ家やヴィルモラン家にも出入りするようになる。サン＝モーリスが恋しくはあったけれど、このふたつの家には年ごろのかわいい娘さんがいっぱいいて、きみのいい気晴らしになった。きみのお目当ては、ルネ［訳注：同級生の姉、ルネ・ド・ソシーヌのこと］や、ルイーズ［訳注：ルイーズ・ド・ヴィルモラン。最初の婚約者］だった。外で食事をしたり、お芝居を見たり、女の子と連れだって散策したりしていたから、受験勉強などろくにしていなかったにちがいない。

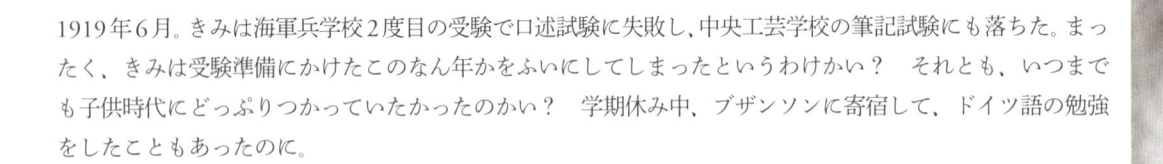

fig. **2**

1919年6月。きみは海軍兵学校2度目の受験で口述試験に失敗し、中央工芸学校の筆記試験にも落ちた。まったく、きみは受験準備にかけたこのなん年かをふいにしてしまったというわけかい？　それとも、いつまでも子供時代にどっぷりつかっていたかったのかい？　学期休み中、ブザンソンに寄宿して、ドイツ語の勉強をしたこともあったのに。

1919年10月。きみは聴講生としてパリ美術学校の建築科に籍を置いた。滞在していたセーヌ通り60番地のホテル〈ラ・ルイジアーヌ〉の部屋はとても質素だった。兵役につくまでのあいだ、きみは収入もないくせに、執筆のインスピレーションを求めてはカフェに、連れを求めてはナイトクラブに、いりびたっていた。

fig. **1**

ダンスを習っています

1919年春　パリ
親愛なるモノーへ

　手紙をありがとう。あれからもうひと月かふた月が経ってしまいました。いま急いで返事を書いているところです。

　なるほど、たしかにぼくは中央工芸学校を目指そうとしています。でも、あの学校を受験できるとはとうてい思えません。なぜって、機械の製図や、建築設計図や、あんな厄介な化学構造式は、一度も勉強したことがありませんからね（試験科目に化学があるのは負担が大きすぎます）。海軍兵学校の受験も無理でしょう。試験科目を勉強していないのです。結局、ぼくはそういう星のもとに生まれついているのだと考えたほうがよさそうです。そういえば、木曜日、イヴォンヌ・ド・トレヴィーズと30キロほどハイキングをしました。イヴォンヌはぼくが知るなかで一番魅力的なひとです。個性的で、繊細で、知的で、あらゆることに優れていて、それにとても親切です。ハイキングには何度もいっしょに行っています。それにたぶん、毎週金曜の夜にはオペラに招待してくれることになるでしょう……そんなことでぼくの数学の能力が改善すればありがたいのですが……。

　いま、ジョルダンさんのところでダンスを習っています。こちらは裕福で立派なプロテスタントの家庭で、仲良くしてもらっていますが、きれいな女の子はいません。リヨンのM家には及びもつきませんよ。それにしても、ボストン・ワルツが比較的単調なのにひきかえ、それ以外のモダンダンスというのはどれも、猛烈なものばかりです。タンゴなら、少しはましか……といいたいところですが、ここだけの話、まるで、腰掛けが2脚、いっしょに踊っているようなのです。格好が悪いといったらありません。

　将来、ぼくがエンジニアで作家になったら、たくさん稼いで、車を3台購入します。そしたらコンスタンチノープルまでいっしょに自動車旅行をしましょう。すてきな旅になるはずです。その日を夢みてペンを置きます。また手紙をください。

あなたの弟アントワーヌより
1919年　姉シモーヌへの手紙

fig. **1**
1919年、ボシュエ学院にて、シュドゥール神父と。

fig. **2**
イヴォンヌ・ド・レトランジュ。

fig. **3**
ファミリーコンサート。

ぼくは、自分のしあわせを知っていて、
そんなに急いで人生に立ち向かおうとは
思っていない学生なのだ。

" ぼくにはよくわかっている。まず、子供時代、学校、級友たちの存在があって、そのあとに試験を受ける日がやってくる。そして、そこでなんらかの資格を得る。胸が締めつけられるような思いで玄関から外に出る。そこから先は一気に大人の世界だ。しかも、地面の上では一歩一歩が以前にもまして重い。はやくも人生街道に踏みだしたのだ。人生の航路のはじまり。ついに、本物の敵に対して自分の武器を試すことになる。ものさしに、三角定規に、コンパス、それらを使って世界を築き、あるいは、敵に打ち勝つ。遊びはもうおしまいだ。ふつう学生は人生に立ち向かうのを恐れたりしないことくらい、ぼくも知っている。ふつうなら、待ちきれずに足踏みをしているだろう。悩み、危険、大人の生活の辛さにも、おじけづいたりはしない。けれども、ぼくは変わりものの学生だ。自分のしあわせを知っていて、そんなに急いで人生に立ち向かおうとは思っていない学生なのだ。
『戦う操縦士』
"

サン = テグジュペリのルーツ　　　　　L'étudiant collégien　**037**

Les racines

母マリーと庭園で鳥撃ちをするアントワーヌ。

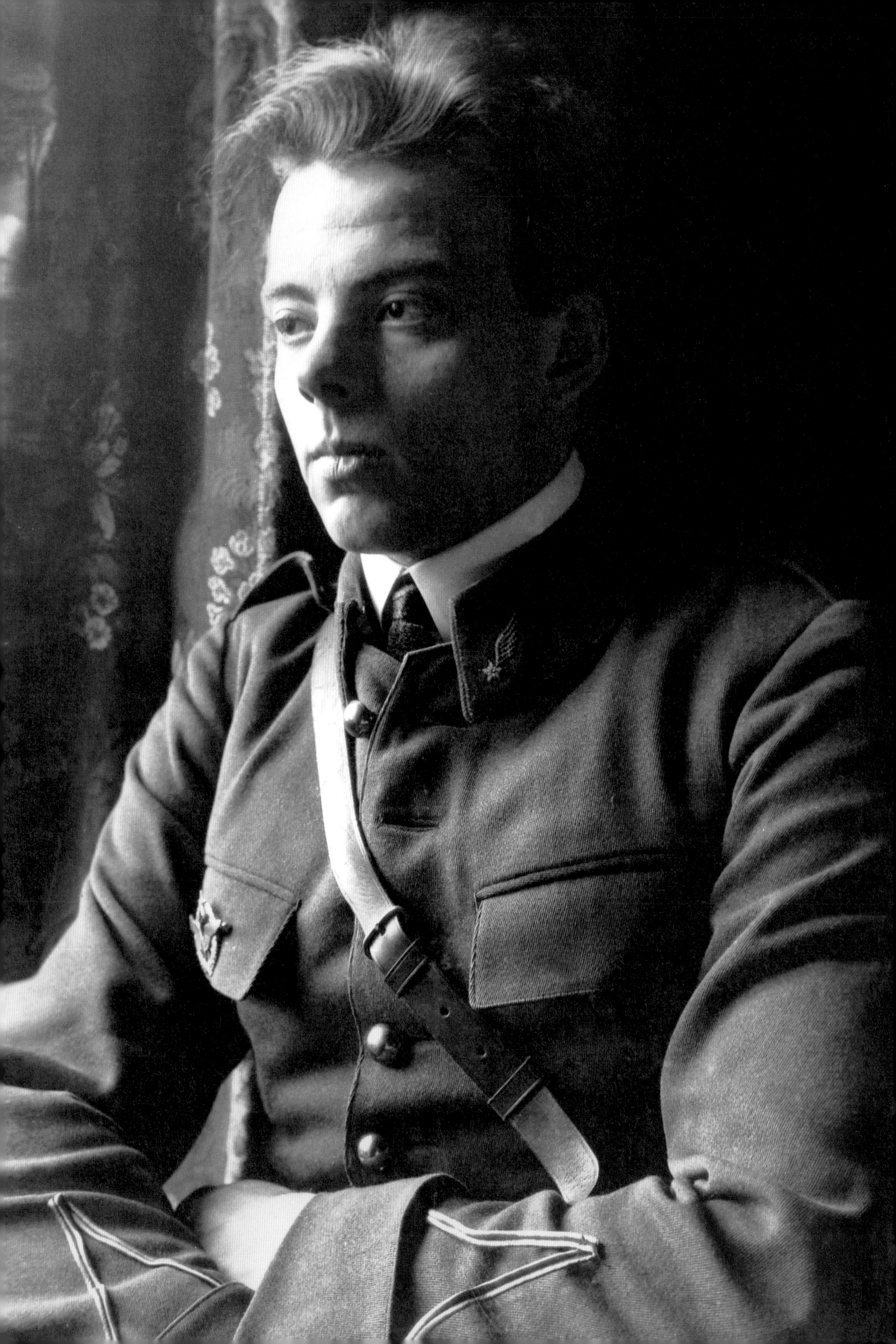

… Chapitre
II

L'ALBATROS

第2章
Saint-Exupéry et le ciel
アルバトロス
サン＝テグジュペリと空

きみはいつも空を飛びたがっている。
重力に逆らって、
その大きな肉体をぬぎ捨てようとしている。

" 詩人とて　雲間の王者に　似たものよ
嵐抜け　弓射るものを　あざわらい
それがいま　地に追い遣られ　野次のなか
大いなる　翼もあわれ　足まとい
シャルル・ボードレール「アルバトロス」
"

ビュジェの飛行場
はじめての空

> 1912年7月。きみは12歳。サン゠モーリスで夏休みを過ごしていたときのことだ。お城から6キロ離れたところにあるアンベリュー゠アン゠ビュジェの飛行場で、きみははじめて空を飛んだ。乗った飛行機はベルトー゠ウロブレウスキー機。製作したのはピョートル・ウロブレウスキーで、妹のガブリエルが操縦した。どうしても空を飛びたかったきみは、お母さんが許してくれたと、ガブリエルに嘘までついて乗せてもらった。もちろん、お母さんのほうには心配するだけの理由がそろっていたから、そうと知ったら許すはずはなかった。後日談になるけれど、ウロブレウスキー兄弟は、1914年3月、これとおなじ飛行機で事故にあって亡くなっている。

ベルトー゠ウロブレウスキー機の処女飛行。

こうしていま、機体そのものから乳を与えられると、
母親に対する情愛にも似たものを覚えてしまう。
乳飲み子が抱く情愛のようなものを。
『戦う操縦士』

　　住民のひとりひとりが、頭上に1万メートルの澄みきった空を持っているのだ。
巻雲にまで届く空を。

『南方郵便機』

夕風に翼はふるえ
エンジンは眠れる魂に子守唄を歌い
太陽はその青ざめた色でぼくらにふれる
　　　　少年時代の詩の断片
　1912年7月　司教座参事会員マルゴッタ
　［訳注：当時のフランス語の先生］に捧ぐ。

兵役

ランパン（地上勤務）という仕事

> 1921年4月9日。徴兵猶予期間終了！ 2年間の兵役に就くときがきた！ きみはストラスブールの第2航空連隊の配属となった。といっても、地上要員だったから、飛行機を操縦できるわけじゃない。空を飛ぶなら、乗客として乗るしかなかったのだ！

fig. **1**
アントワーヌの登録カード。

fig. **2**
1921年、兵舎の仲間たちと。

なにもすることがありません

親愛なるママン、

ストラスブールは魅力あふれる街です。ぼくはすばらしい部屋を見つけました。ストラスブールでも一番洗練された通りに住むご夫婦に間借りするのです。フランス語は一言も話せないけれど律儀なひとたちです。部屋は豪勢で、セントラルヒーティングで、お湯も出て、電灯が二つにたんすも二つあって、しかもエレベーターつきで、全部込みで月120フランです。

こちらではフェリゴンドという司令官にお会いすることができました。とても感じのいい方です。ぼくの飛行訓練の件で、お骨折りいただくことになっています。いろいろな手続きを踏まなければならないので大変そうです。どのみちふた月は待たねばならないでしょう……。

ぼくの見解では、軍人という仕事は、すべきことがなに一つありません――少なくとも、航空隊においては。敬礼の仕方をおそわり、サッカーをやり、ポケットに手を突っこんだまま、火のついていない煙草をくわえて何時間もぼんやりしている、といった按配です。

ここの仲間たちはまずまずです。ただ、あんまり退屈だったら気晴らしに読もうと思って、ポケットに本を何冊か入れてあります。ああ、早く飛行機が操縦できますように。そうなれば、ぼくはほんとうにうれしいのですが。

いつ軍服を着られるのかもわかりません。身の回り品はまだ支給されていないのです。ぼくらは私服でぶらぶらしているので、ばかみたいに見えます。これから2時までなにもすることがありません。もっとも2時になっても、やることといえば、A地点にいるものがB地点へ、B地点にいるものがA地点へと移動し、つぎはその逆。すると、最初の状態にもどるから、またおなじことをする、それくらいです。

ではまた、いとしいママン。結局のところ、こちらではかなり満足しています。大好きなあなたにキスを送ります。

尊敬をこめて、息子アントワーヌより
1921年 母マリーへの手紙

fig. **2**

CHAPITRE II　　　　044　　L'ALBATROS

_____03

飛行機熱

> きみは二つの意味でランパン［訳注：ランパン rampant は、空軍の地上要員を意味するほか、地を這うものや、へつらうという意味がある］だった。メカニックとして地上で働き、2等兵という低い階級にあったからだ。きみは講師として内燃機関の講義を受け持ち、射撃手としてスパッド［訳注：当時の主力戦闘機］に乗りこんで訓練をした。けれども、きみはもどかしくてしかたがない。だって、パイロットになりたいのだから。きみは、船のデッキの上の若いアルバトロスだ。そこから見上げた空は手が届きそうなくらい近くにあり、若い鳥は飛び立ちたくてたまらない。

fig. 1

fig. 2

fig. 3

サン=テグジュペリと空

fig. 4

fig. 1–3
アントワーヌが描いた同僚たちの肖像。
fig. 4
スパッド＝エルブモン戦闘機。

ぼくはとてつもない感動を覚えたのです。

なにがなんだかわからなくなる

❝　ぼくはすっかり平衡感覚をやられて、スパッド＝エルブモンから降りました。空の上では、空間、距離、方向の感覚がもうめちゃくちゃでした。地面はどっちだろうと、きょろきょろして、下を見下ろしたり、上を見上げたり、右を向いたり、左を向いたり、といった具合なのです。かなりの高度にいると思いきや、いきなり錐もみしながら地表めがけて急降下します。超低空飛行をしているかと思うと、500馬力のエンジンでものの2分で1000メートルの上空にぐんと吸い上げられます。くるくると舞うようにスピンをし、宙返りをし、ローリングし……いやはや！

　スパッドの単座機は小ぶりで、ぴかぴかで……アンリオは、いわば胴のずんぐりとした流星です。スパッド＝エルブモンは目下の王者で、それと肩を並べるものなどありません。翼の輪郭が眉をひそめたようなかたちをしていて、いかにも攻撃的です……。スパッド＝エルブモンが危険で獰猛な様子をしているといっても、想像がつかないでしょうね。こいつは恐るべき飛行機です。これこそぼくが熱烈に操縦したい飛行機なのです。水中のサメのように空中では意のままですし、格好までサメに似ているのです！　機体も妙にすべすべしています。動きもしなやかで素早いのです。さらには、飛行中の横滑りもなく安定しています。つまり、ぼくはとてつもない感動を覚えたのです。

アントワーヌ
1921年5月　母マリーへの手紙 ❞

046 L'ALBATROS

CHAPITRE II ____04

ストラスブール

民間操縦士

fig. 1

> 1921年6月。きみは、ストラスブールのノイヨフ飛行場で、民間機の操縦の個人レッスンを受けることになった。指導するのは、〈東部空輸株式会社〉の操縦士、ロベール・アエビ［訳注：アントワーヌは4月に料金を払ってアエビの飛行機で2度遊覧飛行をしている］だ。まずは、二重操縦装置つきのファルマンF40で練習し、そして、ソッピースではじめて単独で大空へとはばたいた。民間操縦士の経験があれば、一介の兵士でも訓練飛行士になれる。だが、きみが民間航空のライセンスをとるには2000フランもかかってしまう。じつにフライト100回分の料金だ……。新聞に飛行機事故の見出しを見つけるたびに不安をつのらせるばかりのお母さんを、きみはとうとう説きふせてしまった。

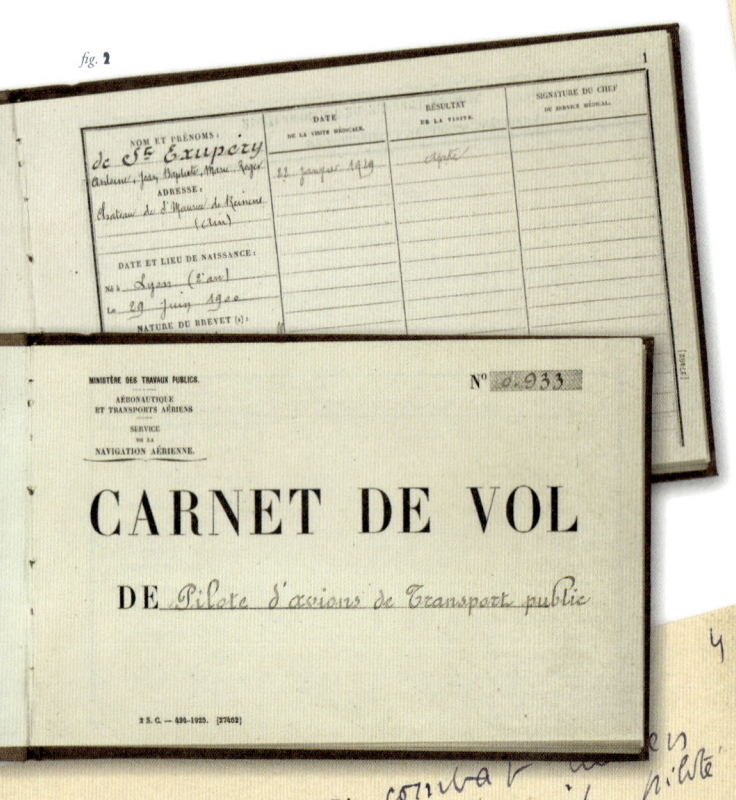

fig. 2

サン＝テグジュペリと空
Saint-Exupéry et le ciel

fig. **1**
ソッピース機。
fig. **2**
飛行日誌。
fig. **3**
コードロン C59 型機。

fig. 3

ぼくの人生が
方向性（意味）をもつ

　　　　　乗客として乗りこむのではなく、自らが操縦かんを
　　　　　握るとなると、たちまち、もうその旅は退屈なもので
はなくなる。やにわに、景観と自分のあいだに約束事がひととおりできあがり、景観が別のものに感じられるようになる。
景観は、空の地形図とでも呼べそうなものを作りだす。地表のそれよりもさらに重要で、ほとんど神秘的ともいえる次元
のものだ。それはしばしば兆しだけで表される。あの海上の白い波の跡は、こちらではこういう風が吹いているというこ
とを示しており、こんな風向きだから、こんな天気になると教えてくれる。むこうのあの黒い雲塊は、どう攻略すべきか
という問題を投げかけ、いずれ突入することになる3次元の世界をくっきり浮かびあがらせている。風がこう吹けば機
体は進み、ああ吹けば速度が落ちる。夜になるにつれてこんなふうに視界がぼやける、あるいは冴えわたるということが
わかる。あの要塞のなかは見通しがきくのかどうかということも。それゆえ、ぼくと事物のあいだには必要性からつくり
あげられた言語があるのだ。そしてぼくの人生は、方向性（サンス）──意味（サンス）をもつようになる。

『今夜、自分の飛行機を見に行った』

カサブランカ

軍用機操縦士

> 1921年7月。きみはカサブランカの第37航空連隊に移り、そこに5カ月滞在した。いっしょに夕食やブリッジや音楽を楽しむ友だちもできたけれど、飛行訓練のない日には、ホームシックにもなった。そして、12月23日、きみははれて軍用機操縦士のライセンスを取得し、なんと今度は予備役の士官候補生の試験にも合格したのだ！

今朝、ぼくは6回の着陸を成功させました。
われながら上々の出来だったと思います。

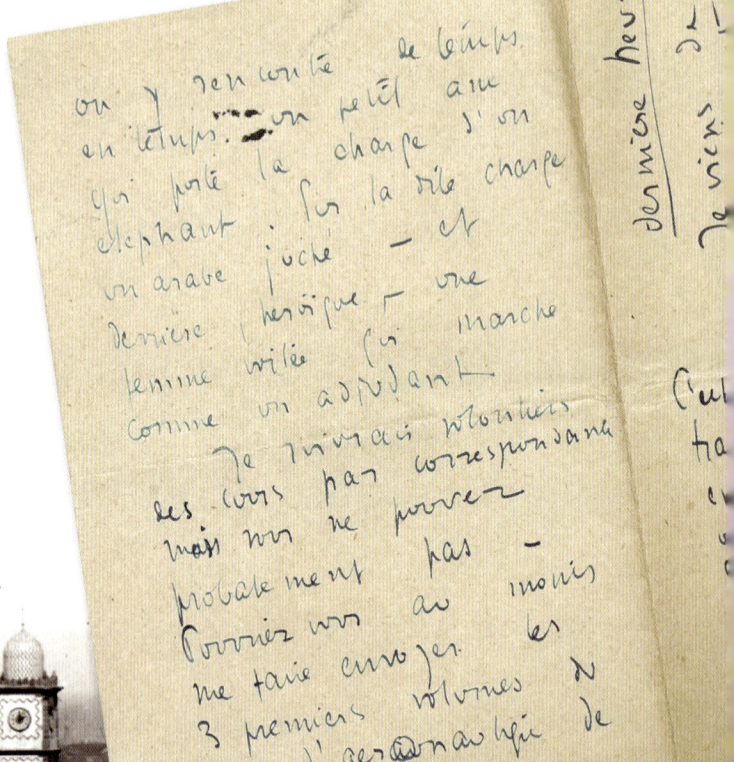

fig. **1**
ラテコエール社［訳注：のちにアントワーヌが入社する郵便航空路線会社］のカサブランカ―トゥールーズ路線初就航のスタンプ。消印は1919年3月2日となっている。

新興都市

カサブランカは新興都市だ。圧倒されるような建物群に贅沢なカフェがたくさんある。強欲な白人入植者や娼婦、男色者なんかがうようよしている。カサブランカにはつくづくうんざりするよ。

さいわい、アラブの街並みは健在だ。高い壁に囲まれたなかでは、照明に照らされた小さな屋台に、色とりどりの陳列台があって、通りでは菓子売りが、真っ赤なメレンゲやブルーのヌガーを銅の大皿にのせて売り歩いている。なかでも目につくのが（ぼくが気に入っているのはこれだけなのだが）バブーシュ［訳注：トルコ風の革スリッパ］売りだ。シンデレラだって履きそうもない、金や銀のバブーシュを売っている。それでも、それらは履いてくれるひとを待っている。……アラブ人の少年たちは色とりどりの豪華なトーガを着て、王族の息子さながらに通りを行き交う。長いベールを被った少女らと路地に腰を下ろして遊ぶ少年もいる。

ぼくは毎日、気持ちよく空を飛んでいる。

1921年　カサブランカ　友人シャルル・サレスへの手紙

みちくさ

今朝、ぼくは6回の着陸を成功させました。われながら上々の出来だったと思います……理屈からいえば。規定の飛行範囲を飛ぶことになっているのですが、毎回少しずつ距離を伸ばし、みちくさしてから帰還しています。

アントワーヌより

1921年　カサブランカ　母マリーへの手紙

空飛ぶイヌイット

▷ きみは砂漠を見た。砂漠はきみを魅了した。夜には星を降らせてきみを包みこむ。昼には雲の群れを連れてきみをとり巻く。寒い夜と蜃気楼をあわせもつ砂漠。その上をきみは飛んだ。

イヌイットのように

いとしいママン、朝、ぼくがイヌイットのように着こんで、ゾウのようにずっしり重くなっているのをご覧になったら、さぞかしお笑いになるでしょうね……。目のところだけが開いている防寒頭巾——覆面のようなもの——を被り、さらにその上からゴーグルをつけるのです……。首には大きなマフラーを巻き(叔父さんのマフラーです)、あなたからいただいた白いジャージーのシャツを着て、その上に、裏に毛のついたつなぎを着ます。ばかでかい手袋をして、大きめの靴のなかは靴下を2枚重ねにして履いています。

寒さのあまり泣きました

2週間前、ぼくはカスバ・タドラまで行ってきました。そこまでが限界なのです。往路、ぼくは自分の機でひとりで飛んでいて、寒さのあまり涙が出ました。このぼくが泣いたのですよ！ 飛行高度の関係上、かなり上空を飛んでいたので、裏が毛皮の飛行服や手袋があったところで、こんな状態がいつまでも続くのなら、どこでもいいから着陸しようと思ったくらいです。いっとき、地図を見ようとして、ポケットに手を突っこんでとり出すのに20分もかかってしまいました。地理を十分にわかっているつもりになっていて、地図を機内に出しておくのを怠っていたのです。手の指は噛みすぎて痛くなるし……。それに足の指まで……。ぼくはもうすっかり反射神経がにぶっていて、機体はふらふら飛んでいました。だれからも離れたところで、ぼくは哀れでみじめな物体と化していました。

1921年　カサブランカ　母マリーへの手紙

空がなぐさめ

> 砂に小石ばかり。きみは憂うつになった。緑が恋しい。飛んでいないときは、ホームシックにかかった。お母さんが恋しかった。

ふさぎの虫と、詩情と

　いとしいママン、フランスではいまリンゴが花盛りだそうですね。でしたら、どうか、その満開の木の下にお座りください。そして、ぼくにかわって、まわりのものをしっかりと見ていただけますか。きっとまわりは緑で輝いていて、芝も青々としているのでしょうね……。ぼくは緑に飢えています。緑には心の糧となるものがあるのです。緑があればもの腰もやわらかくなり、心も穏やかになります。生活からこの緑が奪われたら、どうなるでしょう？　たちまち心がさがさして、不健康になりますよ。猛獣が怒りっぽいのは、牧草のなかで寝そべって生活していないからではないでしょうか。ぼくは潅木を見つけると、葉っぱを何枚かむしって、ポケットにしのばせておきます。そして、部屋にもどってから、それらを愛で、そっと裏返してみたりするのです。そうすると、とても癒やされます。ああ、そこらじゅう緑でいっぱいのフランスにまたもどれたらどんなにいいでしょう。

　ねえ、ママン、なんでもない草地を見てほろりとしたり、蓄音機の音色に胸が痛んだりするなんてこと、あなたには考えられますか。

　そう、じつはいまもレコードをかけています。こういう昔の調べはどれも、聴くと、絶対に切なくなります。とても甘くてやさしすぎるし、そちらでぼくらは聴きすぎるほど聴いていましたから。そんな音楽はいったん頭のなかをまわりはじめると、いつまでたっても止んでくれません。明るい曲調ほど耐えがたく、皮肉なものです。でも、ところどころで心にうったえてくるものがあり、思わず目を閉じてしまいます。大衆舞曲であれば、ブレス地方［訳注：現在のアン県ブール＝ガン＝ブレスを首都としたフランスの古い地方］の古い食器棚やワックスがけしたはめ木の床が見えてきます……。あるいは、壺の踊りであれば……。おかしなものです。こうした曲を聴いているうちに、通りがかりの金持ちを見つめる浮浪者のような恨みがましい気持ちになってきます。まるまる一つの音楽から、しあわせな思い出がこれほどまで浮かんでくるのです。それに、なぐさめになる曲もあります……。

1921年　カサブランカ　母マリーへの手紙

（アントワーヌ・ド・）サン＝テグジュペリ少尉

> 1922年1月。マルセイユを経て、イストル［訳注：マルセイユに近く、空軍基地がある。アントワーヌはここで軍用機パイロットの免許を取得した］へ……。きみは伍長に任命され、士官候補生の一員としてアヴォール基地に滞在、それから、陸上訓練のため、ヴェルサイユへと移った。その近くにはヴィラクブレー飛行訓練所［訳注：パリ郊外。ヴェルサイユから数キロ］があった。おかげで、きみはふたたびフランス本土を空の上から見ることができるようになる。それまでの講義主体の生活のあとに、軍用機の操縦士として腕を磨くチャンスがめぐってきたのだ。

1922年10月。きみは予備役の少尉に昇進し、ル・ブルジェ飛行場の第34航空連隊に編入された。

fig. **1**
1921年の士官候補生たち。

fig. **2**
ニューポール機（1925年ごろ撮影）。

あなたに向かって飛びます……

ほんの子供だったときとおなじく、いまでもぼくにはあなたが必要です。こちらは、曹長に、軍規に、戦術の講義と、味気なく扱いにくいことだらけです。あなたが客間に花を飾っている姿を思い浮かべると、曹長たちのことがいやになります。明日、そちらの方へ少なくとも50キロのフライトをすることになっています。里帰りするつもりになって飛びます。ぼくときたら、いったいどうして、ときどきあなたを泣かせるようないたずらをしたんでしょうか。いまになって思うと、とても悲しくなります。あなたは、ぼくを薄情者と思ったことでしょう。でも、ママン、そんなことはありません。それがわかっていただけたら。

1922年　アヴォール　母マリーへの手紙

心地よい調べ

ぼくはだいたい週に4回くらいは飛んでいます。2回は操縦士として、2回は偵察員としてです。写真撮影、地形学、無線技術のこつをずいぶん習得しました。飛行機のエンジンのうなる音が聞こえます。その調べの心地よさといったら……

1922年　アヴォール　母マリーへの手紙

操縦席で

ぼくはル・ブルジェで飛ぶほか、陸軍省から派遣されてヴィラクブレーでも飛びます。アクロバット飛行をするためです。ぼくが操縦するのはニューポール29型、現代の最速機で、まさに怒れる小流星といったところです。ル・ブルジェでは、大勢の友人たちに空の洗礼を受けさせてやりました。セゴーニュ［訳注：サン・ルイ学院時代の親友アンリ・ド・セゴーニュ。のちに登山家となる］やSらを飛行機に乗せたのです。みんな興奮のあまり、赤くなったり青くなったりしていました。ぼくは操縦席でこっそり笑っていました。

1922年　パリ　母マリーへの手紙

fig. 2

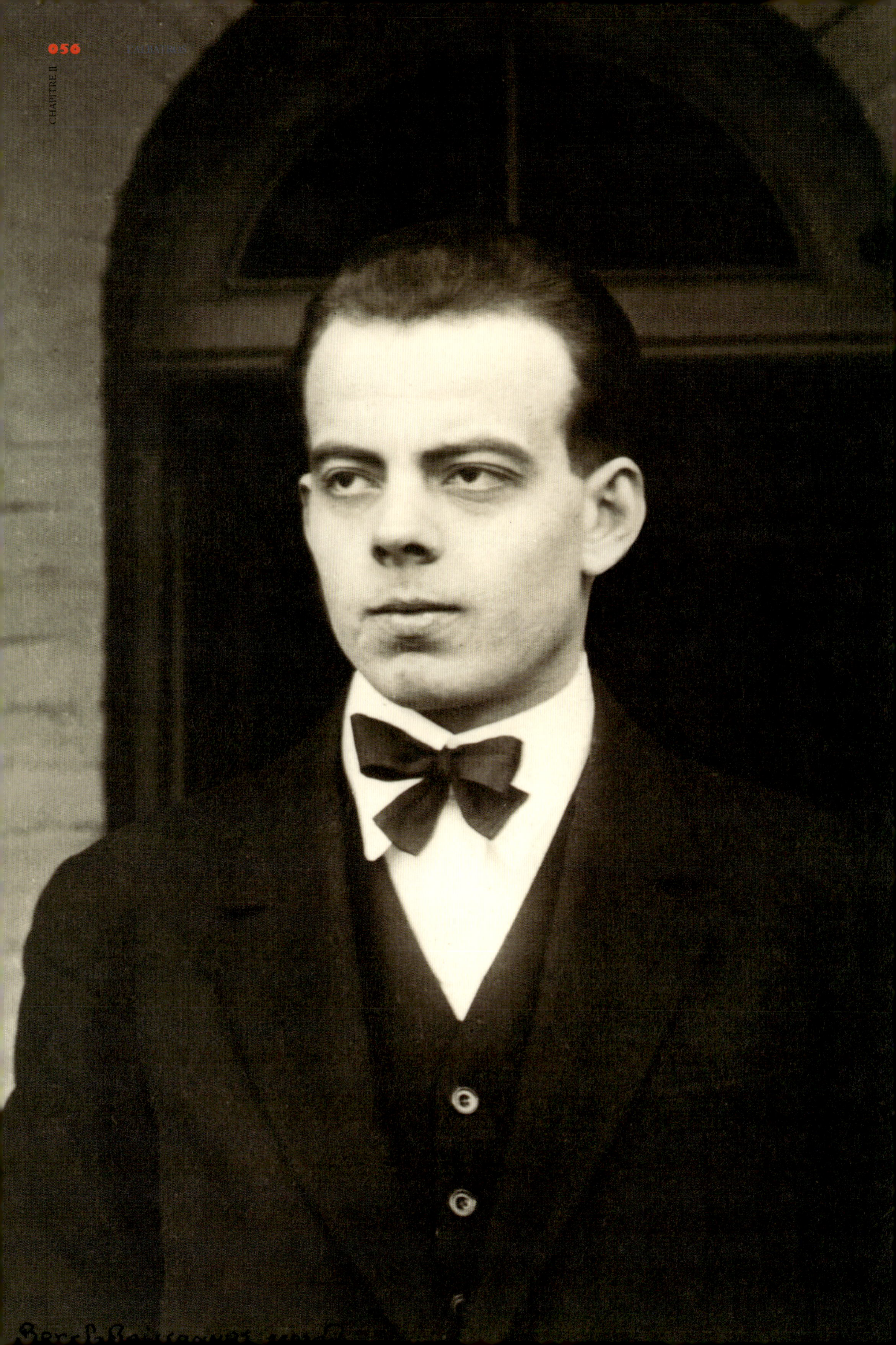

操縦士は飛行中、めまいもしなければ酔いもしない。
しかし、生身の体に起こる不思議な生理現象がある。

操縦士が、自分が大きくなるのを感じるとき

プロペラの風に打たれて、後方20メートルまでの草という草が流されているかのようだ。操縦士は手首の動き一つで嵐を起こしたり、抑えたりする。

何度もそれが繰り返されるうち、プロペラ音もいやましに高まって、いまや濃密な、ほとんど固体のようなものとなり、そのなかに操縦士の体を閉じこめる。それが、自分のなかの満たされぬ部分すべてを埋めつくすのを感じとると、操縦士は「いいぞ」と心につぶやく。それから、指の背で軽く機体をなでてみる。まったく振動がない。ここまで凝縮されたエネルギーの状態がなんとも快い。操縦士は機体から身を乗りだす。「では、いってきます……」この明け方の別れに集まった仲間たちの表情に、はかりしれぬほどの陰りがさしている。しかし、3000キロを越える飛行を前にして、彼はすでに友から遠いところにいる。操縦士は、逆光を受け、空に向け砲身のように突き出した黒いエンジンカバーを見つめる。プロペラの向こうでは、紗のかかった景色が震えている。

いままたエンジンの回転を落とす。仲間らと握手を交わし、もやい綱を解くように、その手をほどく。最後のもやいがほどかれる。シートベルトを装着し、ハーネスとパラシュートをつなぎ、ついで肩、胸を動かして操縦席に体をぴたりと合わせると、奇妙な静寂が流れる。いざ出発だ。とたんに操縦士は、ひとが変わったようになる。最後に、計器類が一列にぎっしりと並ぶ表情豊かなパネルをさっと見渡し──高度計の針を注意深くゼロにもどす──、さらに分厚くて短い両翼を一瞥すると、「よし」とうなずいて合図を送る。車輪止めが外されて、これでもう自由の身だ。ゆっくりと向かい風を起こし、操縦士はスロットルレバーを手前に引く。燃料を噴射させ、エンジン内で爆発させる。動力が生まれ、機体はプロペラに引っぱられて前進を始める。最初、機体は弾力のある空気に向かって何度か軽くバウンドする。装置の反応をみて速度をはかりつつ、操縦士は装置と一体となり、自分がどんどん大きくなっていくのを感じる。

『飛行士』

上空から

きれいに区切られた畑、幾何学模様の森、そして村々。そんな大地の表情にほっとする。もっとそれを堪能しようと、操縦士は機体を降下させる。上空から見た大地は、裸で死んでいるようだったが、高度を下げてみると、実際それは衣をまとっていた。森が新たに大地をキルトでくるみ、谷や流れがうねうねとした模様を刻む。大地は呼吸していた。眼下の山が身を横たえた巨人の胸のごとく、ぐんぐんとふくらんできて、もう機体にふれんばかりである。機首を向けた先には庭園があり、植えこみがみるみる大きくなって実寸大に迫りつつある。

『飛行士』

手の届かないところ

こうして、夜明けに向かって一刻ごとに星たちの階段を下りていくと、この身が浄化されるのを感じる。いまや燃料も底をつき、エンジンも止まりかけ、着陸地点に滑りこんでいきながら、操縦士は街を見つめる。あそこには人間の悲哀、金の苦労、下劣さ、欲望、恨みが渦巻いている。操縦士は、いまの自分はあまりにも純粋すぎて、それらの手の届かない場所にいると知る。

『人生に意味を』

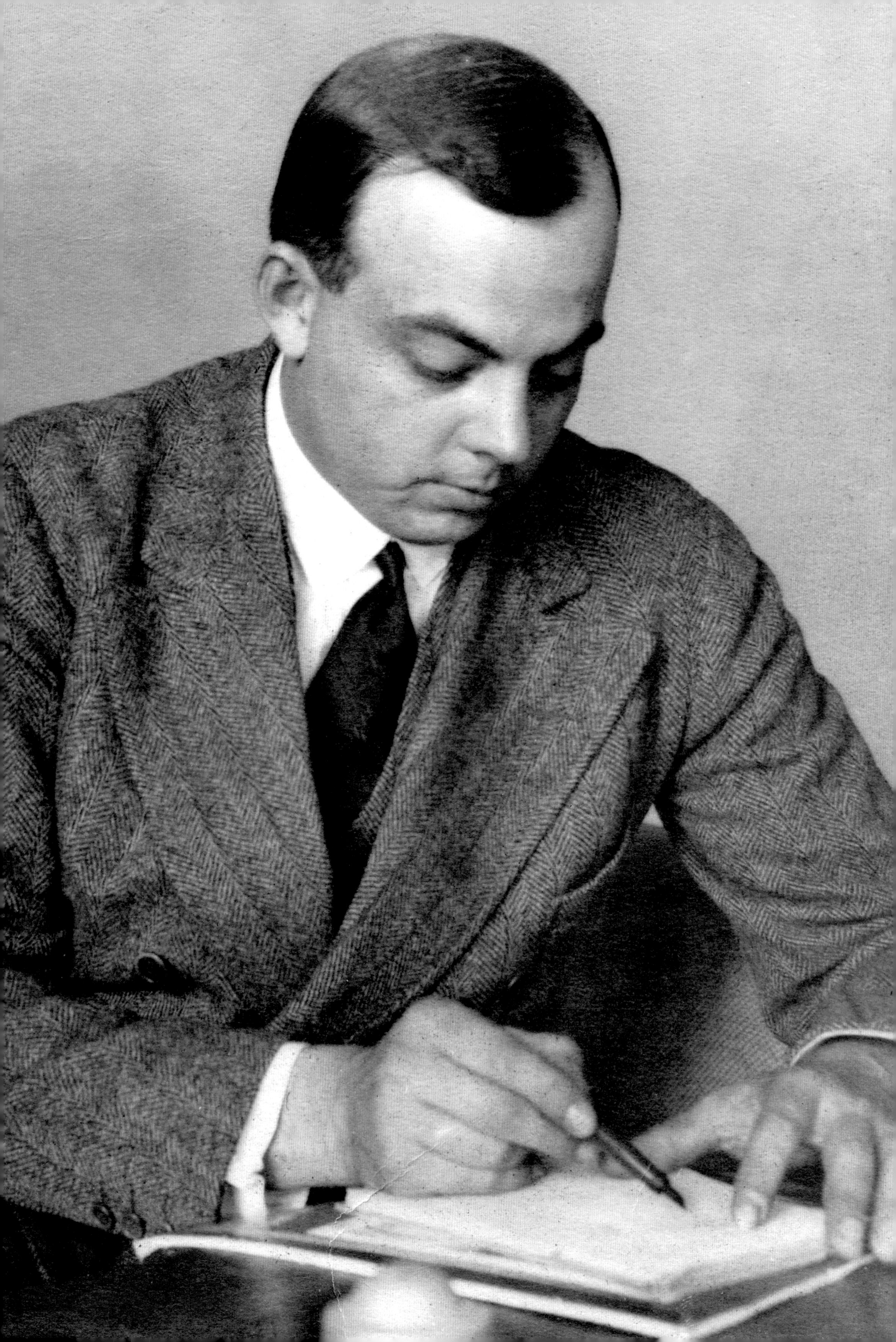

LE PRIX DE L'EXIL

第3章

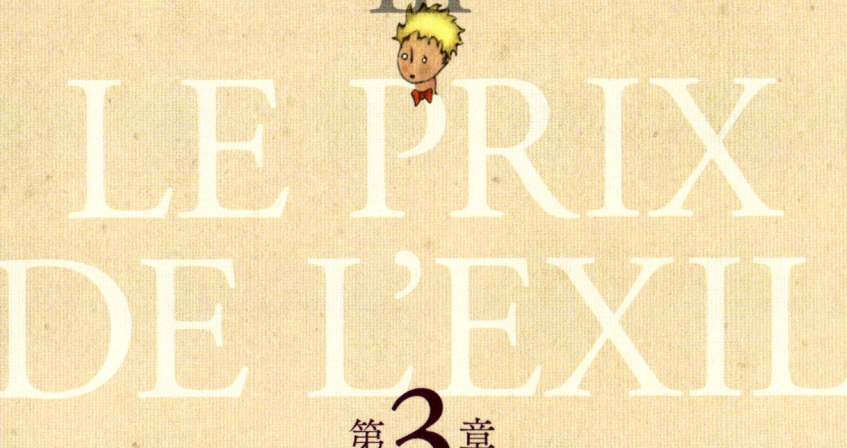

Saint–Exupéry et la solitude

亡命の代償

サン=テグジュペリと孤独

空を飛べなくなると、いつもきみは、島流しにされたような気持ちになった。
きみの人生には、とくに辛い時期が、20年間に二度あった。
きみを虜にしたほんものの砂漠とはまったく別の、人生の砂漠ってやつを経験したわけだ。
一度目は、ル・ブルジェ飛行場での大事故の直後、
1923年から1925年にかけて、パリとクルーズ県でのことだ。
その事故できみは重傷を負い、軍からは一時飛行禁止処分をくらった。
それで、きみの婚約者ルイーズ・ド・ヴィルモランの家族が、
きみに飛行機の操縦をあきらめるように言ってきた……。
二度目は、1941年から1943年のあいだのことで、
戦争がきっかけで、実際に亡命生活を送ることになった。
祖国を守るために前線で飛びたかったのに、そうはさせてもらえず、
きみはアメリカで戦争に立ち向かった。

> いったい、自分のなかでなにが起きているのか。
> 無数の星には磁力があるのに、この重力がぼくを地に結びつけている。
> いっぽうで、別の重力がぼくをぼく自身に引きもどす。
> ぼくは、ぼくを多くの事物のほうへと引き寄せる自分の重みを感じていた！
> 『人間の大地』

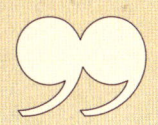

ひじ鉄をくらった会計係

> 1923年1月。ル・ブルジェ飛行場で、きみは事故を起こしてしまう。操縦資格もないくせに、しかも無許可でアンリオHD14型機を操縦していたときのことだった。規律違反を犯した結果、きみは二重の罰を受けた。重傷を負い、2週間の飛行禁止処分を申し渡されたのだ。

1923年9月。きみは、パイロットの仕事をあきらめざるをえなかった。それで、ヴィルモラン家の友人の紹介で、製造管理関係の仕事をすることになった。フォーブル＝サント＝ノーレ通り56番地のボワロン・タイル社の小さな事務室で、会計係として働きだしたのだ。新しい仕事は死ぬほど退屈だった。ストラスブール時代からの友人ジャン・エスコと再会したのもこのころだった。きみたちふたりはオルナノ大通りのホテルで同居をはじめた。きみは、モンパルナスやサン＝ジェルマン＝デ＝プレの酒場でうさを晴らした。つましい生活のいっぽうで、婚約者ルイーズとの距離はだんだんと遠ざかっていった。

1923年10月。結婚の話は破談になった。きみはなにもかも失ったことを悟る。操縦士の仕事も、婚約者も。

fig. 1

絶望

きみは知っているね、こうしてぼくが慌しくまた旅立って、予感はするが正体の知れないものをもっと遠くまで探しにいくのを。なぜなら、ぼくは水脈占いだからだ。水脈を探り当てると、手にしたハシバミの枝が振れる。占い師は、宝を探り当てるまでその枝を地上にさまよわせるのだ。だが、教えてくれ。いったい、ぼくはなにを探しているのか。あるいは、友がいてわが欲望と思い出のつまる街にすがりながら、なぜ、ぼくは部屋の窓にもたれ絶望しているのか。なぜ、今度ばかりは泉が見つからず、宝からこうも遠ざかってしまった気がするのか。約束されていながら、定かでない神がかなえてくれぬ、この曖昧な約束が、いったいなんなのかを。

『南方郵便機』

fig. 1
1928年、パリのカフェテリア〈ル・リド〉。

fig. 2
1912年12月、社交界のディナーの様子。

fig. 3
1930年ごろのモンパルナスのカフェ。

逃避

逃げだすこと、それが大事なのだ。10歳のころ、ぼくたちは屋根裏の梁組みのなかを逃げ場にしていた。屋根裏で、天井の割れ目から青い夜が漏れてくるのを眺めていた。それはほんの小さな穴だった。ちょうど星一つ分の光が差しこむくらいの小さな穴。ぱちっとはぜるような音がするたびに、ぼくたちは梁や壁を調べてみた。すべては、種子を外にはじき飛ばそうとしている莢にほかならない。事物の古びた外被にすぎないのだ。その下には別のものが隠されているはずと、ぼくたちは信じて疑わなかった。それがあの星、あの硬い小さなダイヤモンドでしかないとしても。いつの日か、ぼくは北へ南へと歩きだすだろう。もしくは、自分自身のなかへ。それを求めて。逃げだすのだ。

『南方郵便機』

11 時 10 分ちょうど。
11 時 11 分ちょうど。
11 時 12 分ちょうど。
いま、11 時 13 分をまわったところ。秒針だけがぼくの愉しみだ。
唯一、見ているだけでほっとできる。
こうやって時が過ぎていくのを感じている。

退屈でしかたない

　やあ、きみ、こんな状況にはもううんざりだ。ぼくは2メートル四方の事務室のなかであくびをし、窓越しに中庭に降る雨を見ている。帳簿付けもやっている。書類の整理も言いつかっている。整理したらあとは保管するだけだ。なぜって、もう二度と目を通されることのない書類だからね。毎日がとても憂うつだ。少しはいいことがあるかもしれないと思って、ずっと宝くじを買い続けている。当たらないかと期待しているけれど、これがさっぱりだめなんだ。ちょっと恋の痛みにも似ているな。それしか考えられなくなってしまうから。職場を変えたいと思っている。いつまでたっても、おなじ作業の繰り返し。今のぼくはこの世で一番やる気のない人間だ。

　〈アルマナ・ヴェルモ〉［訳注：1886年からほぼ毎年発行されている、役に立つ情報やジョークやゲームなどが満載の日めくりカレンダー式の本］におもしろい話でも載っていたら教えてくれ。かごの鳥になっているぼくは、さぞかしみんなの同情をさそうだろうな。だが、ここには気の毒に思ってくれる友だちがひとりもいない。いま、ちょうど11時4分前だ。あと1時間4分で、ぼくは外に出られる。昼食をとろうが、アナーキストの集会に顔を出そうが、女としけこもうが……、とにかく好きにできるのだ！　とはいえ、懐に3フラン50サンチームしかなかったら、なんでも調子よくほいほいというわけにはいかない。品行方正でいよう。それがぼくの主義だと思うようにするよ。

　ちょうど11時1分前だ。おかしな希望が生まれる。きっとぼくの時計が遅れているんじゃないかと……。そんなことだってあるからね。もしそうだとしたらいまは11時10分だ！　ちょっと想像してみてくれたまえよ！　ぼくは時間を速く進ませるためにあらゆることを試してみて、すっかりその道の大家になったんだ。窓の外を見ているだけでは効率が悪い。おつぎは腕時計とにらめっこ。これもまったくの期待外れ、まったくの無駄骨だった。時計の針はそうそう動くものでもなかったからね。

　居眠りするという手なら少しはいい。それも、ある程度の時間寝ていられるならば、という条件つきだ。なぜなら、1分しか眠っていないのに、1時間眠った気になってしまうと、なおのことがっかりするからだ。けれどもこの方法は、ぼくがおそろしい悪夢を見た日以来、なるべく使わないようにしている。じつは、社長が事務室に"お偉方"たちと入ってきたときに、はっと飛び起きて、「ママン！」と叫んでしまったことがあってね。このときばかりは、ひどく参った……変な奴と思われただろう……。

　手紙を書くというのも、とても効率のいいすごし方だ。だが、実際には時間は速く過ぎてくれるものでもない。急ぎの仕事をすっかり忘れていて、締め切りの1時間前になって気がついたというとき以外はね。したがって、時計の針が風車の羽根のようにゆっくり回っているかぎり、ぼくの研究は終わらない。

アントワーヌ
1924年7月11日　シャルル・サレスへの手紙

狂乱の時代［訳注：二つの戦争に挟まれた1920年代。禁酒法が成立したアメリカからヨーロッパに多くのひとが訪れ、さまざまな文化が出会った時代］のパリの気楽な街角の様子。

クルーズ県担当販売代理店

> 1924年秋。きみはソーレ自動車会社に入社した。そして、3カ月間メカニックの研修を受け、トラックのエンジンの分解ができるようになってから、トラックの代理店営業となった。1925年には、フランス中央部のベリー地方やクルーズ県の巡回販売がはじまった。

グッド・ニュース？

ママン、

　こうしてお便りするのも久しぶりです。というのも、すばらしいニュースをお届けできるまでは待とうと思っていました。なにも決まっていないのに手紙でぬかよろこびさせたくなかったのです。ですが、もうほとんど本決まりとなりそうです。きっと喜んでくださると思います。

　じつは、近々、新しい仕事につくことになりそうなのです。それは自動車会社の仕事です。

給与：年1万2000フラン

コミッション：年2万5000フラン程度

　つまり、年収4万フランから5万フランで、そのうえ小型車1台があてがわれます。その車でドライブにお連れしましょう、モノーもいっしょにね。来週にならないとはっきりしたことはわからないのですが、条件が決まれば、金曜日あたり、1週間くらいの予定でそちらに行きます。外まわり中心の自立した生活になりそうです。

　いとしいあなたに心からキスを送ります。ほんとに、ぼくにも少しくらいしあわせになる資格があるはずです。

アントワーヌより

1924年　パリ　母マリーへの手紙

fig. 1

fig. 2
1925年、ジャン・エスコペの手紙

ヴィエルゾン、ゲレ、モンリュソン

> 販売員としてきみがまわったのは、クルーズ県のブサックやゲレ、シェール県のヴィエルゾン、アリエ県のモンリュソンといった中部の地方都市だった……。〈オテル・オクチュリエ〉、〈グラン・トテル・デュ・ブッフ〉、〈グラン・トテル・サントラル〉……ホテルからホテルへと渡り歩く生活だった。このフランスの内陸地方で、きみはうんざりしていた。あてにならない客を求めて地を這うよりも、その上空を飛んでみたかったのだ。結局、売れたトラックは、1年ちょっとのあいだで、なんと、たったの1台だけ。

fig. 1

サン＝テグジュペリと孤独　　　　　　　　　　　　　　　　　　　　Vierzon, Guéret, Montluçon

Saint-Exupéry et la solitude

fig. 1
アンリ・ド・セゴーニュに宛てた手紙。

fig. 2–4
ジャン・エスコに宛てた手紙。

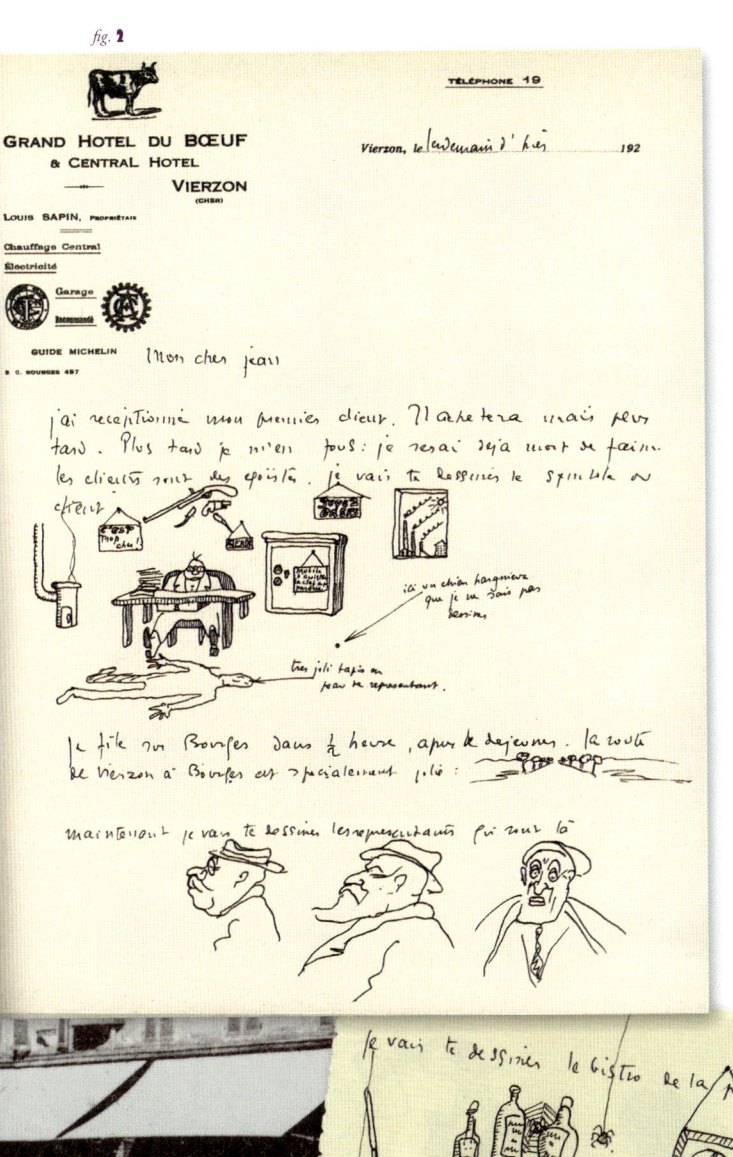

さまよえるユダヤ人

ぼくは、いつもひとりぼっちで移動するというおそろしく孤独な生活を送っています。まるでさまよえるユダヤ人のようです。おなじ街に続けて2晩泊まることはありません。いまでは街の家具つきの部屋が、おなじみになっています。なんの変哲もない生活。朝起きて、車を運転し、昼食をとる。夕食をとる。なんにも考えない。わびしいものです。

アントワーヌより
1924年　ゲレ　姉マリー＝マドレーヌへの手紙

自殺者

ぼくは地方の小さな町をたくさん見てきました。小さな鉄道が通っていて、小さなカフェがあり、なかでは客がマニラ［訳注：2対2で遊ぶトランプ］をやっています。日曜日、サレスがモンリュソンまで会いに来てくれました。ほんとうに律儀な男です！　ぼくらは連れだって、毎週郡庁が主催している"ダンスパーティー"に行ってきました。会場では母親たちが、"年ごろの娘たち"を囲うようにして四方の壁に張りついていました。その娘さんたちは、ピンクやブルーのドレスを着て、商店主の息子たちと踊っていました。

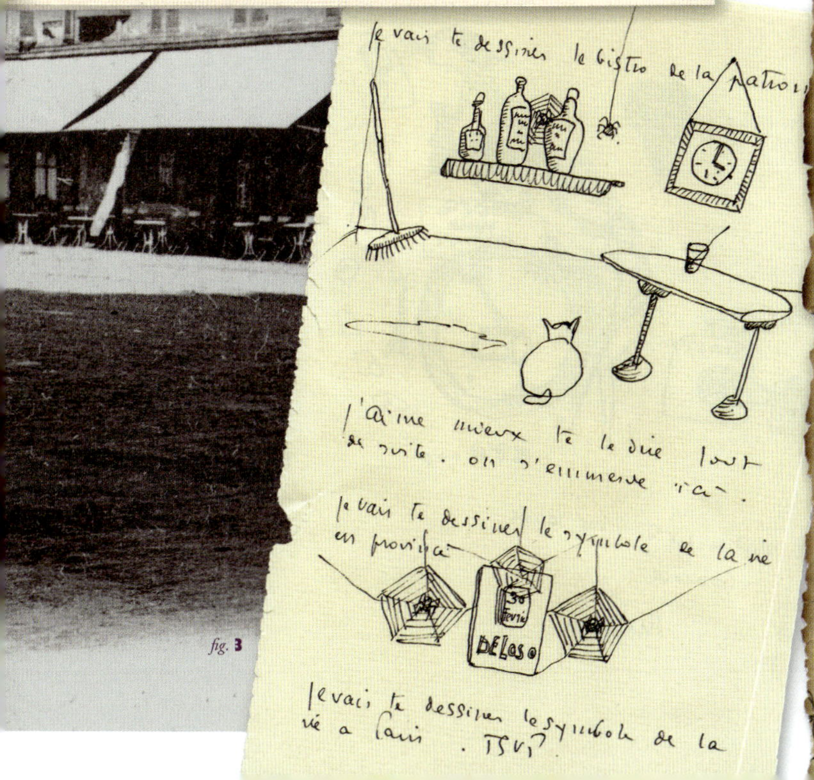

ぼくは、だれかと死別した悲しみから田舎にひっこみ、もうなにもしなければ、なにも読まないといったようなひとと知りあいになりました。そういったひとたちのことを、ジュニエス［訳注：アントワーヌの友人］は自殺者と呼んでいました。

アントワーヌより
1925年　パリ　母マリーへの手紙

fig. 2

fig. 3

fig. 4

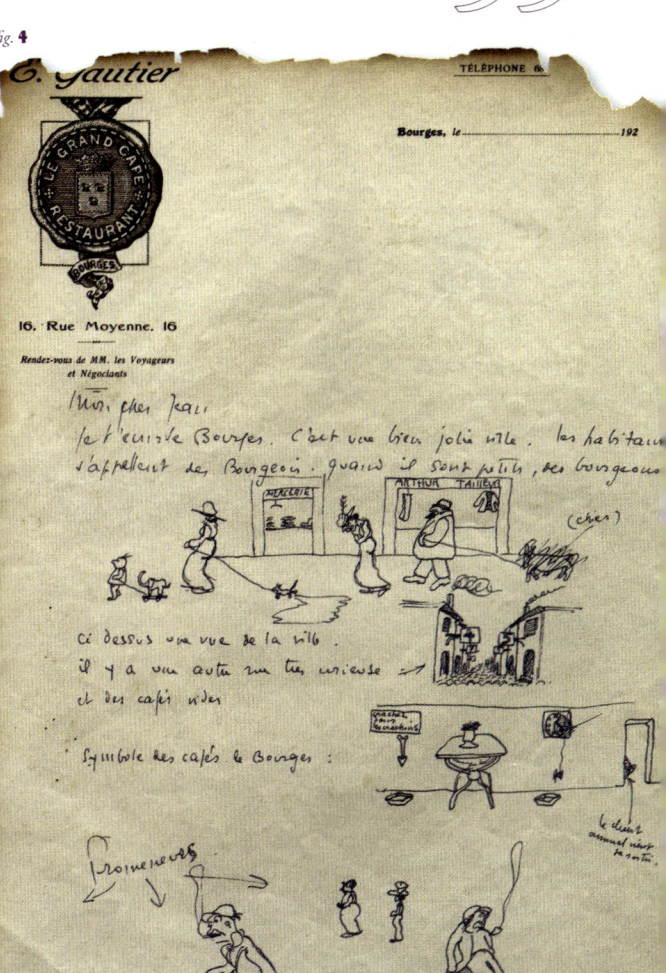

センチメンタルな孤独

少しだけ結婚したくなりました

ママン、

　ぼくはちょっぴり、ほんのちょっぴり、だれかと結婚したくなりました。まったく、こんな中途半端な生活に、ほとほと嫌気がさしたのです！　それに、ぼくには父性愛がたっぷりありますから。アントワーヌ2世がたくさんほしいのです……。

1924年　母マリーへの手紙

親愛なるディディへ

　ぼくも結婚して、子供がほしくなった。でも、それも相手あってのことだし、いままでにいいなと思った女性はひとりきりだ。

　ぼくは最初に稼いだお金を、スポーツカーの購入にあてるつもりだ。たぶんそれで飛行機のことはあきらめがつくだろう。

　いまのぼくは達観した生活を送っている。友だちがいちばんだと悟ったよ。彼らにはとてもすばらしいものを感じている。それがぼくの慰めだ。

　とてもきれいで、知性にあふれ、魅力いっぱいで、明るくて、癒やしてくれる、誠実な女の子との出会いがあるといいんだが……そんな娘はいないだろうね。

　それで、コレットやら、ポレットやら、スジーやら、デジーやら、ギャビーやらいう女の子たちに、よくある甘い言葉で言い寄ってみるわけだ。どれもよくいるタイプの娘たちで、2時間もするともううんざりしてくる。まあ、待合室みたいなものだよ……。

　ではまた、ディッシュ。熱いキスを同封しておくよ。

兄アントワーヌより
1925年　ゲレ　ガブリエルへの手紙

指の間からすりぬけていく時間

ママン、

　ぼくが女性に求めるのは、この不安な気持ちをなだめてくれることです。だから、こんなにも女性を必要としているのです。こちらは気持ちが沈んで、自分の若さが無用のものに思えているのに、あなたのほうは、そんなことなどつゆ知らず、といったところなのでしょう。ひとりの女性が男に与えることができるもの、あるいは、与えることができるかもしれないもの、それはあなたにはおわかりにならないでしょう。

　ぼくはいま、部屋のなかでひとりぼっちです。

　でも、ママン、このうつ状態をぼくが克服できないとは思わないでください。部屋にもどってドアを開け、帽子を投げだして、指のあいだからすり抜けていくように一日が終わってしまったと感じるときは、いつもこんなふうなのです。

　毎日執筆することができたらしあわせなのですが。書けばなにかが残せますから。

　「なんてきみは若いんだ」と言われたときほどびっくりすることはありません。だって、ぼくは若くなりたいと思っているのですからね。

　ただ、Sのように、幸福に満足してしまっていて、それ以上進化のないひとは好きではありません。まわりの空気を読みとるには、すこしは不安を持つべきです。だから、ぼくは結婚がこわいのです。相手次第ですが。

　ぼくが目をつけるのは、やはり見込みのある女性たちです。でも、みんな逃げていってしまいます。それに、ぼくが必要としているのは、20人分くらいをカバーできるような女性なのです。ぼくが多くを求めすぎるため、相手が息を詰まらせてしまうことになりかねませんから。

1925年　母マリーへの手紙

ニューヨーク

2年間の亡命生活

> 1941年1月。今度はちょっとわけがちがった。ジョルジュ・サンドやアラン・フルニエゆかりの土地［訳注：サンドは子供時代を過ごしたアンドル県をモチーフに田舎小説を書き、フルニエはシェール県で幸福な子供時代を過ごしている］でトラックを売り歩くため、ロワール川を渡った——というようなレベルの話じゃない。きみが大西洋を渡らなければならなかったのは、戦争のせいだった。きみは、映画監督のジャン・ルノワールともどもアメリカン・エキスポート・ラインズの客船シボニー号に乗船する。さまざまな亡命者たちを乗せたこの船の行先は、ニューヨークだった。さあ、いよいよ、アメリカ大陸に上陸だ！　きみは、滞在予定の4週間のうちに、アメリカが対ナチスドイツ戦への参戦を決意する可能性もあると考えていた。それが、意に反し、きみは2年間この国にとどまることになる。ニューヨークでは、きみは成功を収めた作家だった。出版社からちやほやされ、アメリカ市民からもてはやされ……。いっぽうで、ド・ゴール派からも、ペタン派からも執拗に協力を請われ、きみはどうしようもなく孤立していく。きみには、祖国の傀儡政権やレジスタンスに対して、亡命したフランス人たちがあまりに無関心すぎるように見えた。それだから、きみは軍用機の操縦かんを握り、なんとしても祖国の上空を飛びたいと思ったのだ。ヴィシー政権にきみは憤慨していた。逆境のなかで団結するフランス人たちに、さぞかしきみは会いたかったことだろう。だが、そんなきみのほんとうの気持ちは理解されず、きみは気がふさぎ絶望して、アルコールに逃げ、書くことに逃げこんでいった。

亡命者たち

　宿からすぐのカジノには、毎晩、亡霊どもが群がっていた。その日の懐具合に応じてルーレットをしたり、バカラをしたりしている。ときどきぼくも見物に行った。腹立たしさも、軽蔑も覚えなかったが、漠然とした不安を感じた。動物園で絶滅種の生き残りを前にしたときに、心がざわつくようなあんな不安だ。彼らは賭博台のまわりに陣取っていた。厳格そうなクルピエ［訳注：ルーレットを回したり掛札の集配をする係］に身をすり寄せるようにして、さんざん期待しては裏切られ、不安げにしたり、欲望をむきだしにしたり、大喜びしたりと、忙しいことこの上ない。生きている人間と変わりないのだ。彼らが使っているのは、通用しない貨幣だろう。金庫の有価証券を担保するといっても、たぶん、もう接収されてしまったか、空中機雷にさらされてすでに崩壊の一途をたどっている工場なのだろう。彼らは夜空のシリウス星あてに手形を振り出していたのだ。この数カ月、地上で崩れはじめていたものになど目もくれず、彼らは過去にしがみつき、熱狂は正当であり、小切手は有効であり、自分たちのしきたりはいつまでも続くと信じようと努力していた。非現実的な世界で、人形芝居でも見ているようだった。悲しいとしか言いようがない。おそらく、彼らのほうではなにも感じていないのだ。ぼくはそのままそこを立ち去った。後日、船のなかで、ぼくはふたたびあの亡命者たちを見かけた。この船もまた、かすかな不安を漂わせていた。船は、こうした根なし草たちを一つの大陸から別の大陸へと運ぶのだ。ぼくは思った。「自分は旅するものでいたい。祖国を捨てたものにはなりたくない。自分の国では多くのことを学んだが、よその国ではそれも無用となるだろう」と。ところが、わが亡命者たちは、ポケットから小さな住所録や身分証の残骸をとり出す。自分はまだなにものかであるというふりをしているのだ。なんらかの意味に必死でしがみついているのだ。彼らは言う。「ねえ、わたしはこういうものなんです。これこれの街の出身で……これこれのひとと友だちです……そのひとのことをご存じでしょうか？」と。それから、彼らはある仲間の話とか、ある役職の話とか、ある失敗の話とか、ほかにもなんでもいいから自分たちと関係のある話をするのだった。しかし、祖国を捨てた以上、そういった過去が彼らの役に立つことはまったくないだろう。

アントワーヌ
『ある人質への手紙』

マンハッタンでの生活

> 1942年。フランスにもう非占領地帯はなかった。きみがニューヨークですれちがうフランス人は、反対を唱えるとか、憤慨したりしていたけれども、一時的に祖国を離れたひとよりも、祖国を捨てたひとのほうが多かった。みんな戦線からは遠いところにいたんだ。きみは自分の出る幕をうかがっていた。きみはフランスにもどりたかった。来たときと逆方面の船に乗りこみたかった。志願したかった。子供時代を過ごした国を離れることがどれだけ辛いことか、きみは思い知った。きみ自身の闘いから離脱することがどんなに辛いかも……。きみはタバコを吸いまくり、ウィスキーをあおり、コーヒーをがぶ飲みした。きみの頭のなかにはたえず悲しい顔のぼくがいた。ぼくはきみの手紙や書きつけにも顔を出した。『Flight to Arras（アラス偵察飛行）』（『戦う操縦士』の英訳版）を読めば、アメリカだってさすがに参戦を決意してくれるのではないか、ときみは期待した。

fig. 1
『戦う操縦士』の英訳版『アラス偵察飛行』。

fig. 2
シダー・ストリートから南にブロードウェイを望む。

闇に包まれたフランス

ドイツの闇が、ついにわれらの祖国を覆い尽くした。これまでは、まだ、愛するものたちの消息を知ることができた。食卓を囲み粗末なパンを分けあえなくても、まだ、愛を伝えることができた。離れていても、その息遣いを聞くことができた。だが、それももうおしまいだ。いまやフランスは、沈黙するのみである。難破船のように、灯火はすべて消され、暗闇のなかで見失われてしまった。フランスの良心も、その精神生活も、たちこめる闇のなかで身を縮めている。われわれは、明日ドイツ側に銃殺される人質の名前すら知ることがないのだ。

"全国にいるフランス人への公開状"
〈ニューヨーク・タイムズ・マガジン〉誌　1942年11月29日号

ぼくはいま、石造りのホテルの26階にいて、窓越しにこの新しい街の声に耳をすませている。その声が、ぼくには悲痛に聞こえた。吹きつける風は騒がしく、船の索具が鳴っているのかと思うほどだ。外では、見えないけれど大きな動きがある。叫び声。うめき声。ハンマーや鉄床の響き。どこからか立ち上ってくる、いかにも危険を匂わせる短いサイレンの音。満潮の海のあのざわめき。遭難しかけた船のあの大混乱。石のピラミッド群のなかでごった返すひとびとがこれほどやかましく感じられたことはない。出航、荷物の運搬、難破、いつの時点でも彼らは騒々しく、自分たちがこれからどこへ向かうのかは一切知らずに、船長も不在のまま、自分たちの惑星と天体の間で動き回っている。奇妙な話だが、ここでは現実のものの匂いがしない。それどころか、まるでなにも匂わないんだ。あの群集全体、あの明かりすべて、そしてあれら摩天楼、そういったものが真っ先に、圧倒するように、運命の問題を投げかけてくるようにぼくには思える。そんなことを考えるなんて、たぶんどうかしているのだろうけど、ここではほかのどの場所よりも自分が海の沖にいるような気がする。

1938年1月　ネリー・ド・ヴォギュエ
［訳注：アントワーヌのパトロンで愛人］への手紙

途方もない孤独感

ぼくはこの世でこんなにひとりぼっちだったことはない。癒されようがないくらい沈んでいる。(……)菜園のなかの庭師でいたい。さもなければ、死ぬか。(……)夜になると、すべてのものに不安を感じる。ぼくのものに。ぼくの祖国に。ぼくの愛するものに。トランプ手品でもやっていれば陽気でいられる。でも、ひとりきりでは、自分相手に手品をするわけにもいかない。心は冷えきっている。

ああ、そうだ、このつらさは肉体的なものじゃない。自分でもよくわかっている。社会に対する不安に耐えられないのだ。貝殻のように、ぼくのなかはあの雑音でいっぱいになってしまった。ひとりではしあわせになれない。アエロポスタル社、あれは歓びそのものだった。いろいろあったが、それにしても、なんて偉大だったことか！　いまのこの悲惨な状態では、ぼくはもう生きてゆけない。もう無理だ。神も信じられない独房暮らし。ばかげたこの部屋。明日を照らす一条の光もない。この地下牢にはもう耐えられない。

1943年12月
ネリー・ド・ヴォギュエへの手紙

> 夕食後、サン＝テックスはチェスをし、トランプ手品を披露した。わたしなど、生まれてこのかた見たこともない不思議な手品だった。彼は、わたしたちをあっと言わせることに、手品師として、詩人としての楽しみを覚えているようだった。深夜0時になると、彼は仕事部屋に入り、朝の7時まで執筆し、象徴的な王子の冒険の絵を何枚も描いていた。自分の小さな星の上に立つ、あの王子の絵だ。作家自身の投影でもあった。夜更けに、彼は大声でわたしたちを呼び、1枚の絵を見せた。自分でも満足のいく出来だったようだ。自らの命を強烈に輝かせ、それを惜しげもなく投げうつのは、天才がなしうる所業の一つだ。
>
> アンドレ・モーロワ
> ［訳注：フランスの小説家・評論家］

アントワーヌのチェスのセット。

サン゠テグジュペリと孤独

Saint-Exupéry
et la solitude

Vivre à Manhattan

CHAPITRE III　　LE PRIX DE L'EXIL

07
別のものになりたい

> 1943年4月。アメリカは1942年に参戦し、同年11月には北アフリカに軍を上陸させた。アメリカに亡命してから27カ月、800日以上の時間を経て、きみは飛行部隊に復帰して、北アフリカ方面のフライト表を手にすることになった。やっときみが役に立てるときがきた。これでナチスと戦える。いっぽうで、ぼくを主人公にした話が出版された。きみが別荘のベヴィン・ハウスで執筆し、挿絵を描いたお話だ。

亡命の代償

fig. **1**
ロングアイランドの〈ベヴィン・ハウス〉。

fig. **2**
『星の王子さま』フランス語オリジナル版。

fig. **3**
1942年、NBCラジオでフランス人への公開書簡を読み上げるアントワーヌ。

fig. **4**
ハーレム地区の〈コットン・クラブ〉［訳注：ニューヨーク・ハーレム地区にあった有名な高級ナイトクラブ］。

fig. **5**
コンスエロ・ド・サン＝テグジュペリ。〈ベヴィン・ハウス〉前で。

fig. **6–7**
ニューヨーク。ベルナール・ラモット［訳注：画家、美術学校時代からの友人］のアトリエの最上階のテラスにて。

急ぐひと

ぼくはすぐにでも自分とは別のものになりたい。もう関心がないんだ。この歯も、この肝臓も、それ以外も全部老朽化して、それ自体がなんの意味もなさない。いざ死ななければならないときは、そんなものとは別のものでいたいものだ。

いまでは、自分に対する批判なんて気にしない。ぼくはすごく急いでいる。ものすごく急いでいる。だからそんなことに耳を傾けている暇なんかないのだ。いま、ぼくがどこかで死んだほうがいいのなら、その覚悟はすっかりできている。ただ、神様から召し出されただけのことだ。最良のことだと思う。それでおしまいさ。ぼくがしていることをみて、ひとは敵か味方かに分かれるのだ、といまでは思っている。いつかは死ぬということを、ぼくは戦争によって、そしてギヨメ［訳注：アエロポスタル社時代からの親友の操縦士で、『人間の大地』を捧げた相手。1940年、政府要人を輸送中、地中海上で撃墜された］によって知らされた。それはもはや、感傷的な出来事や、悲しみにくれながら願う詩人が考えるような観念的な死ではなかった。そんなものとはひとつも似ていない。「人生に疲れた」とかいう16歳の坊やが考えるようなそんな死など問題外だ。そうじゃない。問題となるのは人間の死、真剣な死、燃え尽きた命なのだ。

1941年9月8日　ロサンジェルス　ネリー・ド・ヴォギュエへの手紙

後悔

正直なところ、ぼくはずいぶんまちがいをしでかした。ぼくは神経質で、ぼうっとしていて、怒りっぽい……。ぼくといて安らげるひとはいない。そんなわけだから、ぼくはあらゆるまちがいを犯していることになる。とにかく、なにをしても過ちになるのだろう。一番の過ちは、友人たちが戦争に行って、死んでいるというのに、自分はニューヨークで暮らしているということだ。たとえぼくがまちがっていて、短気で、ぼんやりしていたとしても、そんなことで後悔がふくらむことはまずないだろう。後悔なら、もうすでにこの胸に重くのしかかり、ぼくの本来の信条を責めさいなんでいる。なぜ、ぼくは軍用機の上で純粋な生をまっとうさせてもらえないのだろうか？

1942年　ニューヨーク　シルヴィア・ハミルトンへの手紙
［訳注：ニューヨークのアントワーヌの恋人、『星の王子さま』のキツネのモデルともいわれる］

fig. 5

fig. 6

fig. 7

fig. 1

ブロンクス北部のノース・ブロードウェイ・ストリート．

Saint-Exupéry et la solitude

サン゠テグジュペリと孤独

いまでは、自分に対する批判なんて気にしない。
ぼくはすごく急いでいる。
ものすごく急いでいる。
だからそんなことに耳を傾けている暇なんかないのだ。

fig. 1
1942年、ニューヨークにて、ユージン・レイナル［訳注：アメリカで『風と砂と星々と』『アラス偵察飛行』『星の王子さま』を出版したレイナル＆ヒチコック社の創設者］とエリザベス・レイナルの夫妻とともに。

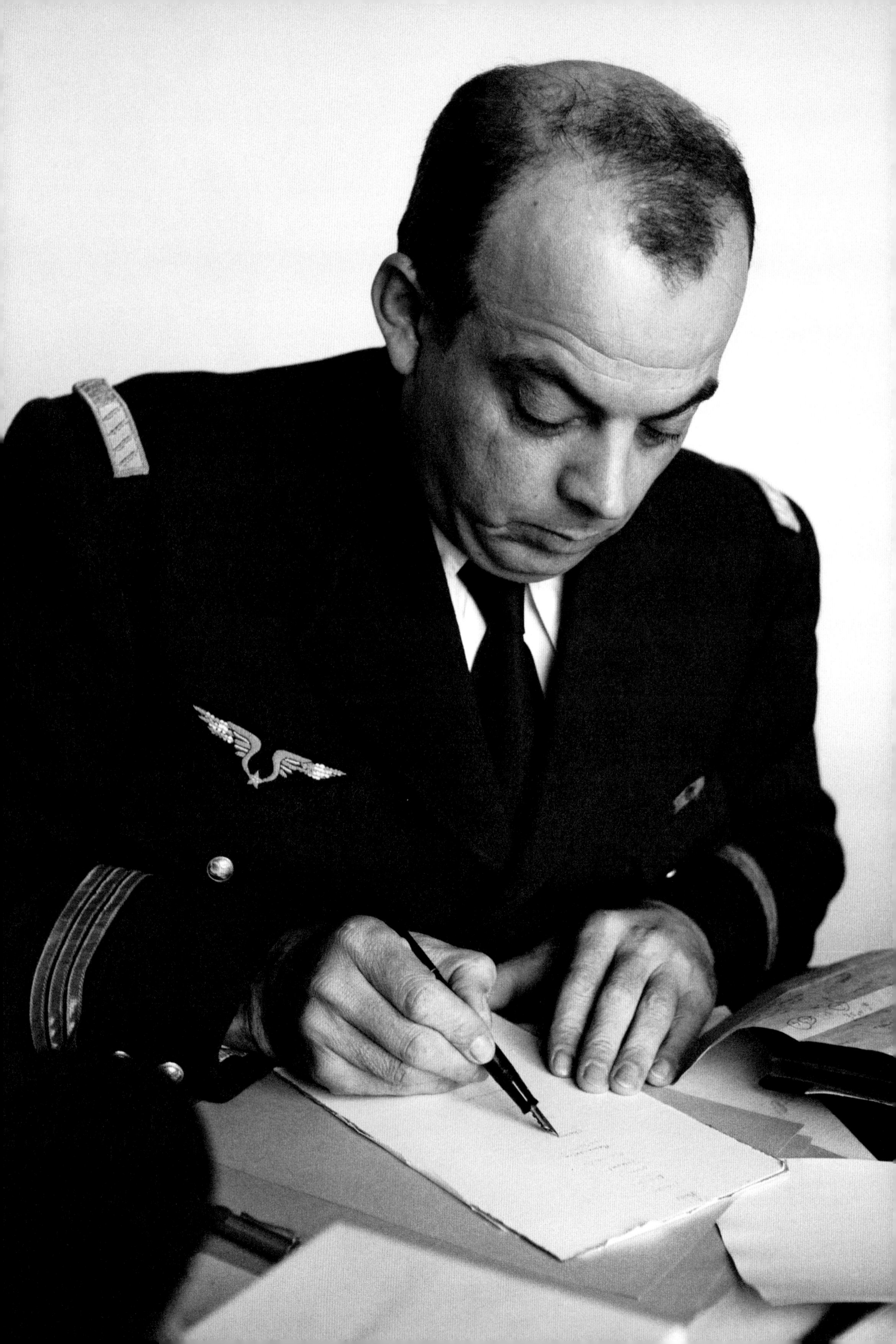

Chapitre
IV

ÉCRIRE AVEC
SON CORPS

第4章

Saint–Exupéry et les mots

鼓動する言葉

サン=テグジュペリと文学

きみにとって、書くことは空を飛ぶことと同じなんだ、
頭を使って、体を使って。

❝

ぼくにとって、飛ぶことと書くことはまったく同一のことです。
重要なのは行動すること、
そして、自分の位置を自らにおいて明らかにすることです。
飛行機乗りともの書きは、ぼくの意識のなかでむらなく渾然一体となっているのです。
1939年のインタビューより

血をもってしか署名できないのだ。
1944年 アルジェ シルヴィア・ハミルトンへの手紙

❞

飛び立つ言葉たち

CHAPITRE IV __ 01

ÉCRIRE AVEC SON CORPS

> きみは生きることの不安や、つきまとう疎外感から逃れるために書くことに閉じこもった。ヴィエルゾンとかゲレのホテルの部屋や、ニューヨークの摩天楼の26階だけでなく、時や場所を選ばずにきみは書き綴った。空を飛んでいないときも、例の泉を探し求めているときも。泉は語群のなかや、行為を正確に表現するボキャブラリーのなかや、文章のなかでしか見出せないのだろうね。それらが協力し合って、きみの夢想の翼に負けないくらいの滑走路ができあがるんだね。

> 自分を表現し、集中させる方法が見つかれば、それは自分にとって真実となるだろう。
>
> 『南方郵便機』

> なんとなく書くことが身についてきたのも、自分の欠陥を徹底的に知りつくしているからだ。欠陥を繕わなかった文章はこれまで一つもない。昔からずっとこの方式でやっているが、別段変わったやり方というわけでもない。ぼくは書くことはできないが、訂正することならできる。
>
> 『戦時の記録 1943年12月』

> 訂正することでないとしたら、書くこととはなんであろう？ 訂正に訂正を重ねながら、わたしは神に向かって歩んでいくのだ。
>
> 『城砦』

> ぼくにつきまとい、のしかかっている不安はただ一つ、ぼくの本が、それを読むひとのなかでどんなものになるのか、ということだ……
>
> ネリー・ド・ヴォギュエへの手紙

fig. 1
アントワーヌは万年筆を数多く所有していたが、これはそのうちの1本、〈モンブラン〉のマイスターシュテュック149。

言葉を使って世界を手中に収める。

『手帖』

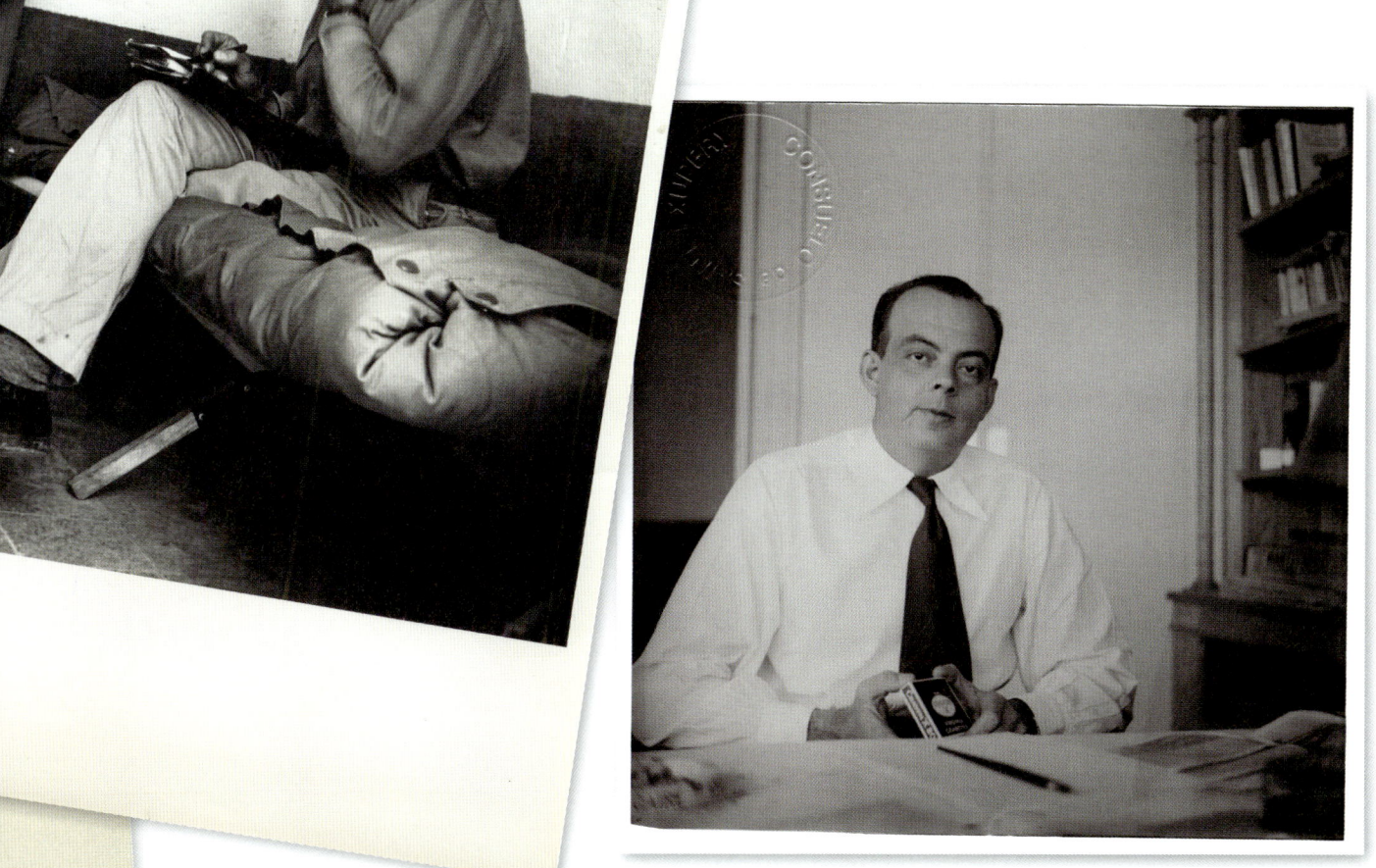

書くか、あるいは死ぬか

きみの言葉は、子供時代の実体験に根ざしている。技巧に走ったり、トリックを使って効果を狙ったりはしない。きみの言葉は、「〜である」「〜のだ」としめくくることで生きてくる。「〜らしい」「〜のようだ」という言葉をきみは信用しなかった。きみも、はやりのカフェで執筆するのは大好きだったけど、カフェから一歩も動かないような作家による描写は信用していなかった。きみは、体を使って書いた。重厚な万年筆だけが似合うその太い指で。ペンが走りだすと、きみはアルバトロスたちのはばたく高みにまで上りつめ、いっしょになって飛んでいく。

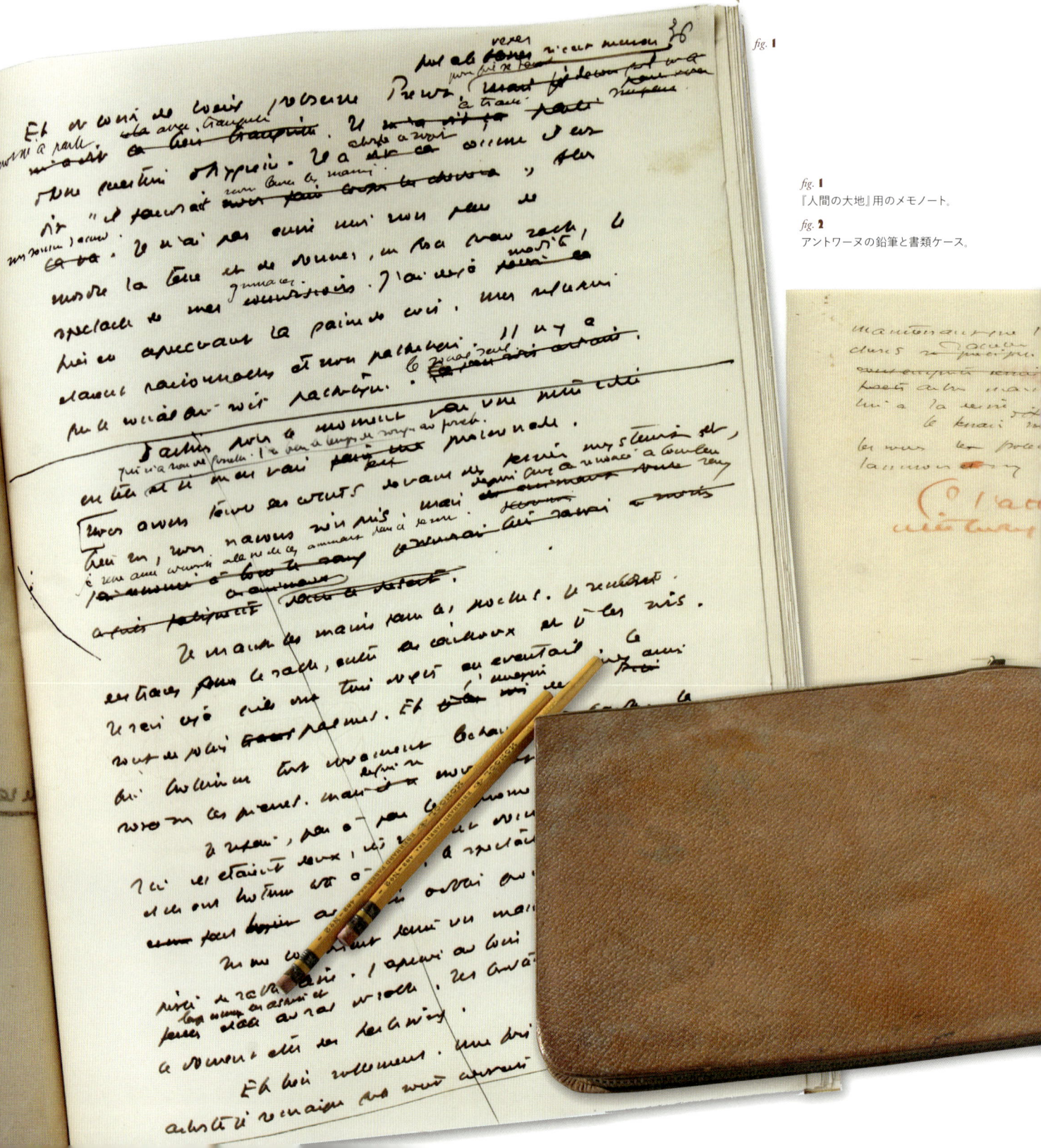

fig. 1
『人間の大地』用のメモノート。

fig. 2
アントワーヌの鉛筆と書類ケース。

Écrire ou ne pas être　**085**

> ぼくは6歳のときから書いている。ぼくを本に向かわせたのは、飛行機ではない。もし、自分が坑夫であったなら、大地の下から教訓を汲みとろうとしただろう。
>
> 『戦時の記録　1943年12月』
>
> 書くことではなく、見ることを学ぶべきなんだ。書くことは一つの結果だから。自分にこう問うべきだ。「この印象はどうやって伝えたらいいだろう？」と。すると、その対象は、自分のなかでそれらが起こす反応から生まれることになり、徹底して描写されることになる。
>
> リネットへの手紙
>
> 飛んでから書く、危険を覚悟で経験したことだけを書く……
> カサブランカ　アンリ・コント博士［訳注：アントワーヌの友人の外科医］への手紙
>
> 文学のための文学は嫌いだ。ぼくは、強烈な体験があったから、具体的な事実を書くことができたのだ。ぼくの作家としての義務の範囲を定めてくれたのは仕事だ。
> 1942年4月29日付　〈ラ・プレス〉紙

fig. 2

南方郵便機

> 1927年、『南方郵便機』執筆。セネガルのダカールで、きみは〈新フランス評論〉向けに長編の原稿を書きはじめる。きみのはじめての小説だ。砂漠の静かな輝き、砂嵐、吹雪、霧、灼熱、酷寒、雷雨、そして、とほうもない孤独感。それらとの対峙を体験するうちに、きみはだんだんと、目に映るものの発する声に耳をすませ、そこから聞こえてくる言葉、航路の道しるべとなるもの、またたく星の位置が、わかるようになっていく。そうやって、操縦かんを握る手もとから、ペンを握る指先から、言語活動の道が開かれたのだ。

修業中

小説のほうは少し停滞ぎみですが、一瞬たりとも観察をおろそかにしないよう心がけているので、ぼくの内面は著しく進歩しています。いまは充電中なのです。

母マリーへの手紙

言語を考えだす

書く前からその気が失せてしまうのは、自分がなにを言わんとしているのかわからない、というよりは、言葉で表現されていない世界と意識とのあいだに、どうやって橋を架けたらいいかがわからない、ということだ。自分で考えださなければならないのは言語である。

『手帖』

内面の生活だけを述べる

日常生活については、お知らせするほどのこともありません。かわり映えのしない毎日です。でも、精神生活となると、口にしにくいもので、気恥ずかしいような気がします。それを語ること自体、とてもわずらわしい。でも、唯一それが、いまのぼくにとってどれほど大切なものなのかは、あなたのご想像を超えるかもしれません。精神生活においてはすべての価値が変わります。他人を判断するときさえもです。安易に"いいひと"とほめるだけなら、それは、ぼくにとってはどうでもいいひと、ということです。ありのままのぼくをごらんになりたいなら、ぜひ、ぼくの書いたもののなかで見つけてください。ぼくが書くことは、自分で見たり感じたりしたことを綿密に考え抜いた結果ですので。ですから、ぼくは自分の部屋やビストロで静かに自分自身と向きあい、言葉のトリックである常套句など一切使わず、苦しみながらも自分の考えを表現できるのです。そういうときの自分は、正直でまじめな気がします。想像力に働きかけようと、強烈な先入観をもたせたり、視角をゆがめたりするものには、もう我慢なりません。ぼくには好きな作家が大勢いました。あなたがいらいらする、あのカフェ・コンセールで流れている歌のように、ごく軽い気晴らしになっていたからでした。でも、いまでは彼らのことをほんとうに軽蔑しています。

1925年　モンリュソン
母マリーへの手紙

---

fig. 1
アエロポスタル社の飛行機。ヴィリャ・シスネロス［訳注：旧スペイン領サハラの中心都市の一つ。現在のダクラ］付近の砂漠にて。

fig. 2
キャップ・ジュビー［訳注：旧スペイン領西サハラ、現在のモロッコのタルファヤ。ここにはラテコエール社の中継基地があり、アントワーヌは1927年、飛行場主任としてここに赴任する］のスペイン要塞。1919年撮影。

fig. 3
原稿の下書き。

夜間飛行

> 1930年、『夜間飛行』執筆。これは夜がテーマの本だ。きみは、ゆっくりと時間をかけて練り上げながら、いい作品になると確信した。描かれているのは、夜があわせもつ生と死の二つのイメージ。子供時代、友だちだった夜。煩わしい世界からきみをかくまい、つねになぐさめてくれた、あの癒やしの夜。いっぽうで、パイロットたちの敵でもある夜。くる日もくる日も夜はやってきて、果敢に立ち向かう彼らを、ときには呑みこんでしまうこともあるのだ。

fig. 1

nrf

jeudi 26

Cher Monsieur et ami,

Tout va bien, d'après tout ce que j'entends et peux apprendre : le prix Goncourt sera donné au meilleur.

Que ce meilleur ne manque pas à sa promesse ! Je vous en prie, envoyez-moi le plus vite possible les pages promises pour la NRF. Je ne puis pas m'en passer pour mon numéro de Janvier. (Et il vous suffit pour écrire un admirable "Guillaumet" - s'il n'est pas écrit - de vous écouter

fig. 2

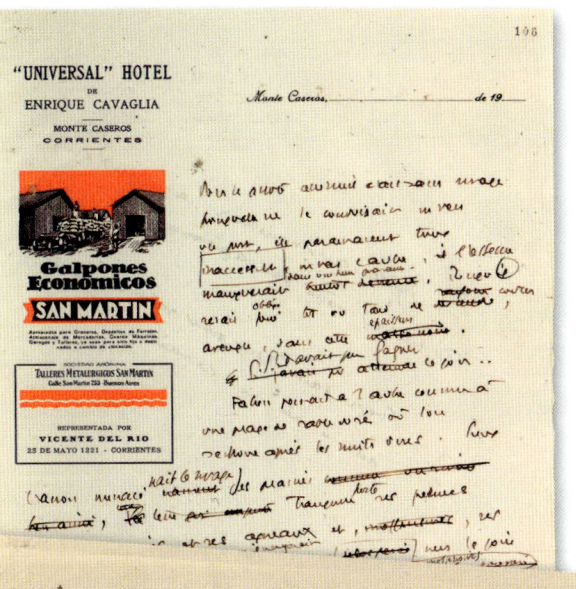

夜についての本

子供時代以降のぼくは実際に生きていたのか、どうかはっきりしません。いま、夜間飛行についての本を書いています。けれど、本質的なところでは、これは夜についての本なのです。(夜9時からだけが、ぼくがほんとうに生きている時間でした。)

1930年1月　母マリーへの手紙

ごまかしのない本

ぼくは小説を書きはじめました。さぞかしびっくりされるでしょうね。もう100枚はいっています。ただ、自信がありません。自分の言いたいことがはっきり表現できているのかなって。抽象的なことがらになると、あきれるくらいに抽象的な書き方をしてしまうのです。たぶん、ぼくがずっとひとりきりでいることに関係があるのでしょう。そうやって生まれた文章はできるだけ削除しています……。

やっと、自分自身にもどりました。ここにいると、ちょっと魂が肉体から遊離してしまうのです。自分がそこにいる気があまりしません。待機状態にあるような感じです。

アンドレ・ジッドの語りものを読みました。相も変わらずといった印象を受けました。なにより、ものの特徴を描き分けようとして必死に努力している印象があります。しかも、簡潔な表現を目指して。ところが、描かれたもののイメージがまったくわいてきません。作者がいじくればいじくるほど、それらははく製のようになるのです。動詞や形容詞を省くことばかりが簡潔な表現とはかぎりません。そんなのはごまかしです。まったく、アフリカの海へと流れていったアンドレ・ジッドのことなんて、鼻で笑ってやりますよ。ぼくはそこに、いままで左にいたツバメが右に飛んでいく姿を認めました。アンドレ・ジッド氏もアフリカで駄文を書き散らしていたことが、よくわかりました。氏の取り組みなど、屁とも思っていません。ああいう輩は、屍のように思えます。そこに生気は感じられません。

感じのよい紋きり型の表現に出合うと、本来の考えから外れてしまうものです。たとえ自分の考えを少したわめることになっても、その言いまわしの魅力に屈して、それに当てはめようとするからです。ぼくらはその雰囲気を醸しだすこと以上に、表現の趣向を凝らすことを研究していました。ぼくらには、いわば引き算が欠けているのです。

ポール・ヴァレリーの散文は、ばかばかしいと思います。思考になにか数学っぽさを感じるし、文章を読むと微分方程式を解いているような気がしてきます。ぼくのなかではなんの関心も呼び起こされませんでした。

1928年
イヴォンヌ・ド・レトランジュへの手紙

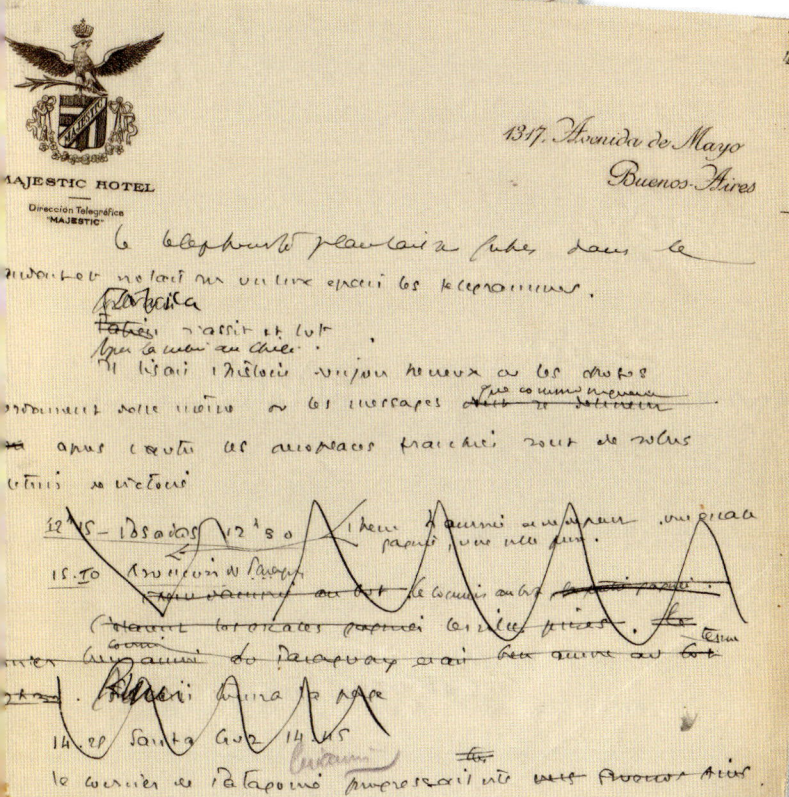

fig. 1
1931年、ジャン・ポーラン[訳注：批評家、〈新フランス評論〉の編集長]からのゴンクール賞に関する手紙。

fig. 2
記者2名と、パリの〈ブラッスリー・リップ〉にて。

fig. 3
1939年に授与されたレジヨン・ドヌール勲章オフィシエ。

CHAPITRE IV　ECRIRE AVEC SON CORPS

鼓動する思想

> いま、彼は夜警のように夜のただなかにいて、夜は人間を見せてくれるものだと気づいた。夜は人間の呼びかけ、その光、その不安をあらわにする。闇のなかにぽつんと光る星。あれは、一軒だけ孤立している家だ。星が一つ消えた。あれは、愛のうちに眠りについた家だ。あるいは、憂うつのなかに沈む家。そうなら、それは外の世界に合図を送るのをやめた家だ。ランプの前でテーブルにひじをつくあの農夫たち、彼らは自分たちの望みに気づかない。その欲望が、彼らを閉じこめている夜の広がりのなかで、こんなに遠くまで届いていることを知らないからだ。しかし、ファビアンは気づいた。1000キロ先から飛んできて、深いうねりに上下する機体が息づくのを感じ、戦火の国を抜けるように十もの嵐を抜け、合間に月の光を浴び、その光を次々と味方につけて嵐に打ち勝ったと感慨を覚えるうちに気づいたのだ。あの農夫たちは、自分たちのランプがそのつつましい食卓を照らすだけのものと思いこんでいる。だが、彼らから80キロも離れたところで、その光の呼びかけにすでに心動かされているものがいるのだ。まるで、無人島から海に向かって必死にそれが振られているかのように。
>
> 『夜間飛行』

fig. 1

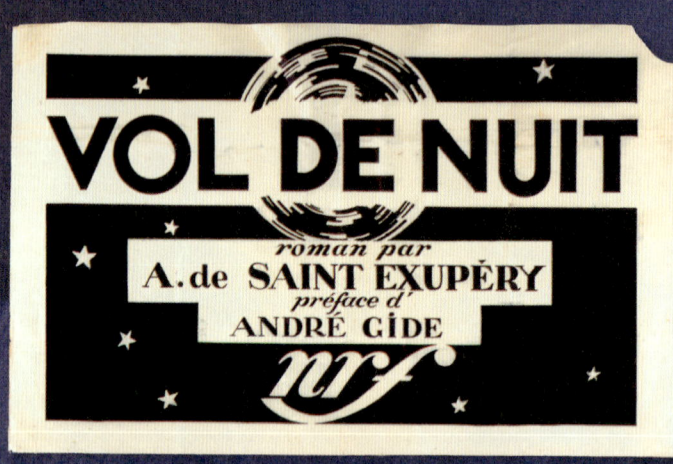

友人の画家ベルナール・ラモットによる『戦う操縦士』の見返しの挿絵。

サン=テグジュペリと文学　　　　　　　　　　　　　　　　　　　　　Vol de nuit　　091

fig. **1**
〈新フランス評論〉の『夜間飛行』のポスター。

fig. **2**
レキップ・アルクール（1934年、ラクロワ兄弟とコゼット・アルクールがパリに設立したフォト・スタジオ〈スチューディオ・アルクール〉の前身）で撮影されたポートレートの1枚。

CHAPITRE IV ___ 05

092 ÉCRIRE AVEC SON CORPS

鼓動する言葉

人間の大地

　　　1936年、『人間の大地』にとりかかる。きみの視線は、これまでの空から、人間のいる地上へと向かった。大地での実体験にもとづくエピソードが、この作品でつぎつぎと語られている。飛行士というすばらしい職を身につけたきみは大地の上を飛びながら、職業作家として学びつづけた。空の高みから見た世界は、"万巻の書物より多くのことを教えてくれる"からだ。自分の身にふりかかった出来事、友だちのメルモーズやギヨメの遭難、それらをとおして、きみは"意味"を追求していくようになった。この作品の1ページ1ページが、砂漠の砂や山脈の雪にまみれ、荒れ狂う海の泡をかぶっている。

図.1

離陸するファルマン機　ボリビアのサンタ・クルス

自己放棄

> 感動とか、まやかしの同情とか。ひとを驚かせるもの、ひとの気を引くものほど、いかさまであることが多い。なにかを理解するためにまず必要な資格は、いわゆる無私無欲、自己放棄の精神だ。社交界の連中は、娼婦でも利用するように、科学や芸術や哲学を利用している……。
>
> 　　　　　　1926年　リネットへの手紙

> ぼくは泉を見いだした。旅の疲れを癒すのに必要だったのはまさにそれなのだ。泉は、彼女はそこにいた。いっぽう、ほかの女たちは……。
>
> 　　　　　　『南方郵便機』

fig. 1
40年代にアントワーヌが使用していた救命胴衣と双眼鏡。

fig. 2
『人間の大地』(『大風のなかの星々』から改題されている)。

戦う操縦士

> 1939年、第33-2飛行集団配属。1941年、アメリカで『戦う操縦士』を執筆。1942年、アメリカに続きフランスで出版。偵察飛行中のきみが地上に見たものは、はらわたをなくしたフランス、避難をはじめたばかりで疲れと不安で動けなくなっているひとびとの姿だった。きみは地獄のアラス上空に突入し、ドイツ軍の対空砲火を浴びて機体に損傷を受けた。突然きみは自分がもう人間の共同体の住人ではないこと、長いことそこで、教会の聖具係や貸し椅子係として間借りしていたこと、寄生者で、敗者だったことに気づいた。これまできみは人生のロうるさい管理人にすぎなかった。

そこに"人間"が現れた。それが、きみにかわって住みついた。眠りから醒めたときのように、見ようともしなかったものが、自然ときみの目に入ってきた。ほかのひとたちの姿も見えた。サゴン、デュテルトル、ペニコ、オシュデ、アリアス、イスラエルやほかの隊員たちだ。みんなきみの友達で、不幸な戦争をともに戦う同胞だ。

fig. **1**
『アラス偵察飛行』の書店向け見本刷。

fig. **2**
友人の画家ベルナール・ラモットによる『戦う操縦士』挿絵。

Pilote de guerre 095

fig. **2**

❝ 自らの肉体をもって書く

　人間である同胞の苦しみをすべて分かちあおうとしないのなら、ただのひと言だって書く資格はありません。命をかけて抵抗するのでなければ、書くことなどできません。この戦争にとって真実であることは、どんなことにおいても、真実でありつづけるはずです。言葉が肉をまとうというキリスト教の考えに仕えるべきです。書かねばなりません。ただし、自らの肉体でもって。

1940年7月7日付〈ニューヨーク・トリビューン〉紙
ドロシー・トンプソンのインタビューに対して

考えるということは
ゲームじゃない

　ぼくは思想を、テニスのボールや社交界でやりとりされるコインのように扱うことはできない。ぼくにはまったく社交界向きの素質というものがないから。考えるということはゲームじゃないんだ。

1926年　リネットへの手紙

❞

CHAPITRE IV　07　ÉCRIRE AVEC SON CORPS

鼓動する言葉

ある人質への手紙

> 1941年から1943年にかけて、『ある人質への手紙』を書きあげる。そう、きみは、いろいろなひとたちのほほえみに救われてきた。新しい自由の国に入っていくように、きみはそのみんなのほほえみのなかに入っていった。きみは他者に敬意を払う。人間に対する敬意を重んじている。きみはここで親友への賛辞を重ねた。占領下のフランスにとどまるユダヤ人のレオン・ヴェルト——きみがぼくの話を捧げた相手——を称えているのだ。レオンととても仲のよかったきみ。きみはレオンの信奉者だった。ぼくを通じて地球上のひとたちに語りかける前に、きみは手紙でレオンに語りかけていた。もうずっと前からきみにはわかっていたんだ。人種はちがっても同胞として認めあうことで、はじめてみんなが豊かになれるんだってことを。

fig. 1
『ある人質への手紙』の初版本。

血をもって署名する

　ニューヨークに暮らしていることで、ぼくは非難された。侮辱されもした。だから、今日、ぼくは骨の髄までこの身を投じて、自分が純粋であることを証明できて、ほんとうに満足している。血をもってしか署名することはできないんだ。
　1944年　アルジェ シルヴィア・ハミルトンへの手紙

　すっかりドイツの占領下におかれ、いまやフランスは、積み荷ごとすっぽり沈黙におおわれた船のようだ。危険な海で生き延びられるのかどうかもわからず、照明をすべて落としてしまった船。そんないま、愛するひとたちそれぞれの運命が、この体に居すわる病よりも、ひどくぼくを苦しめる。ぼくは、自分の本質的な部分で彼らの弱々しさに怯えていることに気づいた。
　　　　　　　　　　　　　　　　　　　『ある人質への手紙』

　人間への敬意！　人間への敬意なのだ！　人間に対する敬意がひとびとの心のなかに築きあげられれば、代わりに彼らは、その敬意を認めさせるような社会、政治、経済の体制の基盤を、最終的に築きあげられるだろう。つまり、一つの文明は、まず実質において築かれる。その実質とは、なによりも、人間のうちにある、ある熱に対する絶対的な願望である。そして、人間は失敗に失敗を重ねながら、火へと続く道を見いだすのだ。
　　　　　　　　　　　　　　　　　　　『ある人質への手紙』

CHAPITRE IV   08   ÉCRIRE AVEC SON CORPS

鼓動する言葉

星の王子さま

> 1943年、『星の王子さま』が世に出た……。アラス上空の偵察飛行を経験したあとだった。きみは、ぼくらの出会いや語りあったことをお話にしようと考えた。じつのところ、だいぶ前から、ぼくは、きみの下書き原稿や、手紙や、なぐり書きした紙切れの余白なんかに顔を出していた。そう、ナプキンとかクロス、レストランのメニューや封筒の裏、とにかく種々雑多に、紙の上ならどこにでもだ。それから、ぼくはきみから声をもらい、命を吹きこまれた。ぼくの顔ははっきりとしたかたちになった。格好もよくなったし。なによりもぼくは言葉をしゃべるようになった。

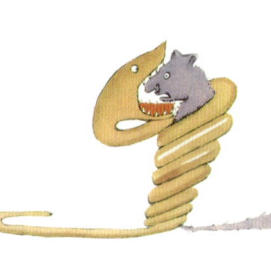

fig. 1
アントワーヌの水彩セット。

サン=テグジュペリと文学　　　　　　　　　　　　　　　　　　　　　　　　Le Petit Prince

" ぼくに手紙をください

　これが、ぼくにとって、この世で一番美しくて、一番悲しい景色です。前のページとおなじ景色ですが、みなさんによく見てもらおうと、もう一度描きました。王子さまがこの地上に姿を現して、それから、姿を消したのがここなのです。

　この景色をよく見ておいてください。いつの日かみなさんがアフリカで砂漠を旅行するようなことがあったら、確実に見分けられるように。そして、そこを通ることになったら、お願いです、さっさと通り過ぎたりせず、この星が真上にくるまで、ちょっと待ってみてください！　もし、子供がひとり、そばにやってきて、よく笑い、金色の髪をしていて、なにを訊こうが答えてくれないようでしたら、その子がだれなのか、ちゃんと察しがつくはずです。もし、そうでしたら、恐縮ですが、お願いがあります！　いつまでもぼくがこの悲しみをひきずることがないよう、すぐに手紙で知らせてほしいのです、王子さまがまたやってきたと……。

『星の王子さま』　"

城砦

> 1936年からずっと書きためてきた『城砦』。人間たちを彼ら自身から救済しなければならない。彼らに人間の意味をとり戻させる必要がある。彼らの汚わいの下で息をつまらせながら眠っている大天使を目覚めさせなければならない。『城砦』は、きみの詩。きみのバイブル。そして、きみの未完の遺作となってしまった。きみは8年にわたって書き連ねていた。まだあと10年は続けていたかったはずだ。時間がゆるすのなら、力尽きるまで続けたかったはずだ。この900ページにものぼる"母岩"のままの原稿の加工、きみはなんとしてもこの"自分の樹を完成させ"たかったはずだ。

わが都市の先頭に
詩人や司祭を据えよう。

サン=テグジュペリと文学

Saint-Exupéry et les mots

fig. **1**
1950 年，ガリマール社から刊行されたサン=テグジュペリ全集の『城砦』のための挿絵。アンドレ・ドラン［訳注：フォービズムに分類されるフランスの画家］制作。

言語の結び目

　わたしの心を動かすには、おまえの言語のきずなにおいてわたしを結びつけなければならない。それゆえ、文体が神聖な働きをなす。そのとき、わたしはおまえからその構造を強いられることになる。また、おまえの生命の動きこそこの世で比類なきものとなる。なぜなら、だれもが星々や、泉や、山について語りはしても、山に登って、銀河に湧くその純然たる乳を飲むよう、おまえに命じたものはひとりとしていなかったからである。

　しかし、はからずも、例の語をもつ言語があるのは、わたしがなに一つ創りださなかったからであり、生けるものをなんらもたらしていないからである。その語が日々使われるべきものでなければ、わが身に引き受けてはならぬ。夜ごとの祈りで使われぬ語は、まやかしの神々から生まれたものであるからだ。

　形象からおまえが啓示を受けとることがあれば、それこそ、山の頂であり、そこから望む景観は整然としたものとなる。それは神の贈りものである。形象に名前を与え、記憶にとどめよ。

『城砦』

神の指

　そのとき、わたしは理解した。彫像のほほ笑みや、風光明媚な景観や、神殿の静寂を識ったものが見いだすのは神であるということを。なぜなら、そのものは、対象を超えて鍵に到達し、言葉を超えて賛歌を聞き、闇と星を超えて無窮を感じるからである。神とは、なによりおまえの言語の意味であり、おまえの言語が意味をもつならば、おまえに神を見せてくれるからだ。

　幼い子供のあの涙も、おまえの心をゆさぶるのなら、海の沖に向かって開かれた明かりとりとなる。おまえの心に響くのは、その涙ばかりでなく、あらゆる涙なのだ。子供は、おまえの手をとって教えてくれる存在にほかならない。

　主よ、なぜにあなたは、こうして砂漠をわたることを強制されるのか。わたしは茨のなかで難儀をしておりますのに。砂漠が姿を変え、金色の砂と、地平線と、穏やかに吹きわたる風とが、もはや、ばらばらなものの集まりではなく、わたしを高揚させる広大な帝国となり、それを通してあなたの存在を読みとることができるようになるには、あなたの合図一つで十分なのである。

　また、わたしには、神が姿を隠せば、姿が見えないことで、かえってその存在をはっきりと読みとることができると思われた。なぜなら、水夫にとって、神は海を意味するからである。夫にとっては愛を意味するからである。しかし、水夫が「なぜ海なのか？」と自問するときがある。夫であれば「なぜ愛なのか？」と。そして、彼らは憂うつのうちに、時間を過ごす。事物を結びつける崇高な結び目をのぞいては、彼らに欠けているものはなにもない。しかし、彼らにはすべてが欠けているのだ。わたしは考えた。

　「神がわたしから姿を隠されたように、わが民からも姿を隠されるなら、わたしは民をアリ塚のアリに変えてしまうことになる。民から情熱がすっかりなくなってしまうからだ。ダイスが意味を失えば、もはやゲームにはならない」

『城砦』

fig. **1**

すぐれたルポライター

> 1936年、きみはパリ―サイゴン間の飛行記録更新で一攫千金を狙う。1938年には、ニューヨーク―ティエラ・デル・フエゴ［訳注：南アメリカ最南端の島］間の1万4000キロの飛行に挑戦。きみのこうした向こうみずな長距離飛行はことごとく失敗に終わり、そのたびにきみの購入した飛行機は、リビア砂漠や、グアテマラの首都近くで大破した。そんなきみは、別の行動でも自分を試している。特派員として現地入りし、ソ連やスペイン内乱を取材したのだ。

ここでは木が伐採されるように人間が銃殺されている

　われわれはシロアリなどではない。われわれは人間なのだ。われわれに、もはや数や空間の法則は通用しない。物理学者は屋根裏で計算に計算を重ね、都市の重要性を秤にかける。がんを患うひとは夜も眠れずに、人間の苦痛の震源を抱えている。たったひとりの鉱夫は1000人の命にも値するはずだ。人間というものを考えたら、もうあのような恐ろしい勘定のしかたはできない。「全人口からみれば、あんな犠牲者の12人くらい、なんだというのか。活動を続ける都市からみれば、あの焼けた寺院などものの数ではない……。バルセロナのどこに恐怖があるというのだ」こう言われようが、そんな尺度など受け入れるわけにはいかぬ。人間の領域は量ではかれるものではない。

　修道院や研究室や愛のうちに引きこもったひとは、すぐそこにいるように見えながら、チベットの辺境におかれたような孤独のなかで、どんな旅でも行き着くことのない遠く隔たったところにいる。その哀れな壁を突き破ったら、どのような文明が、アトランティスのように永遠に海に没することになるのか、ぼくには知るよしもない。森のなかの人間狩り。兄弟たちといて撃たれた娘。いや、ぼくが怯えるのは死ではない。死が生と結びついているなら、ほとんどそれは心地よいものに思われる。この修道院においても、死者のための日は祝福の日でさえあったのだと考えたい……。しかし、人間の本分までいきなり消し去るこの恐るべき忘却、代数学者ばりのこの弁明、これこそぼくが拒絶するものなのだ。人間たちは互いに敬意を払いあうことがなくなった。彼らは、魂のぬけた執行官となって、自分たちが一つの王国を滅ぼしているとも知らず、風に動産をまき散らす……。ふるいわけと称して、粛清する権利を手にした委員会。二度、三度とその基準が変わりはしても、あとには死者しか残さない。宗派の分裂をおさめる預言面をして、なんのやましさもなく全人民に刑を宣告する。これがモロッコ兵を率いる将軍のやっていることだ。ここでは、木が伐採されるように人間が銃殺されている……。

　スペイン国内で、民衆は蜂起している。しかし、個人というその小さな領域では、堅坑の底でむなしく助けを求めているのだ。

1936年8月19日付 〈ラントランシジャン〉紙

頭上では銃弾が

　頭上では銃弾が壁を弾いている。ぼくたちは月明かりに照らされたその壁伝いに歩いている。道の左手の盛り土が、低く飛んでくる弾をはね返す。その乾いた音にもかかわらず、正面と両脇に馬蹄形に展開している戦線から1キロも離れていたため、案内をする中尉もぼくも、この白い田舎道でとても穏やかな気分を味わっていた。歌おうが、笑おうが、マッチをすろうがかまわないのだ。こちらに注意を向けるものなどいない。ぼくたちは近くの市場に出かける農夫のようだった。1キロ先にいれば、ふたりとも必要にさしせまられ、いやおうなく戦争の黒いチェスボードの上に並べられていただろう。だが、ここでは、勝負の外に置き去りにされ、みちくさをくっていられたのだ。

1937年6月27日付
〈パリ・ソワール〉紙

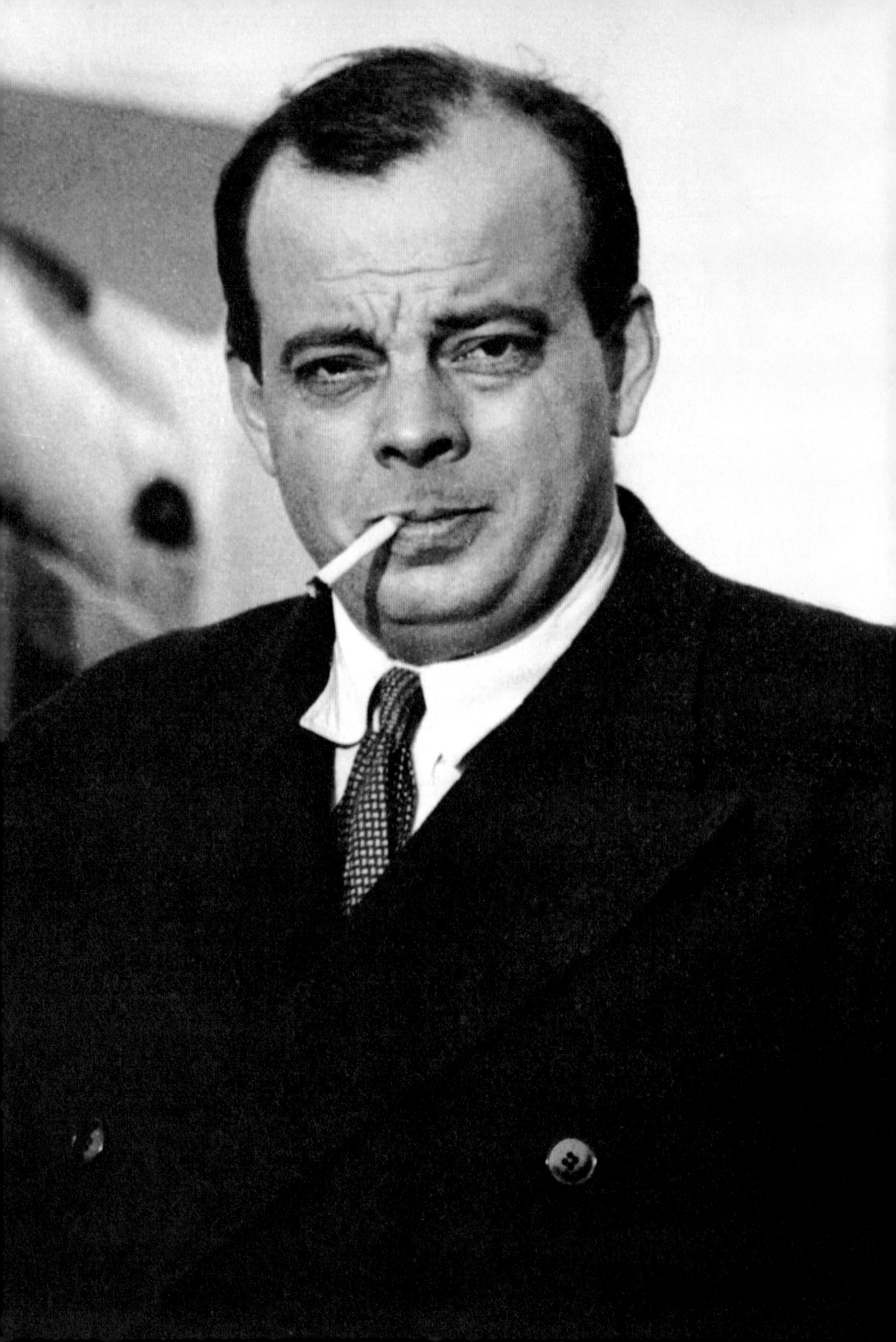

Chapitre V

VOYAGER EN SOI-MÊME

第5章

Saint-Exupéry et l'aventure

省察へのボワイヤージュ

サン＝テグジュペリと冒険

1926年。パリの街は狂乱の時代に沸いていた……。
運命の女神が、再びきみにほほ笑みかけているようだった。
きみのはじめての短編が
アドリエンヌ・モニエ［訳注：1915年からパリのオデオン通りで出版社を兼ねていた書店を営んでいた女性で、
若い才能を見いだし、育てていった］が主宰する
〈銀の船（ナヴィール・ダルジャン）〉誌に掲載されたのだ。
それにまた、恩師シュドゥール神父の口利きで、きみは空を飛ぶというあの魅惑の世界に復帰することにもなった。
空を飛ぶことがなければ、きみの人生は、ただただ苦痛と憂うつが延々と続くことになってしまう。
さあ、これで流刑の地クルーズ県からやっと抜けだせる。
ソーレ社のトラックとはおさらばだ。ゲレやモンリュソンの〝お嬢さん〟たちともさよならだ。
きみには冒険が待っていた。
地中海や、大西洋の向こうには大きな世界が広がっていた。
それにしても、きみはいまだに子供のままだ。
昼間は無鉄砲、夜はこわがりやの、アントワーヌ坊やだ……。

> ぼくたちは、世界の果てに迷いこんだのだった。
> 旅をするとは、まずなによりも、肉体を脱ぎ変えることだと、
> すでに知っていたからだった。
> 『南方郵便機』

CHAPITRE V　　　01

VOYAGER EN SOI-MÊME

省察へのボワイヤージュ

トゥールーズ－カサブランカ－ダカール

> きみが新たに入社したのは、郵便航空路線会社のラテコエール社、のちのアエロポスタル社だ。トゥールーズ［訳注：フランス南西部オート＝ガロンヌ県県庁所在地］にあるホテル〈グラン・バルコン〉がきみの住まいとなった。部屋は5階の角部屋の32号室。最初の数カ月は試練が続く。きみは指を油まみれにし、整備士として働いた。それから、パイロットに返り咲き、メルモーズやギヨメとともに、トゥールーズ、カサブランカ、ダカールを結ぶ路線を飛んだ……。こうしてきみは、風や、砂や、星たちと密接にかかわっていくことになったのだ。とにかく、航空郵便というのは、なにがなんでも目的地に届いてこそのもの。そんななかで培われた男同士のきずなは、きみの人生に再び意味を与えることとなった。

元気をくれるもの

だから、ぼくは飛行機の操縦が好きなのです。それが仕事であって、不良たちのスポーツでないかぎりは。唯一、この仕事が、ぼくに元気をくれるのです。

1926年11月11日　イヴォンヌ・ド・レトランジュへの手紙

新しい世界

前方には、不帰順地帯のまばゆいほどの白。ときおりむき出しの岩が姿を見せる。風が砂を掃き、あちこちに均整のとれた砂丘をつくっている。動かない空気が、母岩のように機体を閉じこめる。ピッチングもローリングもない。ここまで高度を上げると、風景も動かない。風に抱きかかえられた機体は、その体勢のまま飛び続ける。この不動と静寂の状態で、さらに6時間。そのあとで、さなぎから出るように、機体の外に出る。すると、そこには新しい世界がある。

『南方郵便機』

あの世

こんなことを言われた。「雲海の上を、コンパスを頼りに飛ぶのはとても気分がいいものだ。だが、覚えておくがいい、その下はあの世だ」それで、ぼくは、あのすごくふわふわした、すごく穏やかそうな白い広がりに出くわして、「その下はあの世だ」という言葉を思い出すと、目的地までたどりつくのは困難だと思い、人間界から隔絶されたような気持ちにとらわれる――だが、そんな気持ちになることさえ、すばらしいことだといえる。

1926年12月　リネットへの手紙

なににもかえがたい宝

仕事の偉大さは、おそらくは、まず、ひととひととを結びつけるという点にあるのだろう。真の贅沢とはただ一つ、人間関係という贅沢だ。功利のみのために働いていると、自ら牢獄を築くことになる。孤独のうちに閉じこもることになるのだ、生きる価値のあるものをなに一つ購入できない灰の貨幣をにぎったままで。自分の思い出のなかで、いつまでもよい余韻を残しているひとたちのことを探すと、また、意義深かった時間をふり返り総括してみると、どれほどの富を積もうが味わえないようなものが、必ずや見つかる。金で買えるものではないのだ、メルモーズのような男との友情は……。

『人間の大地』

ブレゲー14型機　F-AEIZ

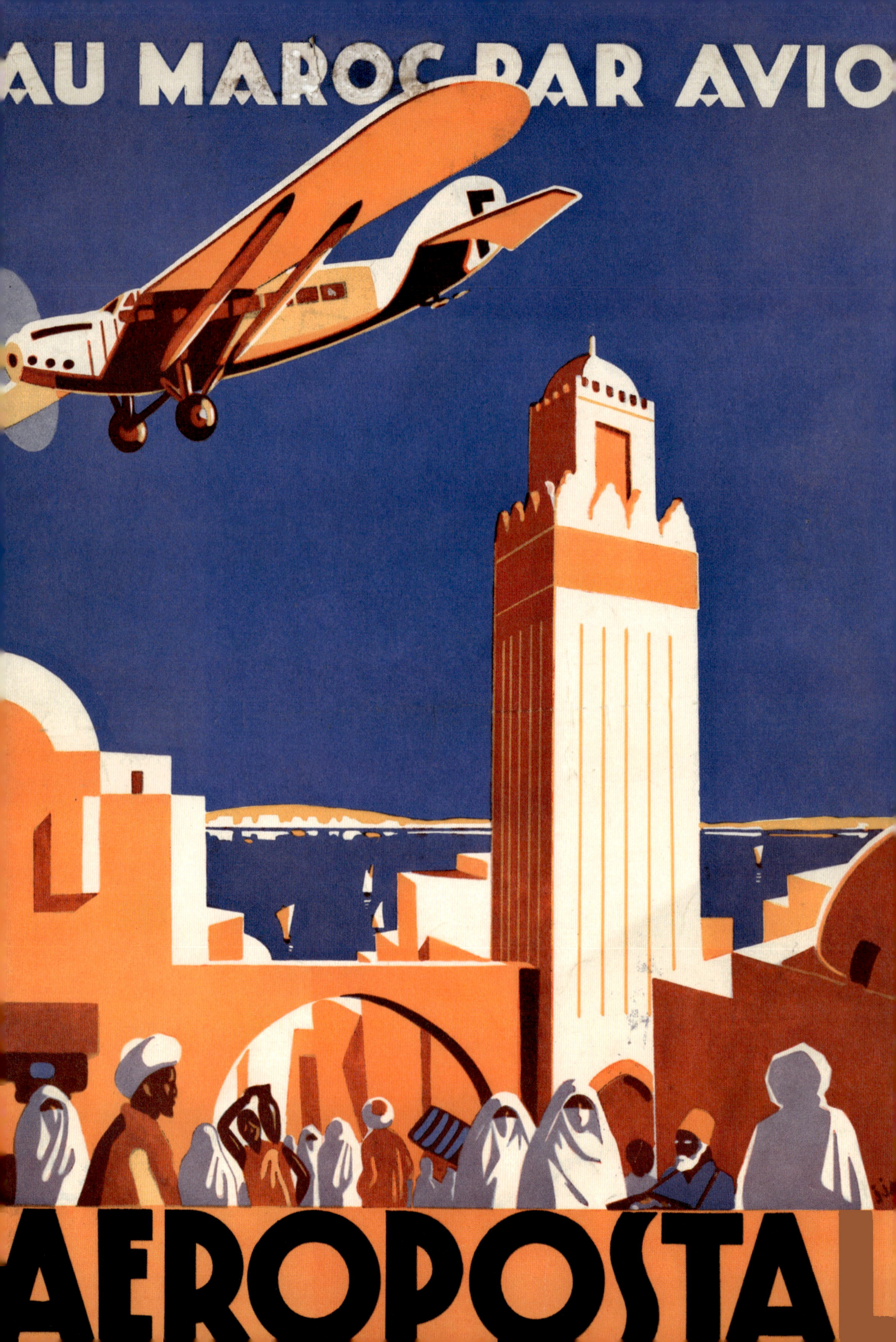
AU MAROC PAR AVIO
AEROPOSTA

夜 の 不 安

　　　　　リネット、夜になると、ぼくはぼくでなくなる。ベッドで目を開けたままじっ
　　　　としていると、たまに少し不安になることがあるんだ。霧が出ると知らされたの
　　　　が気にくわない。明日、顔面がつぶれるような目にはあいたくないからね。世界
にとっては大した損失でなくても、ぼくはすべてを失うことになる。友情とか、思い出とか、アリカンテの太陽とか、ぼ
くが大事にしているもののことを思い浮かべてみてくれたまえ。それに、今日買ったばかりのこのアラビア絨毯のことも。
あんなに身軽で無一物だったぼくに、大金持ちの気持ちをいだかせてくれた代物だ。
　リネット、同僚に、両手に火傷を負ったものがいてね。手の火傷はしたくないものだ。自分の手を眺めてみて、いとお
しいと思う。ものを書くことができるし、靴紐を結ぶことができる。きみは好かないだろうけど、自分でほろりとしてし
まう即興オペラをつくることができる。20年間の鍛錬の賜物だ。それに、ときにはこの手で、みんなの顔を挟みこむこ
ともある。あるひとの顔も。わかるね。リネット、今晩のぼくはウサギみたいにびくびくしている。あのダカールでの話
が気にいらないんだ。聞いたところでは、「むこうは興奮状態で、今度故障で不時着すれば、ムーア人たちに虐殺される」
というのだ。ムーア人に虐殺される……。その言葉が闇のなか、耳もとで際限なく囁いているようで、やりきれない。夜
は、すべてがはかなく思える。愛するひとたちにぼくをつなぎとめているものまでが。そのひとたちも眠りについている
ことだろう。ぼくは、病人を看病するひと以上に心配になってくるのだ。ベッドで眠らずに夜をすごしていると。彼らの
ことを夜通し考えていると。ぼくは、自分の大事なものをろくに守れやしない。
　ぼくはちょっとおかしい。昼間はすべてが単純で、飛び立ちたくてしょうがないし、危険もいとわない。そういうこと
が、昼は平気でも、夜はだめなんだ。

　　　　　　　　　　　　　　　1927年1月3日　リネットへの手紙

ば か で か い 男

　サン＝テックスと最初に出会ったのは、ダカールにあったナイトクラブです。ダンスが苦手そうなひとでした。礼儀上、
相手に気を遣っていたのでしょうが、ただ面白半分に踊っていたのかもしれません。ダンスのお相手は、自分より頭ふた
つ分くらいも背が低い女性で、おまけに本人ときたら、靴下留めの片方がはずれているのです。でも、そういったことす
べてを、当の本人が気にしている様子はありませんでした。わたしは思ったものです。「あのばかでかい男は、いったい
なにものかしら」と。そんなひとがまさか偉大な作家になるとは、どうして想像できたでしょう。いつだったか、のちに、
ドイツの哲学者ハイデッガーが、彼のことを「今世紀最大の実存主義者だ」とも言っていますが。わたしたちはブエノス・
アイレスで結婚式をあげることになっていて、アルゼンチン人の旧友アルモナシッドが証人のひとりになってくれたので
すが、もうひとりの証人は、その"ばかでかい男"だと、もしあのとき知らされていたら、ほぼまちがいなく卒倒したこ
とでしょう。サン＝テックスとは、夫婦ぐるみで仲良くしていました。彼はなにかが必要になると、あるいは、用はない
けどただわたしたちに会いたくなると、昼でも夜でもおかまいなくやってきました。そして、しゃべって、しゃべりまくっ
て、疲れてぐったりするのです。でも、彼はどうしても話さずにはいられないのでした。こんなことをした、とか、あん
なものに出くわした、とか。そうやって、しゃべりまくったあとに、居眠りをす
るのです。うちには彼を泊めるスペースがなかったので、わたしたちは、彼をま
ずエレベーターに乗せ、それからタクシーに乗せて、家に着くまでは起こしてお
いてくれるよう、運転手に頼まなければなりませんでした。

　　　　　　　　　　　ノエル・ギヨメ［訳注：アンリ・ギヨメの妻］

ジャン・ジャクランによるアエロポ
スタル社の記念ポスター（部分）。

キャップ・ジュビー、砂漠から教わる

> 1927年10月19日。きみは中継地のキャップ・ジュビーの飛行場主任を任された。アエロポスタル社［訳注：ラテコエール社は買収され、コンパニー・ジェネラル・アエロポスタルとなっていた］のパイロットたちが、そこで睡眠をとったり、燃料補給をしたりすることになっていた……。このサハラ砂漠にきみは17カ月とどまることになる。『南方郵便機』はここで書かれた。空を飛んでいないと、きみは退屈した。砂漠の果てしない広がりに酔いしれながらも、絶望的な孤独、うつ、幻滅をいっぺんに味わった。

サン=テグジュペリと冒険

fig. 1
アントワーヌが使用していたアフリカの鉄製の灰皿。

修道僧のような生活

"スペイン領サハラのまっただなか、アフリカ全土で一番辺ぴな場所で、まったく修道僧さながらの生活です。海沿いに要塞があって、それと背中合わせにわが社のバラックが建っており、あとはもう数百キロにわたってなんにもありません。満潮時には、ここはすっかり海に浸されます。

1927年 母マリーへの手紙

ぼくは鉄道の保線係のように辛抱強く、うんざりするくらいサハラを監視しています。自分でも、たまにカサブランカや、もっとまれですが、ダカールへ郵便機を飛ばすことがあるけれど、それがなければ、ノイローゼになってしまいます。

1927年 姉シモーヌへの手紙

ぼくの使命は、ムーア人の部族との関係を築き、できれば、部族外の人間でもこの地域を移動できるようにすることです。ぼくは、飛行機乗りと、大使と、探検家を兼務しているというわけです。

1927年 キャップ・ジュビーにて
ピエール・ダゲー［訳注：妹ガブリエルの夫］への手紙

砂漠から学んだこと

ぼくは孤独というものを知っている。3年間の砂漠暮らしで、すっかりその味を覚えた。無機的な土地のなかで若さがすりへってゆくことへの恐れはない。だが、自分から遠いところで世界全体が老いてゆくという気がする。樹々は果実を実らせ、大地は麦を芽吹かせ、女たちはすでに花ざかりを迎えている。だが、季節は過ぎゆくのだ、急いで帰らねば……。だが、季節は過ぎゆくのに自分は遠くに留めおかれている……。そして、大地の恵みは砂丘の砂のように、指のあいだからこぼれゆく。

砂漠は、ぼくたちにとってなんであったのか？　それは、ぼくたちのなかに生まれようとしていたものだ。ぼくたちが自分自身について学びつつあったものだ。

『人間の大地』"

砂漠の魔法

> カサブランカからダカールまでは、いくつかの中継地を経て飛ぶのだが、このキャップ・ジュビーで1泊するかどうかで、23時間から32時間かかった。きみはここでこの路線を飛ぶパイロットたちを出迎え、機体の応急修理をしたりした。仲間の救出に向かうことだってあった。連中にとって、きみは敵地のなかの守護天使だった。砂漠に不時着することは、めずらしいことじゃなかったし、砂漠には残忍なムーア人たちがいたからだ。この不帰順民族ときたら、しばしば不時着したパイロットをさらって、ひどい目にあわせたあげく、身代金の要求までするのだから。けれども、砂漠にいるのは敵ばかりでなく、きみはフェネックやガゼルやカメレオンと友だちになった。ときには、きみ自身がカサブランカやダカール方面に飛ぶこともあった。

1928年、キャップ・ジュビーにて、路線パイロットたちと。左から順に、アントワーヌ、デュメニル、ギヨメ、レオン・アントワーヌ、マルセル・レーヌ。

サン゠テグジュペリと冒険　　La magie des sables

> ぼくは、いつだって砂漠が好きでした。砂丘に腰をおろしてみる。なにも見えない、なにも聞こえない。でも、なにかが静かに光っているのです……。
> 『星の王子さま』
>
> ぼくたちを駆りたてた地平線は、つぎつぎと姿を消した。ひとたびひとの手に囚われるや、その彩りを失ってしまう蝶のように。だが、蝶を追っていたものは、幻影にまどわされていたのではない。そのような発見を目指していたぼくたちは、まちがっていたわけではない。アラビアンナイトの、あのスルタンにしてもまちがってはいなかったのだ。囚われの美女たちが、触れるなりその翅から金の色が失われ、夜明けとともに腕のなかで絶命したというほど、ひじょうに繊細なものを追い求めたあのスルタンにしても。ぼくたちは砂漠の魔法を糧とした。やがては、あとからやって来てそこで油井を掘り当て、金儲けをするものもいるだろう。だが、やって来たところで、連中は遅きに失することになろう。なぜならば、ひとを寄せつけぬヤシの林や、踏み荒らされていない貝殻の堆積が、その一番貴重な部分をぼくたちに委ねてしまったあとだからだ。それらが差しだすのは熱狂のひとときにすぎず、そのひとときを経験したのはぼくたちだからである。
> 『人間の大地』

CHAPITRE V　VOYAGER EN SOI-MÊME

省察へのボワイヤージュ

サハラ砂漠がその姿を見せるのは、ぼくたちの内部においてである。
砂漠に接するということは、オアシスを訪ねることではなく、
一つの泉をぼくたちの宗教にすることだ。

『人間の大地』

飛行場主任のアントワーヌ・デ・ラ・ペーニャ大佐［訳注：スペイン要塞の指揮官］と。

> いまの自分はといえば、砂漠のなかに迷いこみ、砂と星との境にあってなんの装備ももたず、兢々としている。ここから生活圏ははるかかなた、あいだをとてつもない静寂が隔てている。ぼくは、砂と星の狭間で途方にくれ、唯一、息ができることのしあわせを思い知る一個の人間にすぎなかった。ところが、気づくとぼくの心は夢想にあふれていた。夢想は、音もなく泉のように湧き出していた……。
> 『人間の大地』

> サハラ砂漠から、ぼくはなによりもまず、遠望するということを教わった。
> 1928年　ルイーズ・ド・ヴィルモランへの手紙

CHAPITRE V　　04

アルゼンチン

> 1929年夏、アルゼンチンのブエノス・アイレスに転勤。きみは、アエロポスタ・アルヘンティーナ［訳注：アエロポスタル社の南米現地法人］の営業開発主任に任命された。住まいは、最初の数週間だけマジェスティック・ホテルに滞在、それからコール・フロリダ・ホテルに移った。きみはコモドーロ・リバダビア［訳注：アルゼンチン南部の都市］からプンタ・アレナス［訳注：チリ最南部の都市］までのパタゴニア航路の開設にかかわる。アルゼンチン全土の運航の監視に、飛行場の監督に、路線調査のためのティエラ・デル・フエゴまでの長距離飛行と、これまでにないくらい、きみはたくさん飛んだ。そんななかで、『夜間飛行』が書かれた。きみはしあわせでもあったけど、不幸でもあった。自由だけど束縛されていた。いつも孤独を感じていた。時間があれば、急速に拡大発展していく街のど真ん中、18階建ての建物のなかで、パスカルを読み、無限大と無限小について考えてみることもあった。夜には、おぼつかないダンスで"女の子たち"と気を紛らわせてみたりもした。

fig. 1

fig. 2

fig. 1
アンデス山脈上空を偵察飛行中のポテーズ（Potez）25型機。

fig. 2
急成長をとげた30年代のブエノス・アイレスの中心街。

半端ではない孤独感

　ブエノス・アイレスはうんざりする街です。魅力はない、可能性もない、ないない尽くしのところです。この街でひとはすっかり囚われの身となっています。想像してもみてください。アルゼンチンには田園風景がないのですから。都市から出ることはできないのです。

1929年10月—11月　母マリーへの手紙

　最近、チリのサンチアゴに行ってきました。そこでフランスの友人たちに会いました。なんとも美しい国です。それに、アンデス山脈のすばらしさといったら！　吹雪が発生したので、高度を6500メートルまで上げました。どの頂も火山の噴火のように雪を舞い上げ、山々全体が沸騰しはじめたかのようでした。7200メートル級の高峰（モン・ブランよ、お生憎さま！）をいくつももち、幅も200キロはゆうにある美しい山脈なのです。もちろん、要塞のように、ひとを寄せつけません。少なくとも冬の間は。その上空を飛んでいるときに覚える孤独感といったら、半端なものではありません。

1930年7月25日　母マリーへの手紙

望んでもない役職につかされて、すっかり鈍重になり、
老けこんでしまったような気がする。
なにしろ全長3800キロにも及ぶ航路網を担当しているのだからね。
おかげで、ぼくに残されていた若さとかけがえのない自由が、
刻々と吸いとられていく。

1930年　リネットへの手紙

Argentina **119**

操縦服姿のアントワーヌ。アエロ
ポスタル社の同僚たちの中央で。
1937年、アルゼンチンにて。

ギヨメの遭難

> 1930年6月。きみの飛行機乗りという仕事には危険がつきものだった。きみはただ長距離を飛んでいただけじゃない。大荒れの空、エアーポケット、サイクロン、スコール、雷あるいは夜。そんな悪天候に見舞われた場合のテスト飛行もした。自然がもっと激しく牙をむくかもしれないのに、きみは格闘を続けた。数年前から、アフリカ大陸やアメリカ大陸では、あらたな航空郵便路線が開業していた。けれど、そこでは100名以上のパイロットが命を落としていた。災難はきみの身近でもおこった。ポテーズ25型機を操縦していた仲間のギヨメが、アンデス山脈で消息を絶ったのだ。きみは、メンドサ［訳注：アンデス山麓にあるアルゼンチンの都市］で救助隊に合流した。そして、遭難から8日目のこと。きみはギヨメと再会する。彼は生きていた。5日と4晩のあいだ、休みなく歩きつづけ、風と寒さと雪と夜と、おそろしい睡魔の誘惑に屈しそうになりながらも戦いぬいたのだった。

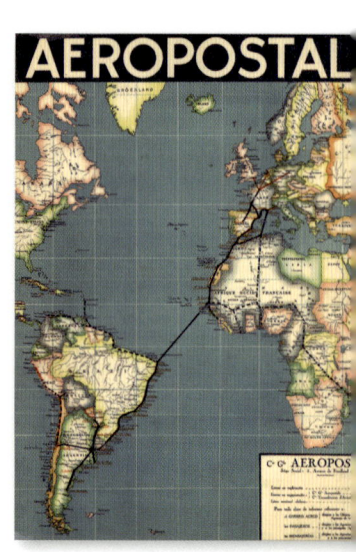

fig. 1

すさまじい睡眠の誘惑

　その世界で安らぎを得るには、きみは目を閉じるだけで十分だった。その世界から岩や氷や雪を消し去るには。まぶたを閉じれば効果てきめん、痛手も、転倒も、ぼろぼろの筋肉も、焼けつくような凍傷も、もうなくなるのだ。牛のように歩き続けるそのあいだじゅう引きずっている、荷車より重い命という重荷ももうなくなる。すでにきみは、毒となったその寒気、モルヒネにも似ていまや全身を快感で満たすその寒気を味わいつつあった。きみの命は心臓の周辺に逃げこんでいた。なにか心地よく貴重なものが、きみ自身の中心で収斂していた。きみの意識は、それまで苦痛で満ちていたその肉体の遠い部分にだんだんと見切りをつけはじめ、すでに大理石のように冷え冷えとした無関心を帯びるようになっていた。

『人間の大地』

奇跡の生還

　ギヨメよ、いったいきみのなにが残っていただろう？　たしかにわれわれはきみを見つけ出しはした。だが、雪焼けで真っ黒になって、こちこちで、老婆のように縮んでしまっているではないか！　その日の晩、ぼくはきみを飛行機でメンドサへ連れ帰った。きみの体に香油を流すように白いシーツがかけられた。しかし、シーツはきみを癒しはしなかった。きみはその疲れきった体をもてあましていた。きみは何度も寝返りをうち、眠りにつくことができなかった。その体は、岩も雪も忘れていない。それらの刻印がきみに残されていた。ぼくは、きみの黒ずみ、腫れあがり、いたんだ果物のような顔をまじまじと見た。きみはとても醜く、みじめだった。大事な商売道具を操縦する感覚まで失われて。きみの両手はかじかんだままなのだ。息をしようとベッドの縁に腰かけようとすると、凍傷を負ったその足は、死んでいるようにだらりと垂れ下がった。きみは自分の旅を終えてすらなく、まだ息を切らしていた。そして、安らぎを求めて枕の上に倒れこむと、今度は舞台裏でしびれを切らしていた幻影が、きみの制止を振り切り、つぎからつぎへと頭のなかに躍り出てくるらしかった。

『人間の大地』

fig. 1
事故後、発見されたギヨメのポテーズ25型機。

fig. 2
トゥヌジャン［訳注：メンドサ近くの都市］でギヨメとの再会を果たしたアントワーヌ。

fig. 3
アエロポスタル社のロゴマーク。

折れた翼

パリ–サイゴン耐久レース

> 1935年。きみが成長を遂げるには、つねに旅を続ける必要があった。旅する場所が、原稿の紙の山とか、トランプ手品のたわいもないからくりとか、創作中の興奮のなかに見つからなくても、空にはあった。きみは飛行記録に挑戦し、新記録を打ちたてたいという夢をもった。それは、パリ–サイゴンの2都市間長距離耐久レースという冒険だった。きみは、整備士のプレヴォーを伴って、1935年12月29日、コードロン C–630型シムーン機で飛びたった。7月に購入して、9月にきみの手もとに届いた登録番号7042の F–ANRY 号だ。準備をしているうちから、すでにきみはへとへとになっていた。装備だってむちゃくちゃだった。そんな状態で離陸した19時間38分後、飛行機は高度を下げすぎて、リビア砂漠で砂丘の頭にぶつかり、破損した。きみたちふたりは3日間砂漠のなかをさまよって、ベドウィンのキャラバンに助けられたのだった。

fig. 1
整備士のアンドレ・プレヴォーとシムーン機の前で。

離 陸

格納庫からシムーン機が出される。ぼくはわが機のまわりをぐるりと一周し、手の甲で翼をなでまわした。それは愛情だともいえるだろう。これまでの1万3000キロに及ぶ飛行経験では、一度たりともエンジンが咳こむことはなかったし、ビス1本ゆるんだこともない。今度の夜間飛行では、このすばらしい機体がわれわれの命を守ってくれるはずだ。地面につっこんで、ばらばらになることなどなく。(……) 風、雨まじりの暁、やさしく温めてやると応えるエンジンの低いうなり、真新しい塗料に輝く誇らしげな機体、そのどれにも心が揺さぶられる。そして、目の前に顔をそろえた宝たちを、ぼくはいまからすでに味わっている。地図に広がる黄と緑と茶の世界。一つずつ読みあげられていく名称の心地よい響き、東に向けて時間を遡っていくあの感覚、白々と夜が明けていくさまを。眠気覚めやらぬまま、ぼくは魔法びんや、予備の部品や、小さなトランクや、補給用の重たい燃料タンクをくくりつけながら、このつつましやかな機内をじっくり鑑賞した。前方のパネル上に天体のように配置された魔法の計器類については、ことに念入りに。夜になると、これらは青白い星座と化す。ジャイロコンパスや精密な計器のこの無機的な光が、ぼくは好きだ。この機内は世界の縮図といえよう。ぼくはしあわせをかみしめる。さて、いよいよ離陸だ。

『砂の牢獄』 1936年1月30日付 〈ラントランシジャン〉紙

墜 落

あったのは一種の地震だった。それが操縦室に襲いかかり、窓を引っぺがし、金属板を100メートルもすっとばし、その轟音は腹の底まで響き渡った。機体は、遠くから投げつけられ堅い木に刺さったナイフのように震えていた。ぼくたちはこの怒りに撹拌されていた。1秒、2秒……、依然、機体は振動しつづけ、ぼくは、いまかいまかと、狂わんばかりになって、機内にたまったエネルギーが榴弾のようにこれを爆発させるのを待ちかまえた。しかし、いつまでたっても火が噴くことはなく、地鳴りが続いている。見えないところでなにが起きているのか、まるでわからない。この振動がなんなのか、この怒りがなんなのか、どこまでこの猶予が続くのか、わからない……5秒、6秒……。と、突然、回転するような感覚があり、衝撃があった。その衝撃で窓からタバコが放りだされ、右翼が粉砕された。そのあとはなにも起こらない。凍りついたようになに一つ動かない。

『人間の大地』

折れた翼

親善飛行

> 1938年2月に、きみはまたおなじことをやらかしている。今度はフランス航空省後援のニューヨークとティエラ・デル・フエゴ間の長距離飛行だった。ところが、途中、グアテマラ・シティーで小休止したときのこと。燃料補給のさい、ガロンとリットルの換算で、イギリス式とアメリカ式をとりちがえて計算してしまったのだ。結局、飛行機は燃料を積みすぎたまま滑走をはじめ、離陸しようとしたとたんに着地して転覆、機体はばらばらになった。きみは大けがを負った。その治療をめぐって、きみと奥さんは医者たちともめたが、結局、切断の危機にあった片腕も、ペンと操縦かんを握るその手もなんとか救われた……。この事故で、何日もこん睡状態にあったと、のちにきみは言っている。けがは8カ所にも及んでいた。それでも、回復を待つあいだに、きみは『人間の大地』を書きはじめていた。

fig. 1
1938年、ル・アーヴルに向け出発するアントワーヌと、見送るコンスエロ。

fig. 2
シムーン機の翼の上で、長距離飛行の準備をするアントワーヌ。

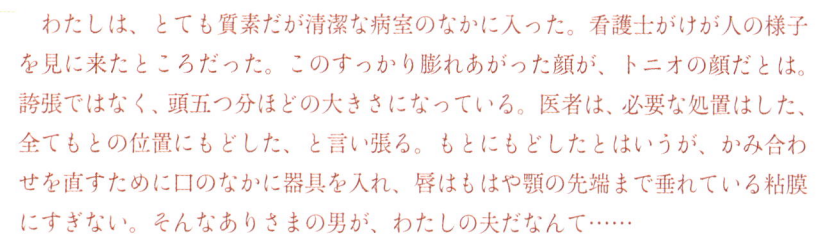

" わたしは、とても質素だが清潔な病室のなかに入った。看護士がけが人の様子を見に来たところだった。このすっかり膨れあがった顔が、トニオの顔だとは。誇張ではなく、頭五つ分ほどの大きさになっている。医者は、必要な処置はした、全てもとの位置にもどした、と言い張る。もとにもどしたとはいうが、かみ合わせを直すために口のなかに器具を入れ、唇はもはや顎の先端まで垂れている粘膜にすぎない。そんなありさまの男が、わたしの夫だなんて……
コンスエロ 『バラの回想』

離陸失敗

　わが機はグアテマラで大破した。ぼくは長くこん睡状態にあった。なんとも不愉快きわまりない状態だった。というのも、一気に生に引きもどされるわけではなく、じわじわと覚醒していったからだ。密度が濃くねばねばとした空気のなかを、外の世界に向かって浮上していくような感覚を伴う。肉体も精神もすりへらし、力をつくそうにも、夢のなかから抜けだすことができないでいるのだ。ある夜のことが思い出される。その夜目覚めると、シーツと毛布がずり落ちていた。グアテマラは標高が高く、夜はひじょうに寒い。だが、毛布を引っぱろうにも、骨折8カ所のこの体が悲鳴をあげて、手が届かない。ぼくはすぐに毛布をかけなおしてもらおうと、看護士を呼んだ。一刻も早くそうしてもらわないと、死んでしまうと思ったのだ。
1941年4月号 〈ハーパース・バザー〉誌 "

fig. 2

Pour l'ami Hirsch
En souvenir de journées

mirage d'un bar

malauwtevas...

アントワーヌの書きこみが入った
事故機の写真

Pour Mon Tonio
son poussin
qui l'aime à l'infini —
Consuelo — 1935.

Chapitre VI

AU NOM DE LA ROSE

第6章

Saint–Exupéry et les femmes

ローズのおもかげ

サン＝テグジュペリと女性たち

きみのママンのマリー・ド・フォンコロンブ、よき相談相手のイヴォンヌ・ド・レトランジュ、
最初の婚約者ルイーズ・ド・ヴィルモラン、結婚相手のコンスエロ、ほかにも大勢……。
妻、母、姉妹、恋人、友人。女性たちは、ときにはきみの母港となり、
ときには寄港地、あるいは指標となった。
マリー、ビッシュ、モノー、ディディ、ルイーズ、ナダ［訳注：ブラジル人貴族の人妻］、
シルヴィア、ナタリー［訳注：ファッションモデル、女優］、
ヘッダ［訳注：1941年にニューヨークで知りあった画家のヘッダ・スターン、ルーマニアからの亡命者］、
リュシー＝マリー［訳注：リュシー＝マリー・ドゥクール、20代のころ交際したことがある文通相手］、ネリー……。
どれも、きみの人生に関わったひとの名だ。さみしがりやで傷つきやすいその心を癒やしてくれたひと。
きみに孤独な思いをさせたひと。目的を追いかけるためにきみのほうから離れていったひと。
いつもの場所に輝く星でも、流れ星でも、きみが求めたのは、
安心できる星、きみをやさしく見つめて手を握り、安心を与えてくれるひとだった。
小さな子供みたいなきみには、枕元のぬいぐるみのような存在が必要だったのだ。

> ぼくが女性に求めること、それはこの不安な気持ちをなだめてくれることです。
> だから、こんなにも女性を必要としているのです。
> こちらは気持ちが沈んで、自分の若さが無用のものに思えているのに、あなたのほうは、そんなことなどつゆ知らず、といったところなのでしょう。
> ひとりの女性が男に与えることができるもの、あるいは、与えることができるかもしれないもの、それがあなたにはおわかりにならないでしょう。
> ぼくはいま、部屋のなかでひとりぼっちです。
>
> 1925年　パリ　母マリーへの手紙

マリー・ド・サン＝テグジュペリ

きみの"いとしいママン"、マリーは、きみにとって、妖精であり、聖母であり、守護天使だった。子供時代、シーツのしわを指でならしながら、この世のどんな不安も忘れさせてくれたひと。夜、きみがひとりで、ずっと祈りを捧げていた相手。ママンがきみの守護天使なら、結婚相手のコンスエロにとっては、きみが守護天使だ。守護天使はみなそういうものだけれど、きみは、近くにいても遠く離れた存在だった。きみがお話に書いたとおり、ぼくにも、なにより大切なものたちがいる。キツネ、バラ……。きみにはよく、ぼくのバラの話をしてあげたよね。では、きみにとってのバラは、ママンなのか、それともコンスエロなのか。ほんとうのことを知るものはいないだろう。でも、ぼくにはこう思える。きみのバラは、ママンの魂と、コンスエロのハートをもっているんじゃないかって。

> あなたはあまりお気づきになっていないかもしれませんね。ぼくのあなたに対するこの果てしない感謝の気持ちを。また、ぼくにどんなにすばらしい想い出の家をつくってくださったかということを。
>
> 1930年1月　ブエノス・アイレス
> 母マリーへの手紙
>
> ぼくらが寝ていると、ときどき、階下であなたが歌っているのが聞こえてきたものです……。ぼくらにはそれが盛大な祝祭のこだまのように聞こえたのでした。
>
> 1930年1月　ブエノス・アイレス　母マリーへの手紙
>
> ぼくをしあわせにするのは、あなたです。万事とり図ってくださるのも、あなただけです。ぼくはその手に、この身をゆだねるだけです。あなたから、上の権威あるひとたちにお話しいただけませんか。そうすれば、すべてうまくいくでしょう。ぼくときたら、小さな子供みたいです。あなたのそばに逃げこんで……。
>
> 1923年10月　パリ　母マリーへの手紙
>
> いとしいママンへ
> ママン、うまく言えませんが、どれほどあなたを崇め、愛しているかをお伝えしたいのです。あなたが注いでくださるような愛だと、ほんとうに安らげます。長い時間をかけてそれを理解していくのだと思います。ママン、ぼくは日増しにあなたの愛を理解できるようになっていかなければなりません。また、ぼくらのために費やされたあなたの人生は報われるべきです。あなたにはずいぶんと孤独な思いをさせていました。ぼくは、あなたの大事な味方とならなければいけないのです。
>
> 1925年　パリ　母マリーへの手紙
>
> いとしいママン、
> いま真夜中です。わが身の孤独をひしひしと感じています。
> あなたの愛情にかなうものなどありません。これまでこんなに愛したひとはないくらい、あなたのことを愛しています。
>
> 母マリーへの手紙

サン゠テグジュペリと女性たち
Saint-Exupéry et les femmes

ママン
ぼくは、これまであなたほど愛したひとはいません
あなたのことを愛しています。

エンドウマメの上のお姫さま

> 1919年夏。きみはようやく19歳。海軍兵学校の入試に落ちてしまったところだった。そのころの身近な女性といえば、おかあさん、姉さんたちに妹、いとこの女の子たち。あとは、サント＝クロワ学院のクラスメートの姉のオデット［訳注：アントワーヌの2歳年上のオデット・ド・シネティ］、サン＝ルイ学院時代に寮を抜け出していっしょに遊んだ女の子たちくらいだった。ところが、はじめてきみにすてきな恋が訪れる。きみの胸にいつまでも消えずに残ることになる、最初の恋愛だ。相手はルイーズという、17歳の娘。ルイーズは結核性の関節炎で腰の具合が悪く、一時期サン＝ジャン＝ド＝リュズで療養していた。遊びにいくと、ベッドに寝たきりの彼女が迎えてくれる。きみはルイーズを訪ねるうちに、すっかりその魅力にはまってしまった。きみにとって、ベッドに身を横たえたルイーズは、子供のころに読んでもらったアンデルセンのおとぎ話のエンドウマメの上のお姫さまそのものだった。

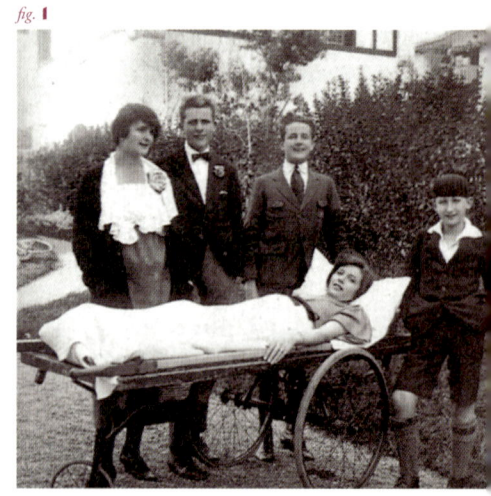

1922年、きみはルイーズの実家に遊びに行くようになった。パリにもどってくるとすぐ、きみは〈ユーモア同好会〉の会員になる。この会は、ルイーズが兄たちとつくったボシュエ学院の同窓会だ。会の憲章に、きみは"愛と喜劇の大詩人"として名前が載った。きみはルイーズにひんぱんに手紙やオードやソネットを書き送った。ルイーズのほうも負けずに空想物語を創作した。彼女のハスキーな声や女学生風のしぐさが、きみは大好きだった。その純真なところ、天真爛漫なところ、なにかを発見するとすぐ感動する性格に、惚れこんでいた。文学にしても音楽にしても、きみたちは趣味が合っていた。ソプラノのルイーズとバリトンのきみとで二重唱するのも、きみのお気に入りだった。きみたちは、生まれた国もいっしょだけど、そろって子供時代の人間だったのだ。

1923年1月、ふたりは正式に結婚の約束をする。きみはルイーズのことを愛していた。財産をあてにしていたわけじゃないし、家柄を選ぶような結婚も絶対にいやだった。きみのことだ、人生の安泰のために資産家令嬢と結婚することなんてできなかったのだろう。しかし、きみの財産といえば、貴族という家柄だけ。おまけにきみは、ルイーズの母親からも兄たちからも好かれてはいなかった。そんなところに、ル・ブルジェ飛行場の事故できみは大けがをして、ことが面倒になってきた。ヴィルモラン一族からは、"死刑囚"とか"あてにならないゾウ男"とか、ありがたくないあだ名をちょうだいするようになった。やがて、ルイーズの姉マリー＝ピエールが、ルイーズと家族を代表して、パイロットの仕事はあきらめるよう、つまり、航空隊を除隊するように迫った……。結局きみは、この要求を受け入れて、兵役が終わったのを機に除隊した。

1923年8月、ルイーズと旅行する。行き先はスイスのジュラ山脈のルコンヴィリエだった。表向きは、ルイーズのしつこい風邪の療養のためということになっていて、お目付け役の家庭教師が同伴した。ルイーズといっしょに過ごすため、きみは大事なコダックのカメラを売ってお金を工面しなければならなかった。きみたちは11月1日に結婚することになっていたのだが、このときのある悲しいすれちがいがきっかけで、きみたちの距離は広がっていくことになる。

fig. 1
ルイーズ。

サン=テグジュペリと女性たち　　　　　　　　　　　　　　　　　　　　　　La princesse au petit pois

"
　ヴィルモラン家の最上階にあった寝室は、洗練されたすばらしい調度品をしつらえた部屋だった。そこには、想像しうるかぎり繊細な人物、類まれな少女が、ベッドで横になっていた。淡いピンクのネグリジェを着て、クレイヴンをくゆらせている。詩そのもののようなひとだった。ひとの姿を借りた詩、魅力の化身、その娘らしい顔立ち。まさに、白昼夢、すばらしい光景だ。その声は愛くるしい小鳥のさえずりを聞くようで、知性にあふれ、じつに目から鼻へ抜けるような、ひじょうに驚くべき女性だった。
　　　　　ボシュエ学院時代からの友人アンリ・ド・セゴーニュ

　青春時代、あのひとは魔法使いのような存在でした。神出鬼没で、騎士であり、貴族的な魔術師であり、謎めいた子供で、ちょっと霊感がひらめくと、たちまち生き生きとするのです。いったい地図のどこに位置するのかわかりませんが、おそらくこの地方の近辺なのでしょう、そこの習慣やなまりや、道徳観や言葉を、楽しげに、まじめな顔で、部屋のなかで披露してくれるのでした。
　　　　　ルイーズ・ド・ヴィルモラン

　わたしが、どんなに深く心からアントワーヌのことを愛しているか、お伝えしたいのです。この命、この胸のうちはすべて、あのひとのものです。結婚したら、わたしたちは、あなたにとって世界中のだれよりも愛情深い子供となるでしょう。
　　　　　1923年8月　ルイーズとアントワーヌが母マリーへ宛てた手紙

　婚約者同士として、わたしたちは現在と未来を生きていました。たしかに、わたしたちには思い描いている計画があったのですが、アントワーヌはしょっちゅう空を飛ぶことしか考えていませんでした。あのひとは、空と大地の間で過ごした恐怖の時間や崇高な時間のことをわたしに話して聞かせるのです。でも、わたしのほうは、未来のマイホームの家具の配置のことばかりが頭にあって、あのひとの話をさえぎっては、「クッション付きの椅子はお好き？」などと尋ねたりしたものです。
「暖炉の前にソファーをおいておけば、いつでもさらっとして気持ちがいいわよね？冬場はとくにそうだし、木が湿気を吸ってしまう秋にはなおさらだわ」
「ああ、そうだねえ……ところで、ちょっとおいでよ」
「どこへ行こうというの？」
「来れば、わかるさ」
　わたしたちはこっそりと抜け出しました。わずかなお金で小さな列車に乗って、スカートがしわにならないように気をつけて腰かけ、白い木綿の手袋を外し、あのひとが鳥や雲を見つめ、気流を読むあいだ、わたしは窓外を流れる別荘や、糊のきいたカーテンや、庭や土手沿いの植物を眺めていました。それから、お互いに見つめあい、それぞれが見たものについて話しているうちに、ビールに到着しました。曇っていて、湖面は暗い空を映してどんよりとしており、時間帯も悪く、いやな予感がしました。木陰にいたわたしたちは寒気がしました。「ショコラを買ってあったまろう。一服しよう。駅に行って座らないか。とてもきれいなポスターがあったよ」と、あのひとが言いました。駅ではこれから離れ離れになるひとたちが堂々とキスをしていました。汽笛の音がキスの合図となって、恋人たちは別れの間際、寒さに震えながらしっかりと抱きあうのです。わたしたちも別れを惜しむふりをして、真似をしました。
　　　　　ルイーズ・ド・ヴィルモラン
"

きみのことを忘れない

> 1923年9月。きみたちのあの夏の逃避行ごっこも、結局は、この恋の最後のいい思い出になる運命だった。ルイーズの気持ちはもうすっかりよそに向いてしまった。彼女が現実の世界で生きることに執着していたのに、きみは精神的な世界を追求しすぎていた。健康上の問題を理由に、彼女は2カ月間じっくり考えたいと言ってきた。結婚生活の計画はどこへやら、秋がやってくると、婚約はかたちばかりのものになった。

1927年。ルイーズはいつまでも、きみの夢想の中心にいた。ひんぱんに書かれる手紙のなかでも、"ぼくのルル""愛しいひと""ねえ、きみ"と呼びかける存在だった……。きみはその気持ちを恋愛から友情に変えようとしたけれど、心の奥では恋しさがずっと残っていた。

" ぼくは"幼なじみ"として、あなたのもとにもどります。心の底からそのつもりで。ルル、だれにも理解してはもらえないだろうけど、ぼくなら、頬を染めることもなく、あなたに自由な友情をさしだすことができます。世の慣習などぼくはまったく気にしていませんし、それにいろいろとわかってきたのです。ぼくはまだ子供だったけれど、あなたは大人の女性でした。あなたはやさしかった。あなたには成熟した女性のおもいやりというものがあった。あなたがぼくのほうを向いてくれていたときは、天にも昇る気持ちでした。でも、それは長くは続かなかった。よく自分で書いた手紙を読み返してみるのですが、いかに幼稚だったかがわかります。ぼくは、恋に盲目になっていたひよっ子でした。それではあなたが満足するわけがありませんね。ですから、もう無理に見栄をはったりせず、"いつでもあなたの味方になる"つもりです。いまは自分よりあなたを優先して、お伴することができます。

1927年2月23日 ルイーズ・ド・ヴィルモランへの手紙

ルル、ぼくは、いま知ったよ。きみに手紙を書くことはできないと。きみのそばでは、黙っていることしかできない。ほら、景色が語りかけてくる。泉が、鳥が、葉むらが。でも、突然あたりがしんと静まりかえる。驚くほどの静けさだ。姿の見えないなにものかが自分の王国を訪れて、草の上に一歩踏み出すや、コオロギはみな押し黙り、木々では鳥たちもはっと息をのむ。風もまた、遠慮している。もうなにも動こうとはしない。きみが近づいてくると、ぼくのなかでもまったくおなじことが起こる。この愛情が、この欲望が、この未練が、静まらんことを！（……）そのあと、コオロギたちがみな絶望することをきみは知らない。「あの方には、わたしたちの嘆きが聞こえなかったのです！」そして、鳥たちが絶望する。「あの方に、わたしたちの歌が届かなかったのです！」そして、風も。「あの方は、わたしたちの力に気づかないのです！　あの方には、わたしたちの激情がわからないのです！」そして、すすり泣くすべてのものたちが絶望する。きみが再び姿を見せても、すべてのものは、なすすべもなく口を閉ざしてしまうだろう。それが、それがぼくにはつらい。今夜眠りにつくときに、そっと心につぶやいてほしい、だれかがきみを愛していると。

アントワーヌより
オート＝ガロンヌ県トゥールーズ局留
1933年11月　ペルピニャン　ルイーズ・ド・ヴィルモランへの手紙

男が、愛していた女を失えば、いわゆる"操縦不能"になってしまう。いっときでも、想像で、女が"そこにいる"つもりになると、また、敬虔な気持ちで過ぎ去った愛に身をゆだねてしまうと、男はそこから抜け出すことを拒むだろう。ほかに気が散らないようにするだろう。周囲のものたちは、どんなに説き伏せようと、ふたたび男が哀れな心のゲームを繰り返すのを見ることになる。男はもはやこの世界のものではなくなる。男は抹消されることになる。なぜなら、その行動、その思考、その人生に意味を与えるものすべてが、もはやこの世界のものではないからだ。

アントワーヌ
『今夜、自分の飛行機を見に行った』

ぼくの唯一の恋人よ。
よくわかっているさ。きみがぼくとずっと暮らしていくことができないことくらい。ぼくは、家や木や築き上げられたものほど強くはない。それもよくわかっている。

1929年4月　パリ　ルイーズ・ド・ヴィルモランへの手紙
"

コンスエロ、ぼくと結婚してください

きみは30歳で、ブエノス・アイレスのアエロポスタ・アルヘンティーナ社の営業主任を任された。それまで流刑者じみた暮らしばかり経験してきたきみに、またもや運命の女神がほほえんだ。あの追放されたも同然のゲレでの生活など、いまは昔の話になった。メルモーズ、ギヨメという親友が身近にいるし、きみは高給取りになって、派手に浪費した。アルゼンチンという国は嫌いじゃない。でも、ブエノス・アイレスは違う。きみの目に映ったこの街は、やはり世界中の大都市と似たり寄ったりで、巨大アリ塚で営業しているのとなんら変わりない……。きみは、都会のアスファルトの上で、依然、自分が囚われの身であると感じていた。現実逃避できるほど飛行を楽しむ余裕はない。広大な大陸の上を飛んでいるときも、きみは陶酔と憂うつのあいだを行ったり来たりした。

1930年夏。そのひとは、29歳の未亡人。パリからマッシリア号でブエノス・アイレスに向かっていた。彼女の名前には、その故郷のエル・サルバドルみたいな、音楽的な響きがあった。泉が湧き出しているのが聞こえてくるような、耳に心地よく響く名前、コンスエロ・スンシン・サンドヴァル。コンスエロは熱帯に生息する鳥を思わせるようなひとで、スペイン語に英語にフランス語をあやつった。彼女の話す言葉には独特のアクセントがあって、完ぺきではないけれど、それがかえって魅力的だった。コンスエロはとても恵まれていた。その知性にしても、生まれにしても。実家はコーヒー園を所有する大富豪で、二番目の夫も財産家だった。それに、美貌にも恵まれていた。1925年にフランスに渡ってからの彼女は、その美しさで夜な夜なパリの社交界を席巻していた。

1930年9月。コンスエロにはスペインの血が流れていた。マヤの血も流れていた。きみが口説くのはいつもブロンドの女性なのに、彼女はブルネットだった。出会った瞬間、ふたりの心は舞いあがった。コンスエロのほほえみと、子供みたいに小さな手に、きみは恋した。彼女のほうは、頼もしそうなきみの体つきに惹かれた。そして、"神経質そうで繊細だけれども力強い"男の手の魅力にまいってしまった。きみは、飛行機に彼女を乗せて空の洗礼を受けさせてあげた。そして、知りあって何時間もたたないというのに求婚した。

1930年から1931年にかけての冬。結婚を打ち明けるきみに、きみの家族はいい顔をしなかった。なにせ、相手は外国人で未亡人、そのくせやけに陽気なものだから……。最初、市役所での結婚式で、きみは届にサインをすることができず泣きだした。きみのママンが参列していなかったからだ。コンスエロはひとりでフランスに帰ってしまった。だが、そのあと、きみたちはスペインで再会する。そして、ようやく1931年4月23日にアゲーのお城で結婚式をあげることになった。きみの"一族"はこの新婦のことを"映画のなかの伯爵夫人"とか"強奪者"などと呼んで毛嫌いした。実際彼女は前夫の喪に服した黒ずくめの格好をして、きみとの結婚式に臨むような女性だった。

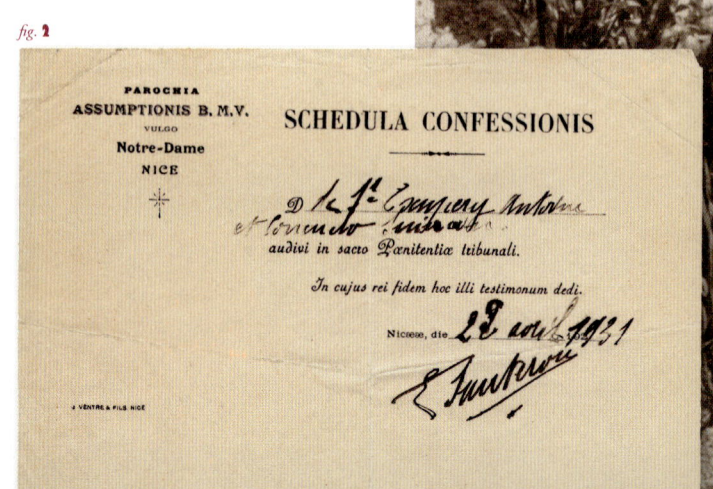

fig. 1
結婚証明書、1931年4月22日ニース市役所発行。

fig. 2
アントワーヌとコンスエロの告白証明書。

サン=テグジュペリと女性たち　　　Consuelo, Je vous demande de m'épouser　　**137**

わたしの人生に、新しいひとが現れました。
しあわせに近づいてはいますが、まだ確信がもてません。

コンスエロ

女性が美しく見えるとき、
それを口に出して言う必要はまったく感じない。
ぼくはそのひとがほほえむのを見ている。
ただそれだけだ。

アントワーヌ

CHAPITRE VI | **138** | AU NOM DE LA ROSE | ローズのおもかげ

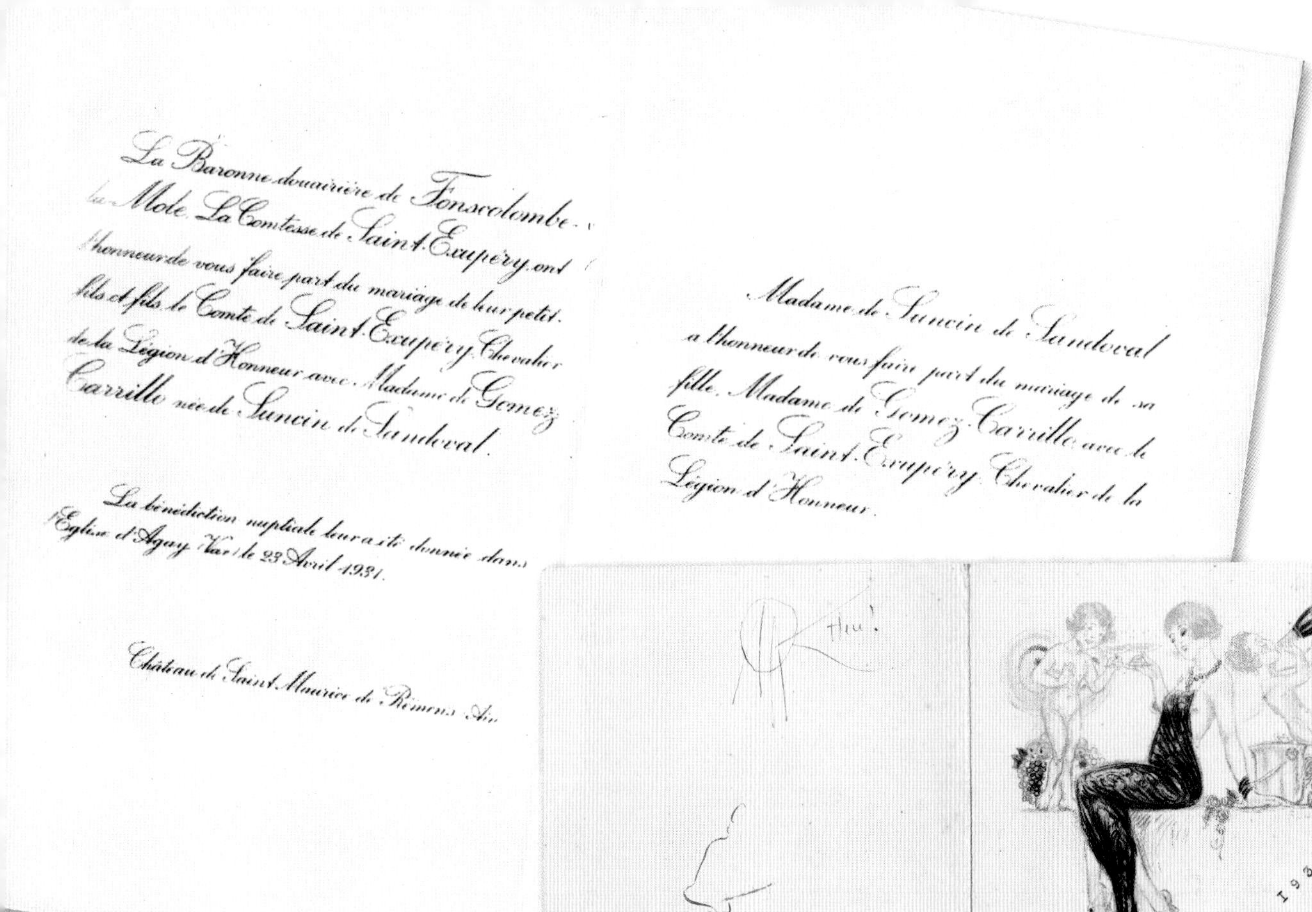

139

La Baronne douairière de Fonscolombe,
La Mole, La Comtesse de Saint Exupéry, ont
l'honneur de vous faire part du mariage de leur petit-
fils et fils, le Comte de Saint Exupéry, Chevalier
de la Légion d'Honneur, avec Madame de Gomez
Carrillo, née de Sancin de Sandoval.

La bénédiction nuptiale leur a été donnée dans
l'Église d'Agay (Var) le 23 Avril 1931.

Château de Saint Maurice de Rémens, Ain.

Madame de Sancin de Sandoval
a l'honneur de vous faire part du mariage de sa
fille, Madame de Gomez Carrillo, avec le
Comte de Saint Exupéry, Chevalier de la
Légion d'Honneur.

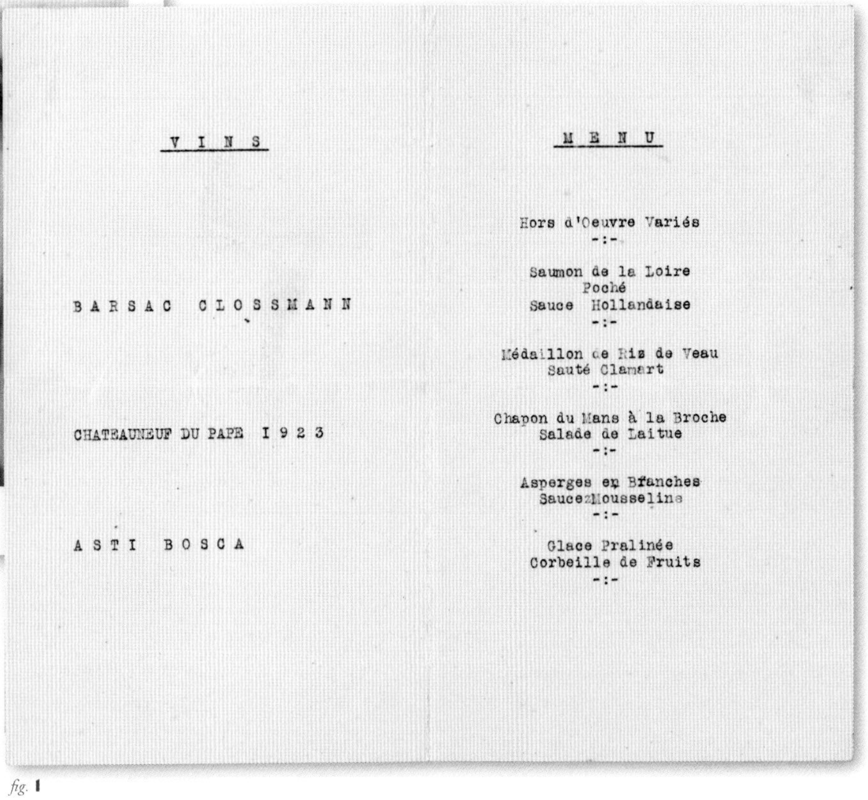

23 AVRIL 1931

Mimosa d'Agay

Veuve Clicquot

VINS	MENU
	Hors d'Oeuvre Variés
BARSAC CLOSSMANN	Saumon de la Loire Poché Sauce Hollandaise
	Médaillon de Ris de Veau Sauté Clamart
CHATEAUNEUF DU PAPE 1923	Chapon du Mans à la Broche Salade de Laitue
	Asperges en Branches Sauce Mousseline
ASTI BOSCA	Glace Pralinée Corbeille de Fruits

fig. 1
結婚披露宴のメニュー
オードヴルの盛り合わせ
ロワールのサーモンのポシェ　ソース・オランデーズ
子牛の胸腺肉のメダイヨン　クラマール風ソテー
ル・マン産去勢鶏の串焼き　レタスサラダ添え
ホワイトアスパラガスのソース・ムースリーヌがけ
プラリネのアイスクリームとフルーツのバスケット

fig. 1

心のなかの暴風雨

> 1931年。きみはコンスエロのことを愛していた。コンスエロは新世界からやってきた女性だった。きみにとっては"南島の小鳥"であり、"とめどないさえずり"であり、"いとしのかわいい小人くん"で、"吾亦紅"だった。「1931年、アントワーヌはコンスエロのものとなる。1931年、コンスエロはアントワーヌのものとなる。」こんな言葉がきみたちの結婚指輪の内側に刻まれていた。きみたちふたりは、このさき12年間、愛し合っては別れ、誠実と不実、仲たがいに仲直り、夜遊び、出発、帰還、亡命、すれちがいという目まぐるしい生活を送っていく。コンスエロは、いろいろと我慢を強いられるようになった。飛行機乗りの妻が不定期に味わう孤独感。夫が夜間飛行から無事にもどってくるのを待つ不安。それでも彼女がきみを愛したのは、きみがいかにも詩人で、大きな図体をして、ひどく不器用だったからだ。

サン=テグジュペリと女性たち　　　　　De la tempête dans le cœur　**141**

Saint-Exupéry et les femmes

> 彼には決まったスケジュールというものがなかった。空に嵐が、心に暴風雨が吹き荒れるとき以外は。
>
> コンスエロ
>
> コンスエロのような、自分のことを必要としているものをあとに残してくるというのは、おそろしいことです。もどって、かばい、守ってやりたいという、とてつもない欲求にかられ、自分の努めの邪魔をするこの砂漠に爪を立て、生爪をはがさんばかりになっています。山をも動かしかねません。でも、ぼくに必要なのはあなたなのです。ぼくのことをかばい、守ってくださったのはあなたでした。それで、子ヤギのような身勝手さから、あなたに救いを求めたのです。
>
> 1936年1月3日　カイロ　母マリーへの手紙

fig. **1**
コンスエロの帽子。

fig. **2**
コンスエロの夜会用のクラッチバッグ。

142　AU NOM DE LA ROSE

CHAPITRE VI

ローズのおもかげ

> 1943年。きみはコンスエロのためにこんなお祈りの文句を書いた。そして、1944年1月、彼女にこれを送った。

fig. 1
コンスエロのためにアントワーヌが書いた祈り。

> コンスエロが毎晩唱えることになっているお祈り
>
> 主よ、それほどお手間はとらせません。ただ、ありのままの自分でいさせてください。わたくしは瑣末なことでは見栄を張っているように見られますが、肝心なことには謙虚です。些細なことで身勝手に見られますが、大事なことには、すべてを投げうち、自分の命さえも差しだします。わたくしはしばしば、ちょっとしたことで不純だと思われがちですが、わたくしはと言えば純粋であってこそしあわせを感じるくらいなのです。主よ、夫がわたくしのなかに見いだしているとおりの女でいさせてください。主よ、主よ、夫をお救いください。わたくしは、夫に心から愛されているのです。夫がいないと、わたくしは天涯孤独の身となってしまいます。でも、主よ、どうか先に召されるのは夫でありますように。あのとおり夫は強そうに見えますが、家のなかでわたくしがたてる物音が聞こえないと、ひどく不安がるのです。主よ、まず夫の不安をとりのぞいてやってください。いつもわたくしが家のなかで物音をたてていられますように。たまになにかを壊すことになってもかまいませんので。
>
> わたくしが誠実でいられるようお助けください。夫が軽蔑するひとや、夫を嫌うひととは出会うことのないようにお導きください。さもないと、夫が悲しがります。わたくしのなかで夫は好きなように生きてきたのですから。
>
> 主よ、わたくしどもの家をお守りください。
>
> あなたさまのコンスエロより
>
> アーメン

fig. **1**

バラの愛

> 1937年。きみは自分のバラを傷つけた。誠実でいて、しかも不誠実なきみ。きみの数しれない火遊びに、彼女は心を痛め、恋敵のネリー・ド・ヴォギュエの存在にいつも苦しんでいた。じつに波乱万丈の夫婦生活だ。いっしょに暮らすのが耐えられないくせに、彼女なしの生活は考えられない。そんなきみは、妻がいる身でありながら、ある意味、独身貴族だった。それでも、愛の炎が消えることはなかった。彼女のほうも、きみにほったらかされ、年下の才能ある建築家のもとに走ったこともある。でも、結局はきみのもとにもどってきた。ドイツに占領され、リュベロン地方［訳注：南仏ヴォクリューズ県南部］に単身で疎開していたときも、ニューヨークでまたいっしょに暮らすことになったときも、どんなときでも、彼女はきみのことを愛していた。シルヴィア、ヴェラ、アナベラ［訳注：アナベラ・パワー。アントワーヌがシナリオを書いた映画『アンヌ＝マリー』の主演女優で友人］、ナタリー、女性たちの影がちらつこうとも。きみのほうだって、彼女をずっと愛していたい、守ってやりたいと思っていた。でも、きみの家族からみると、彼女は悪女のままだった。色香できみをたらしこむ、美しくてたちの悪い魔女のような存在だった。

fig. 1-4
コンスエロの帽子、トランク、財布、服。

サン゠テグジュペリと女性たち

Saint-Exupéry et les femmes

fig. 2

"

ビークマン広場2番地
ニューヨークシティ
トニオ、愛するひと、
　いま、ベヴィン・ハウスの小さな居間にいます。『星の王子さま』はテーブルの上、自分が生まれた場所にいます。わたしはひとりぼっち、いっしょにいるのはアンニバル［訳注：愛犬］とアントワネットばあやだけ。ばあやにはここにいてもらっています。あなたが出発するとき、わたしといっしょに泣いてくれたから。節約のためにひまを出そうと、毎月思うのだけれど、いまだに彼女はここにいます。わたしには貯金は無理でしょう。こんなこと言えた義理ではないわね。わたしは地球上のものにほとんど執着がありません、地球にさえも！　ねえ、あなた、いつもどりになるの？　わたしったら、ろくに手紙を書くこともできませんの。ひとこと書くたびに涙があふれて、眼鏡をはずすものだから。でも、去年あなたが使っていた書斎にいると、よけいにあなたが近くに感じられるわ。トニオ、あなたには寂しい思いをしてほしくないのです。花のない場所を飛びまわるチョウのように孤独でいてほしくないのです。最愛のひと、わたしはあなたから、その心と体をいたわる力を授けられたのですから、わたしの香りを、わたしの魂をそっくり受け取ってちょうだい。涼やかにその顔に触れ、わたしの大好きなその手を愛撫するそよ風に乗せるから、いっしょに受け取ってちょうだい！（……）キスを送りつづけるわ、あなたがお帰りになるまで、たっぷりと。

あなたの妻より
コンスエロからアントワーヌへの手紙

1944年2月22日
　トニオ、わたしのトビウオ、かけがえのないチョウ、わたしの恋人、魔法の小箱よ、
　最後にいただいた手紙、もうすっかりそらで覚えてしまったわ。不安を抱えて待つ長い日々を穏やかに過ごすには、あと何通も必要よ。一生懸命絵を描いているのですが、作業中についつい考えてしまいます。こんなことをしていったいなにになるのかしら？　この絵はだれのために？　たぶんいい出来ではない、なんてね。わたしは不安な気持ちを紛らわす方法を見つけたわ。
　目の前のあなたの肖像画とおしゃべりをするの。絵は縦横1メートルはあるかしら。あなたの瞳は深い湖のようよ。この手をその口もとに置くこともできる。実際のあなたの口は絵に比べるとだいぶ小さいけれど、あなたのほほえみを思い出すわ。わたしがあなたの人生の伴侶となったのは、まさにあなたの笑いの魔力のせいだと思うの。あなたみたいな笑い方をするひとはいませんもの。ほかのひとたちの笑いとはちがうことも知ってるわ。わたしの言いたいことはわかるでしょう？　わたしにとって、それは天の恵み、地上の美しいものたちに「ありがとう」を言う方法。木になる果実のようなもの。あなたのほほえみはわたしの心を香りで満たしてくれます。わたしに魔法が使えたら、その小さな口もとのリズミカルな動きが永遠に続くよう、あなたがいつでもほほえんでいられるようにするのだけれど。

1944年2月22日　コンスエロから
アントワーヌへの手紙

いとしいぼくの妻へ、
　ぼくらはあんな生活をするためにいっしょにいるわけじゃない。きみをすてきな場所に連れていくよ。ちょっと謎めいていて、そこでの夜はベッドの上のように気持ちがよくて、体中の筋肉の疲れをほぐしてくれて、星たちを手なずけることができる、そんなところにね。

アントワーヌ

"

fig. 4

CHAPITRE VI   AU NOM DE LA ROSE

146

ローズのおもかげ

1937年、マン・レイがシリーズ"コンゴ・ファッション"のために撮影した写真。

サン=テグジュペリと女性たち　　　　L'amour de la rose　　147

ネリー

精神面を支えた恋人

> 1927年、きみはエレーヌ＝マリー・アンリエットという女性と出会った。"ネリー"と言われているひとだ。当時、彼女は19歳で、きみのボシュエ学院時代の旧友、ジャン・ド・ヴォギュエと結婚したばかりだった。1934年に、きみたちは再会した。きみは34歳、彼女のほうは27歳。コンスエロのブルネットに対して、彼女はブロンド。伯爵夫人、莫大な遺産の相続者、実業家の顔をもつネリーは、頼りになるひとで、教養もある。ネリーは心の恋人で、きみが絶望感に襲われたときは、気持ちをまるごと受けとめてくれた。また、きみの文学のよき理解者で、パトロンとして支えてくれた。文通相手でもあった。きみの最後の手紙のうちの1通を受け取ったのも彼女だ。のちに、きみの回想録を書いたピエール・シュヴリエなる人物とは、ネリーのことだ。

"　気力のほう？　あまり芳しくないな。ぼくはいまの時代に我慢ならない。耐えられないんだ。なにもかも悪化している。頭のなかは真っ暗闇で、心のなかは冷えきっている。どいつもこいつも凡庸。そして見苦しい。そういうやつらに対しては非難したいことがある。なぜ、歓びを築きあげない、献身を促さない、人間たちからなにも引きださないのだ。それはおかしい。ぼくはこの世で一人ぼっちになったことは、いまだかつて一度も、ただの一度もなかった。悲嘆にくれているといっていい。癒えるかどうかわからない。だれも手当てをしてくれるひとがいない。この国の人間性の乏しいこと！　処々の大陸のゴミ捨て場と化したこの国よ。荒廃しきった引込み線たるこの国よ。ああ、それでも、しあわせなときはあったけど──決して長くは続かなかった。なぜ、ぼくにはもう太陽の輝く朝を享受する権利がないのか。つらくてしかたないけど、ぼくには望むものはなにもない。ああ、そうだ、このつらさは肉体的なものじゃない。自分でもよくわかっている。社会への不安に耐えられないのだ。貝殻のように、ぼくはあの雑音でいっぱいになってしまっている。ひとりではしあわせになれない。アエロポスタル社、あれは歓びそのものだった。いろいろあったが、それにしても、なんて偉大だったことか！　いまのこの悲惨な状態では、ぼくはもう生きてゆけない。もう無理だ。"

1943年12月　ネリー・ド・ヴォギュエへの手紙
（1944年2月18日に届く）

女性たち

> 1942年3月、ニューヨークで、きみはジャーナリストのシルヴィア・ハミルトンと出会う。コンスエロをアメリカに呼び寄せたころのことだ。シルヴィアは28歳で、きみは42歳。きみたちは離れられない仲となる。それから、きみの前にはヴェラが現れ、おつぎはロシアから亡命したロマノフ王朝の血を引く美女ナタリー・パレ、そのあとも、いれかわりたちかわり女性が現れた。そうだ、ブラジル貴族の人妻ナダ・ド・ブラガンサの名前も挙げておこう。けれども、シルヴィアやナタリーのように、きみが内心を吐きだすことができた女性がそれほどいたわけじゃない。コンスエロは傷つきながらもそのことを承知していた。きみのその人生の航路を少しでも楽にするには、いつなんどきでも、きみのそばで灯台のように瞬く星の存在が必要だったから。

fig. 1-2
アントワーヌが描いた女性のデッサン。

fig. 3-4
1936年にマン・レイが撮影したナタリー・パレの写真。

fig. 5
アナベラの写真。

" この額に、ただその羊飼いの愛の手を置いてくだされば、それ以上になにも望みません。ぼくは迷える哀れな子羊でした。ぼくのことを呼びもどしてください。この目は光を失っていました。どうかぼくを照らしてください。ぼくは乾ききっていました。ぼくが愛であふれるようにしてください。それが不可能ならば、ぼくがあまり苦しまないようにしてほしい。いつまでもあなたに気をもませたくないから、手を貸してほしいのです。そして、あなたにはいつも安らかでいていただきたいのです、いついつまでも。

1942年 ニューヨーク
ナタリー・パレへの手紙

いとしいシルヴィア、
　恋をすると、ぼくは混乱してしまう。期待を裏切ったり、矛盾に陥ったりすることもある。けれども、愛情や友情は、ひとたびぼくのなかで芽生えると、いつまでも枯れずにいる。いとしいシルヴィア、ぼくはほんとうに不埒な船乗りだ。ぼくの操る船では、きみは安心することすらできない。それに、自分でもどこへ向かっているのか、よくわからない。きみからどう非難されてもしかたない。でも、ぼくのきみに対する気持ちにはとても深いものがある。きみのその額に手をあてて、星でいっぱいにしてあげたい……。

アントワーヌ
1942年10月 ニューヨーク
シルヴィア・ハミルトンへの手紙

シルヴィア、
　一昨日、ひどいことがあった。妻が通りで襲われた。バッグを奪おうとしたやつに頭を殴打されてね。妻の容態があまり思わしくなくて、この2日間というもの、枕もとにつきっきりだった。ぼくは悟ったよ。もし、妻が死んでしまったら、ぼくはもう生きてはいられない。妻への愛情の深さを思い知った。そして、突然、自分は妻に対して船長のように責任があるのだと、強く感じた。ぼくが片時も離れず見守っていることだけが、危険な航海を乗り切って、この太陽のようなひとの回復につながることなのではないかと思う。

アントワーヌ
1942年 ニューヨーク
シルヴィア・ハミルトンへの手紙

シルヴィア、
　ああ、いとしいシルヴィア、この星で平穏に暮らしたくても、ぼくはほんとうに混乱して、もうわけがわからなくなってしまった。ただ、なににもまして、すまなく思うのが、愛するひとたちを心配させていること、あるいは、心配させてしまったことなんだ。それを思うと、いてもたってもいられない。きみには、心の底から許してほしいと言いたい。きみは、ほんとうにぼくのことをよくわかってくれている。そう、ぼくは決して悪意のある男じゃないけど、どうしようもなく哀れな人間なのだ。

アントワーヌ
1944年 アルジェ
シルヴィア・ハミルトンへの手紙 "

fig. 5

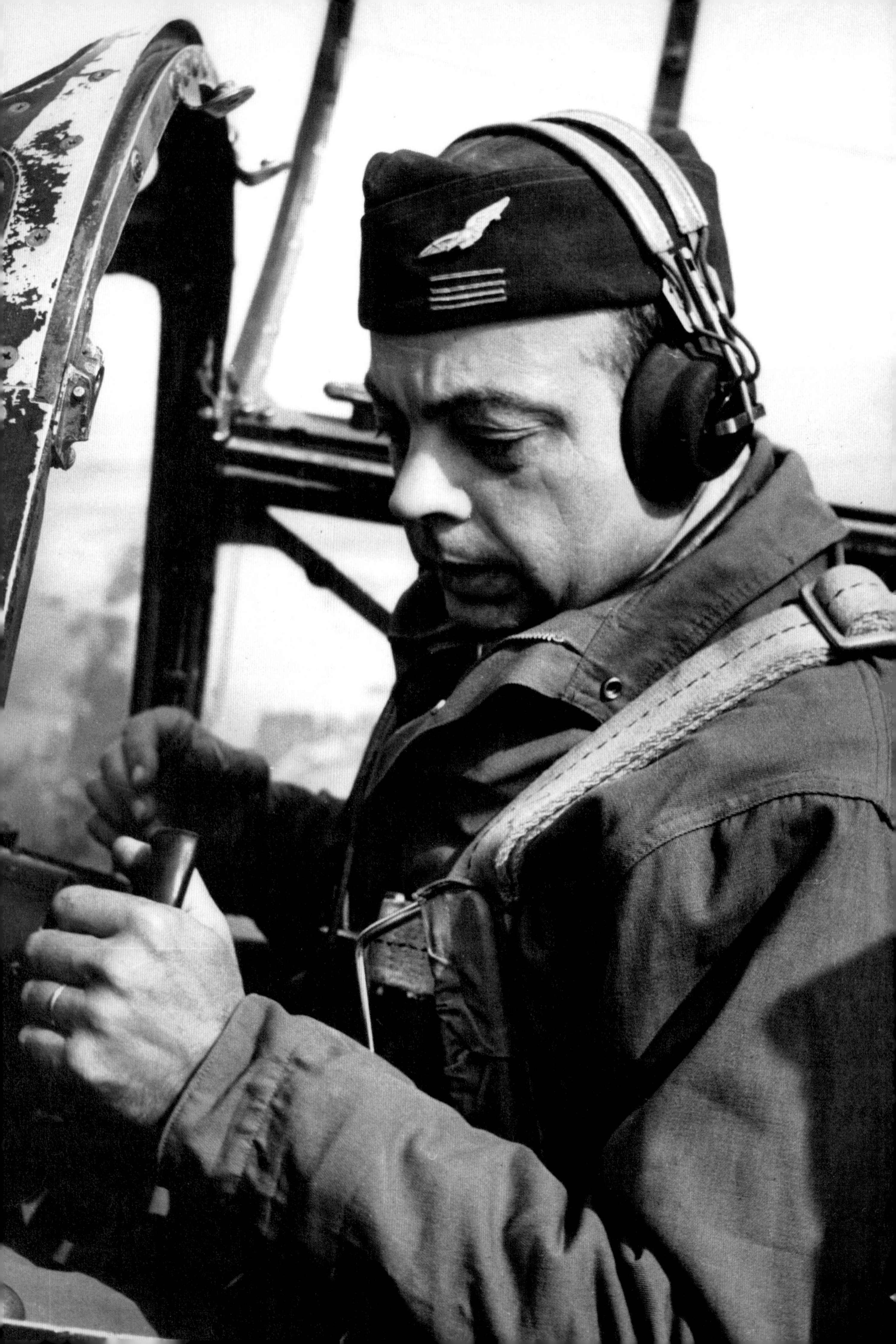

Cha.pitre VII

LES ACTES QUI ENGAGENT

第7章

Saint–Exupéry et la guerre

戦いの前線へ

サン=テグジュペリと戦争

1939年8月26日。
トニオ、きみはつねに戦いの前線にいようとしていたね。
前線に身を置くことが、きみの耐えがたい苦悩を癒す手だてだったからだ。
きみが急いで訪問先のアメリカからもどってきたのは、
フランスがドイツに宣戦布告をする1週間前のことだった。
戦いがはじまろうというときに、部外者ではいられなかったのだ。
きみはトゥールーズの飛行場に召集される……。
ところがだ。きみの任務は後方での操縦指導官だった。
それできみはひどくがっかりしてしまった！

❝
存在するためには、参加することが必要なのだ。

ぼくは、傍観者という役割につねに嫌悪を覚えた。
参加しなければ、いったいぼくはなにものだというのか？

『戦う操縦士』
❞

CHAPITRE VII　LES ACTES QUI ENGAGENT

01

第33-2飛行集団

> 指導教官を務めるきみはこのままでは自分が役に立っていないような気がした。きみには前線が、戦闘部隊が必要だった。実戦が必要だったのだ。頑固に主張を押しとおした結果、1939年12月3日、きみはエヌ県のオルコント［訳注：パリの東方、シャンパーニュ地方の村］に駐留する第33-2飛行集団に配属された。所属した第3飛行小隊のエンブレムは"両刃の斧"。きみはポテーズ63型機で訓練をした。

fig. **1, 3**
アントワーヌの軍服、軍帽、双眼鏡。

fig. **2**
1939年12月、アティ=スー=ラン基地の第33-2飛行集団の作戦テーブルにて。

> ここでは、ぼくを指導官にしたがっている。それもただ航法を教えるだけでなく、ばかでかい爆撃機の操縦法まで指導しようとする。だから、息が詰まりそうで、つらい。おとなしく黙っていることしかできないんだ。助けてほしい。どこかの戦闘機小隊に入れるようにしてもらえないだろうか。わかってもらえるだろうけど、戦争が趣味なわけじゃない。ただ、後方任務にまわって、危険を回避しているわけにはいかないんだ。戦わなければならない。そもそも、安全なトゥールーズの上空をのうのうと飛んでいる分際で、そんなことを言う権利はないはずだ。むかつく役回りじゃないか。ぼくにどうか然るべき試練を課してほしい。"国の重要人物"は安全な場所へ、という声があるが、筋が通らない。ぞっとするよ。参加することで、有効な役割を担うことができるのだ。"重要人物"だって、もし彼らが地の塩であるのなら、大地と混ざりあうべきだ。離れ離れになっていたら、「われわれ」と口にすることはできない。それでも「われわれ」と言うような輩なら、そいつは糞だ！ ぼくは、愛ゆえに、信念ゆえに、戦いたいのだ。参加しないわけにはいかないのだ。

1939年10月26日
ネリー・ド・ヴォギュエへの手紙

アラス

> 1940年5月23日。きみは、ブロック174型、機体番号24の操縦かんを握り、オルリー空港を飛び立った。「アラス［訳注：フランス北部パ＝ド＝カレー県の都市。1940年ナチスドイツが侵攻］─ドゥエー［訳注：フランス北部ノール県の都市］間の敵味方の位置を確認せよ」という司令部からの指示だった。捨て石ともいえる任務だ。フランスはその"はらわた"を失っていた。眼下では避難民が大移動をつづけていた。決死の偵察飛行だったが、きみは奇跡的に生還する。地獄のアラス上空で、いままでの価値観が全部ひっくり返ってしまったのか。この出撃できみは変わった。長い眠りから目覚めたみたいだった。きみは、これまでの自分が見ていなかったものを、あらたな自分の目を通して見るようになった。

犠 牲 的 出 撃

"曲芸師の一団がダンスに参入してきた。曲芸師の一団は、こちらに向かって、無数の弾丸を浴びせかける。それの角度にぶれはなく、はじめのうちは動いていないかと思われる。しかし、曲芸師の妙技によって、玉が投げられるというよりは解放されるように、それらはゆっくりと上昇をはじめる。光の涙が、油のように広がる静寂を抜け、ぼくのほうに流れてくるのが見える。曲芸師の演技を浸すあの沈黙を抜けて。機銃や速射砲が一斉に火を噴くたびに、砲弾やら照明弾らがいく百となく飛び出し、それが真珠の数珠のように連なる。数えきれない数珠が機体めがけてゴムのように伸びてきて、切れそうになるほど伸びあがり、こちらの高さまで届いて炸裂する。

実際に、機体の脇すれすれを飛ぶ流れ弾の速さに眩暈がする。涙が閃光に変わった。いまや自分は、多数の麦わら色の弾道のなかで溺れている。ここはびっしりと突き出された槍の林の中心だ。なにか目がくらむような針の動きに脅かされている。平野全体がぼくに糸をかけ、ぼくのまわりに閃光を放つ金の網を織っている。

あとどれくらい生き延びられるか？　10秒間か？　20秒間か？　すでに爆風の振動で、ずっと揺さぶられつづけている。至近で炸裂すると、ダンプカーの荷台に岩石を落とすような衝撃が機体に働く。そのあとで、機体全体がほとんど音楽的ともいえる音を発する。奇妙な嘆息のような……。敵からみれば弾が逸れたということでも、こちらにとっては雷のようなものだ。雷が近ければ近いほど、効果てきめんだ。致命傷となる衝撃もある。炸裂した砲弾の破片が機体に当たったときだ。野獣は殺そうとするウシにめちゃくちゃに襲いかかったりはしない。しっかりと確実に、まっすぐ爪を立てつづける。そしてウシを支配する。そんなふうに、命中した破片は、筋肉に食いこむように、たやすく機体に侵入してくる。

『戦う操縦士』

今週は3機のうち1機が生還した。だから戦争の危険度は高い。だが、生還者のひとりになったところで、語るべきことはなにもないだろう。ぼくはかつて、さまざまな冒険を経験した。郵便航空路線の開拓、サハラの不帰順地帯、南アメリカなど……。だが、戦争はほんものの冒険とはちがう。冒険のまがいものにすぎない。冒険は、そこで築かれる絆、生じる問題、生み出される創造という豊かさの上にあるものだ。裏か表かの単なるコインゲームを冒険に変えるには、命だけでかかわっても駄目だ。戦争は冒険ではない。戦争は病気だ。チフスのような。

『戦う操縦士』"

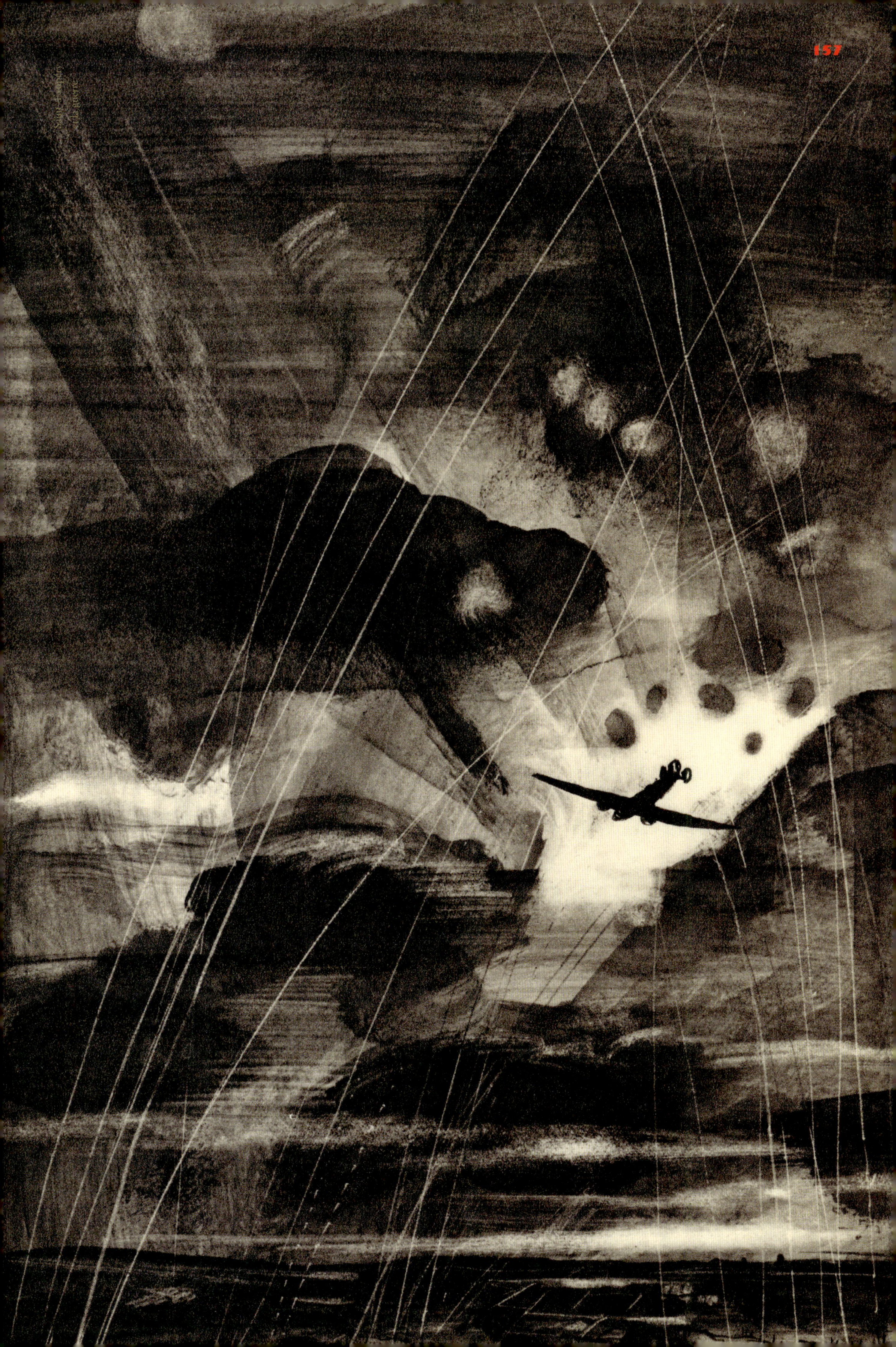

戦いを求めて

> 1940年6月20日。第33–2部隊の敗走。だが、それであきらめるようなきみじゃない。きみには闘いつづける必要があったのだ。ファルマン輸送機に要員や部品を積み、きみはアルジェへ向けて飛び立つ。その輸送機は、着陸するまでに機体が真っ二つに裂けたとしてもおかしくないような代物だった……。

1940年7月。アルジェに無事着陸したはいいが、すでに休戦協定が結ばれていた。もうきみたちの活躍の場はなく、きみの希望はついえてしまった。きみは予備役将校としての動員を解かれた。失意のうちにフランスへもどる。

戦いつづける

> ボルドーで、ぼくは飛行機を盗んでやった。そして、街でかき集めたパイロット40人をそのなかに詰めこんだ。戦い続けるために彼らを北アフリカに運んだ。ぼくらはなんのために戦うのか？　それはぼくらの本質そのものを守るためだ。ぼくらの法、ぼくらの石造物以上に……。ぼくらが戦うのは、ぼくらの私信を公然と読む権利を、絶対に持たせないため。集団に屈しないためだ。修道僧だったら、自由に祈れるようにするためだろう。詩人だったら、自由に書けるようにするため。ぼくらが戦っているのは、精神の帝国の境界で繰り広げられている戦いに勝つためなのだ。
>
> 　　　　　　　　1943年夏　Xへの手紙

後退

> なぜナチズムが憎いのか、ぼくにはわかっている。なにより、そいつが人間関係の質を徐々にむしばんでいくからだ。(……)ぼくはなにもない砂漠で何年か暮らしたけれど、そこではしあわせだった。誠実な仲間たちがいたからだ。
>
> 　今日、おかしなことに、世界は自らを偉大になしえたものを放棄しつつある……。ナチスは、ユダヤ人を賤しさ、横領、裏切り、搾取、利己主義の象徴に仕立てあげ、ユダヤ人を擁護しようとする行為に激しく憤る。だから、やつらはおのれの敵に対し世界中で行う横領、裏切り、搾取などを救済しようとしていると非難するのだ。それでは、黒人差別の時代へと逆行しているようなものだ。
>
> 　こういった集団心理に、ぼくは断固異議を唱える。ある思想を聖典にはめこんでまつりあげてしまうこと、スケープ・ゴートを仕立てること、異端審問の極みにある絶対的な意図、そのどれをも拒絶する。人間の血をとめどなく無駄に流させる、中身のないかたちばかりの言葉を否定する。
>
> 　ぼくは、たったいま、フランスへ向けて飛行機が1機飛びたつのを知った。もうなにもできないことが、ぼくには悲しい。反吐が出そうなことが多すぎる。ぼくは自分にできることをした。できるだけ不公正なことはしないようにした。そしていま、ぼくはすっかり幻滅してしまった。いつか、きっと、ぼくらはここにももどってくるつもりだ……。
>
> 　　　　　　　　1940年7月
> 　　　　　　　　ネリー・ド・ヴォギュエへの手紙

> 1940年6月、ボルドーにて
> 　ぼくの大事ないとしいママン。ぼくらはアルジェへ向けて飛びたちます。愛するあなたにキスを送ります。
> 　　　　　　　　アントワーヌ
> 　　　　　　　　1940年6月　ボルドー
> 　　　　　　　　母マリーへの手紙

CHAPITRE VII — LES ACTES QUI ENGAGENT

戦いの前線へ

04

アメリカを説き伏せる

> 1940年12月31日。きみはニューヨークに向かい、アメリカ人に参戦を呼びかけようとした……。内戦にむしばまれていくフランスが嘆かわしかった。フランス人同士で分裂してほしくなかった。なんとかきみを抱きこもうとするヴィシー政府も気にくわない。ド・ゴール将軍も信用できない。ニューヨークのド・ゴール派なんて安全地帯から大義を叫んでいる。きみにしてみたら、どいつもこいつもフランスと一心同体になる資格はなかった。ペタンも、ド・ゴールも。たったひとりで人間の共同体をつくりだせるわけなどないのだ。

fig. 1
1943年、チュニジアに発つ前に撮影された夫妻の最後の写真。

fig. 2
アリアス隊長と、アルジェにて。

fig. 3
コンスエロが保管していたアントワーヌのアメリカ製トランプのセット。

fig. 4
映画監督のジャン・ルノワールと。1941年。

fig. 5
アメリカ滞在のためのアントワーヌ・ド・サン=テグジュペリの身元保証書。

fig. 6
1943年、ビークマン広場にて。

fig. 7
1942年、モントリオールにて。

Convaincre les Américains **161**

敗者

　　しばし屈辱を味わうことになろうが、ぼくが敗北から逃れることはないだろう。ぼくはフランスの人間だ。フランスは、ルノワール、パスカル、パスツール、ギヨメ、オシュデのような人間を輩出した。また、無能な輩、政治屋、いかさま師どもも生みだした。しかし、いっぽうを必要としながら、もういっぽうとのつながりを否定するのは、安易にすぎやしないだろうか。敗北は分裂を生む。敗北は作りあげられてきたものを解体する。そこには死の脅威がある。ぼくは、国の破綻の責任を自分と考えがちがう同胞たちに押しつけて、こうした分裂に手を貸すようなまねはしない。そういった判事なき裁判から得られるものはなにもない。ぼくたち全員が敗者なのだ。ぼくも敗者だ。自分の家から辱しめを受けることを厭わなければ、ぼくは自分の家に働きかけることができる。家はぼくのものであり、ぼくは家のものである。もし、その辱しめを拒絶したら、家は勝手に壊れ、ひとりで栄光を背負って生きてゆかねばなるまい。ただし、死者以上に空ろな存在として。

『戦う操縦士』

世界の多様性に恵まれて

　　世界の多様性と個々の幸福に恵まれているわれわれ、そのようなわれわれは、自分の幸福を守るとき、まず他者の幸福を守る。なぜなら、他者の幸福はわれわれの幸福でもあるからだ……。

『アメリカ人への手紙』

われわれは人間のために戦うのだ

　　われわれは人間のために戦う。人間が盲目の集団に押しつぶされないため。理解されずとも、画家が絵を描くことができるため。最初に異端扱いされようとも、学者が計算を続けることができるため。われわれは、世の父親たちのため、その息子たちのために戦うのだ。家族の食卓が、たしかな愛情に満たされるように。息子たちが父親を党の上層部に売り渡すことのないように。友が裏切ることのないように。そして、弱者が、法に、掟に、普遍的な慣習に保護されて、自分の衣服を維持できるように。たとえ、自分で衣服を守ることができなくても。

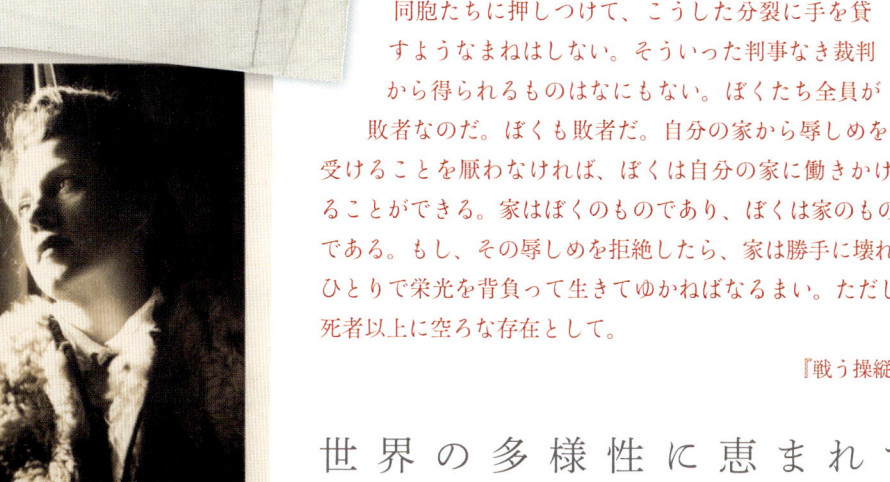

『アメリカ人への手紙』

晩年の任務

> 1943年4月2日。きみは再び北アフリカの地を踏んだ。そして、第33–2飛行集団に復帰する。これで、これまでの亡命生活にはピリオドが打たれた。やっと戦いに参加できる。だが、きみは老いを感じていた。動作も鈍く、疲れを覚えた。事実、きみの体はぼろぼろだった。友だちのジュール・ロワ［訳注：作家。1943年5月、所属する飛行隊がラグーアにあったとき、アントワーヌと出会った］によれば、このときのきみは、フクロウみたいな眼差しでじっと天井を見つめていたという。それでも、きみは勇敢に立ち向かおうとはしていた。ところが、きみをめぐる状況はめまぐるしく変わっていった。戦線復帰、そして離脱、また復帰。その間に、きみは操縦資格をはく奪され、"失業者"の身になることもあった。そこには政治が絡んでいた。それではアメリカにいたときと変わらない。きみは政治にうんざりしていたのだから。

fig. 1

fig. 1
P38-F5B機の操縦席のアントワーヌ。ジョン・フィリップス［訳注：〈ライフ〉誌の写真家、ジャーナリストで、1944年アントワーヌに同行して取材した］撮影。

fig. 2
コンスエロからの手紙。

大きな体に病気を抱えて

ねえ、コンスエロ、ぼくは42歳だ。これまでに山ほど事故を経験してきた。いまではパラシュートで脱出することすらできない。3日のうち2日は肝臓の調子が悪く、2日のうち1日は船酔いみたいになる。グアテマラの事故の後遺症で、片方の耳は夜昼となく耳鳴りがする。現実的な心配事ははかりしれないほどある。何日も寝ずに仕事してきたが、どうにも不安でたまらない。成功させるのは山を動かすよりもむずかしいだろう。ぼくはほんとうに、心底疲れきってしまった！

それでもぼくは出発する。留まったほうがいい理由ならそろっている。兵役免除となる根拠もいくつも挙げられる。すでにこれまで——しかもけんめいに——自分なりに闘ってきたつもりだ。そんなぼくだが、出発するのだ。（……）ぼくには戦いに参加する務めがある。ぼくは戦争に出発する。飢えているひとたちから遠く離れているのが耐えられないのだ。ぼくは自分の良心と折りあえる方法を一つしか知らない。それはできるだけ苦しむことだ。可能なかぎりの苦しみを追求することだ。それがいまのぼくには十分ふさわしいだろう。なにせ、2キロの荷物を持つにも、ベッドから起きあがるにも、落ちたハンカチを拾うにも、肉体的な苦痛を伴わずにはいられないのだから。（……）ぼくは死ぬために行くのではない。苦しんで、そうやって兄弟たちと一体となるために行くのだ。（……）ぼくは殺されたいとは思っていないが、そんなふうにして眠りにつくことなら進んで受け入れるよ。

1943年4月　コンスエロへの手紙

アルジェ、1943年10月

もう精も根も尽き果てそうだ。苦悩の予感につきまとわれる。出撃は、ぼくには平安だった。やつらの汚い手口など屁とも思われなかった。真実、純粋な死に向かって穏やかな気持ちでいられたのだ。だが、失業者となったいまでは、自分がまったくみじめで、傷つきやすい人間だと感じる。戸籍をはく奪されたも同然である。ぼくはもう、なにも理解できない。生きているかぎり、なにも、なにも理解できない。

なにより、ぼくは論争を憎む。論争には耐えられない。ぼくにとっては、それがこの世の一番の責苦となる。

1943年10月　アルジェ
Xへの手紙

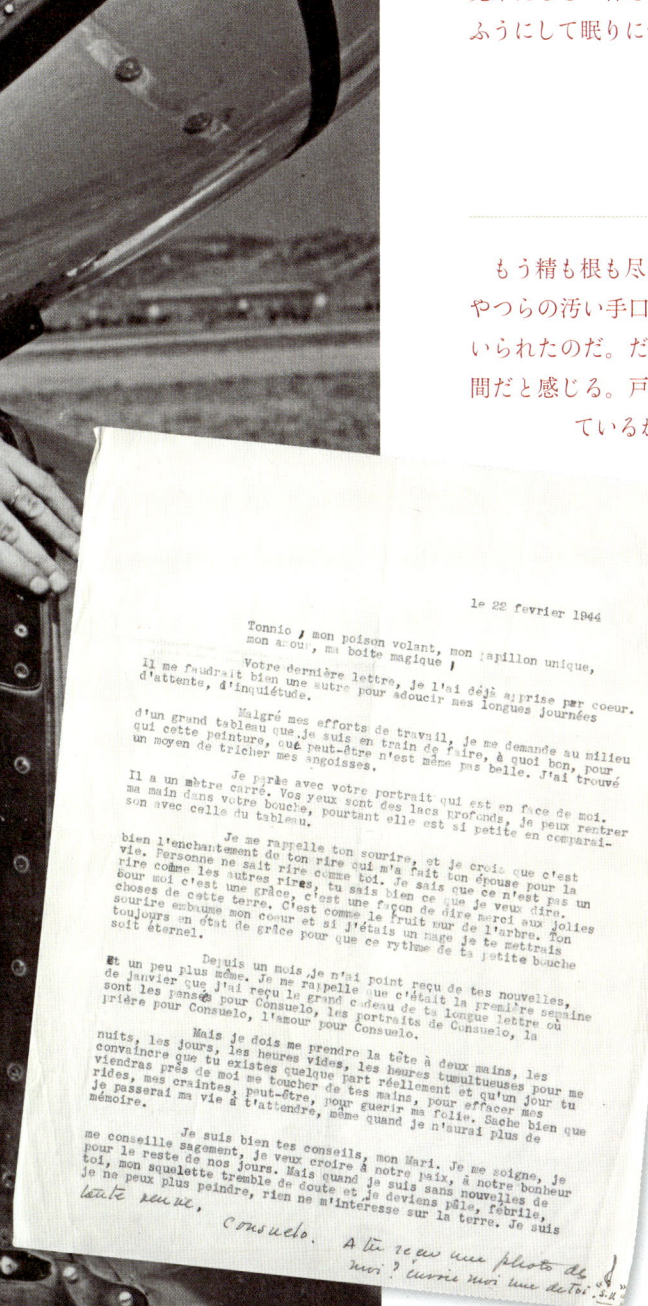

大ばか野郎め！

愚かな将軍ふたりと夕食をともにした。あわれなジロー。大ばか野郎だ。あいつの取り巻き連にしても同じこと。その席から、ぼくはこれまでにないくらいむかつく思いで帰ってきた。

"意味もなく"戦うのはむずかしい。いくつもの点でド・ゴールという指導者が好きになれない。だが、あいつがド・ゴール派を牽引しているのだ。その正面にはなにもない。あるのは埃だらけの滑稽な使用済みマネキン1体だけだ。じゃあ、ぼくはどこに行ったら息がつけるのだろう？

1943年10月　アルジェ
Xへの手紙

最期

> 1944年7月31日。第33–2飛行集団は、コルシカ島のバスチア・ボルゴ基地に移動していた。郵便航空路線、テスト飛行、長距離耐久レース、軍用機の操縦……。これまでに6500時間以上飛んできたきみだが、一つでも多く任務をこなすのだと言ってきかなかった。デュリエ中尉が、隊の古いジープできみのことを飛行場まで送ってくれた。デュリエはきみにコルト式拳銃を渡そうとした。きみはそれを断った。そして、「怖くもないし、いずれにしてもなにも起こらないさ」と言った。デュリエは黙ってキャノピーを下ろした。灼熱の太陽のもと、きみは10分かけて最終チェックを行った。それでもって、最後の最後に一服した。それからエンジンの出力を上げた。エンジンが大きくうなり声を上げる。機体番号223と書かれたきみの機は、アルプス上空に向かって飛びたった。時刻は8時45分。そして、燃料が尽きる午後3時になってもきみは帰ってこなかった。きみの身になにが起きたのかは、だれも知らない。

fig. 1
P38–F5B機の翼の上で飛行準備をするアントワーヌ。ジョン・フィリップス撮影。

fig. 2
コンスエロからの最後の手紙。日付が1944年5月27日となっている。

fig. 1

fig. 2　　　　　　　　　　La fin

あわれな祖国

　ぼくは、死にそうになったことが4度ある。そんなことは、まったくもってどうでもいいことだ。憎しみと不遜を大量に生みだすもの、やつらはそれを再生などとのたまっているが（……）、そんなものなど知ったことか。あんなやつらなど糞くらえだ。ぼくは、戦争という危険に対しできるだけ無防備に、できるだけ身をさらすようにしている。徹底的に純粋でいる。先日、敵の戦闘機に追尾された。そして、すんでのところで振りきった。ぼくは、とてもいいことをしたと思った。競技とか戦いの高揚感によるものとはちがう。そういった感覚はない。そうではなくて、ぼくは、実体を伴うものの美点しか理解しない。それ以外は、まったくなにも理解できない。やつらの言い草にはうんざりだ。あの旧弊な論調には胸糞が悪くなる。やつらの議論には反吐が出る。やつらの美徳というのが、ぼくにはさっぱりわからない。

　美徳は、カルパントラ［訳注：南仏ヴォクリューズ県の都市］の図書館の管理人にとどまってフランスの精神的遺産を救うことにある。飛行機で無防備に飛びまわること、子供に読書を教えること、一介の大工として死ぬのを受け入れることにある。そういうものたちのことを祖国という……ぼくはちがう。ぼくは祖国の生まれである。

　かわいそうな祖国！

　　　　　　　　　1944年7月30日　Xへの手紙

後悔はない

　ぼくは、これ以上は無理なくらい、心の底から戦っている。もちろん、ぼくは軍用機パイロットとしては世界最年長だ。ぼくが操縦する戦闘機型の単座機だと、制限年齢は30歳だ。先日、アヌシーの上空1万メートルのところで、エンジンが片方故障してしまった。ちょうどそのときが、自分の生まれた時刻だった……機上で44歳を迎えたというわけさ！　アルプスの上空を亀のようにえっちらおっちら飛びながら、もしドイツ軍の戦闘機と遭遇したら一巻の終わりという状況においてぼくは、北アフリカでぼくの本を発禁処分にした狂信的愛国者たちのことを思い浮かべ、こっそり嘲笑ってやった。おかしなものだ。

　この隊に復帰して以来（この復帰にしても奇跡だったのだ）、ぼくはあらゆることを経験した。機体の故障だったり、酸素マスクのトラブルで失神寸前になったり、敵戦闘機に追尾されたり、飛行中に機体が火を噴いたり。自分でもそれほど力を出し惜しみしているつもりはないし、健全な大工だと自負している。それが唯一、ぼくが満足していることなのだ！　それに、たった1機で同乗者もなく、フランスの上空を飛びまわって写真を撮るということも。それも、じつに奇妙だ。

　ここは憎しみからはかけ離れている。しかし、隊のみんなが親切にしてくれるにもかかわらず、やはり、ややもの足りなさを感じる。ともに語りあえる人間が1人もいないからだ。ともに生きる人間がいるというだけでありがたいことではあるのだが、なんたる精神の孤独と言えよう。

　ぼくは撃墜されたとしても、絶対になに一つ後悔はしない。未来のアリ塚の世界を考えると、ぞっとする。それに、彼らのロボットのような美徳というものをぼくは憎んでいる。ぼくは、庭師となるべくできているのだ。

　ぼくからきみに抱擁を送る。

　　　　　　　　　1944年7月30日　ピエール・ダロスへの手紙
　　　　　［訳注：レジスタンスの活動家、セゴーニュと共通の友人］

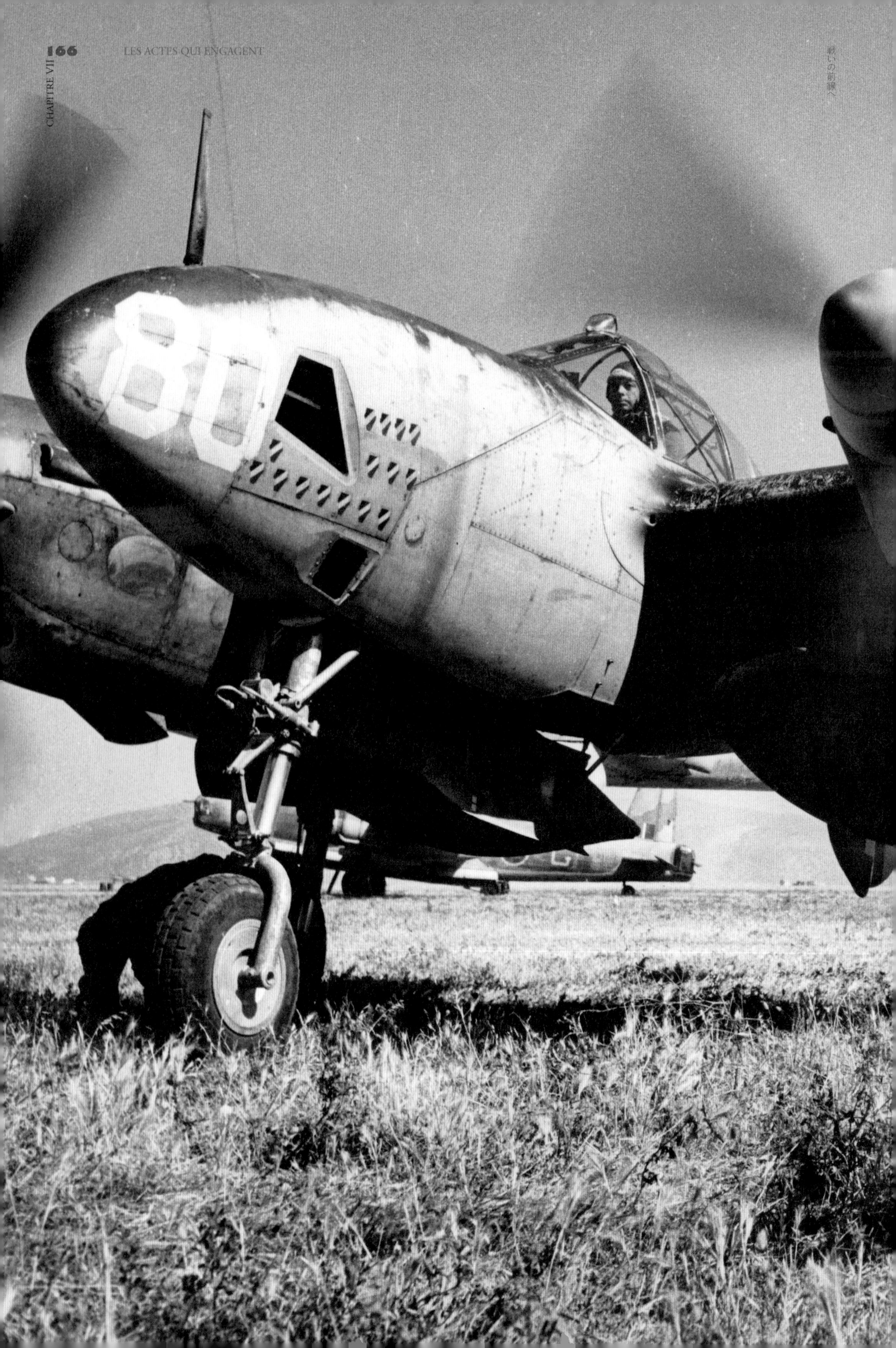
80

P38-F5B機の操縦かんを握り、離陸態勢に入るアントワーヌ。ジョン・フィリップス撮影。

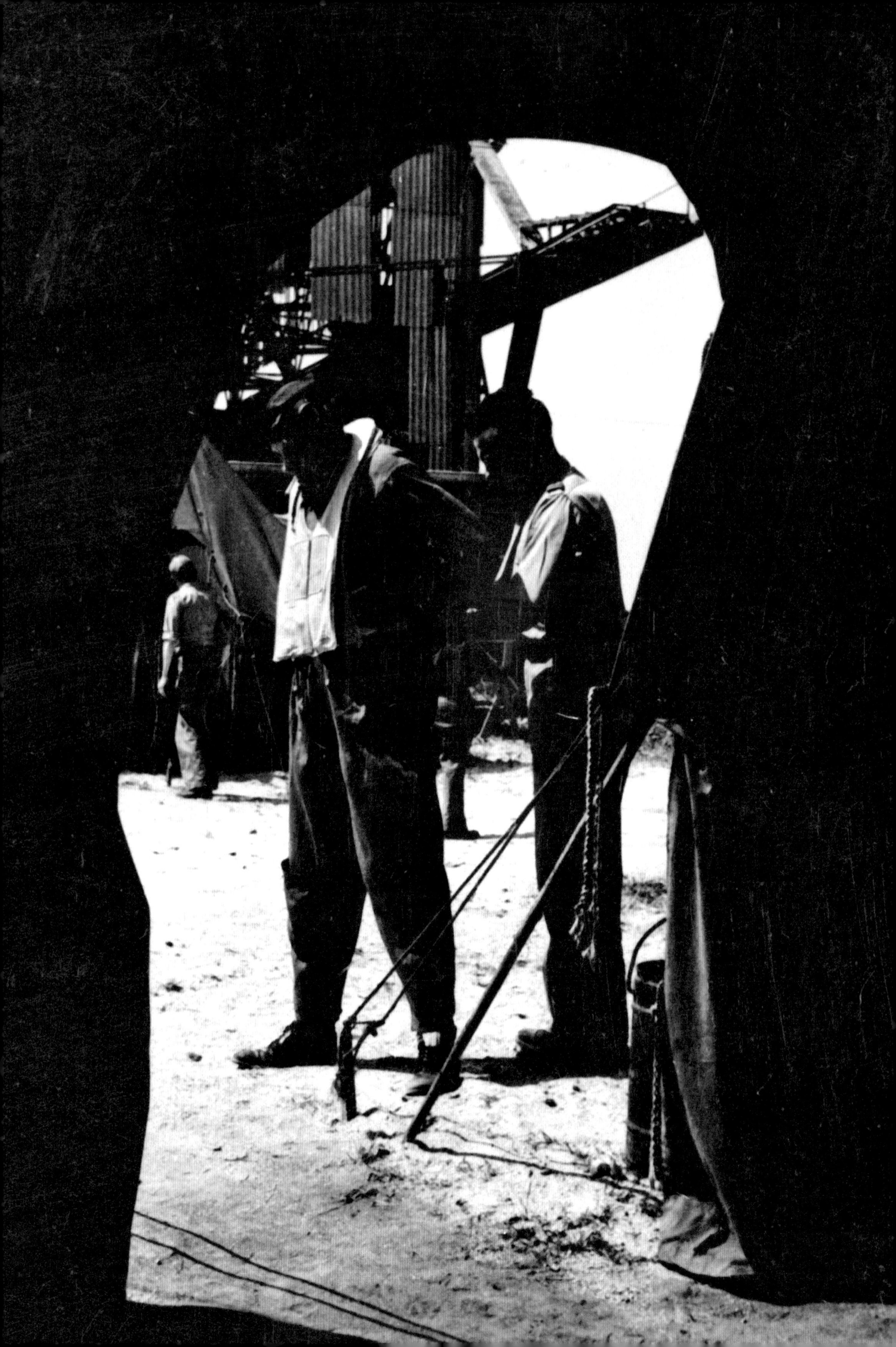

Chapitre VIII

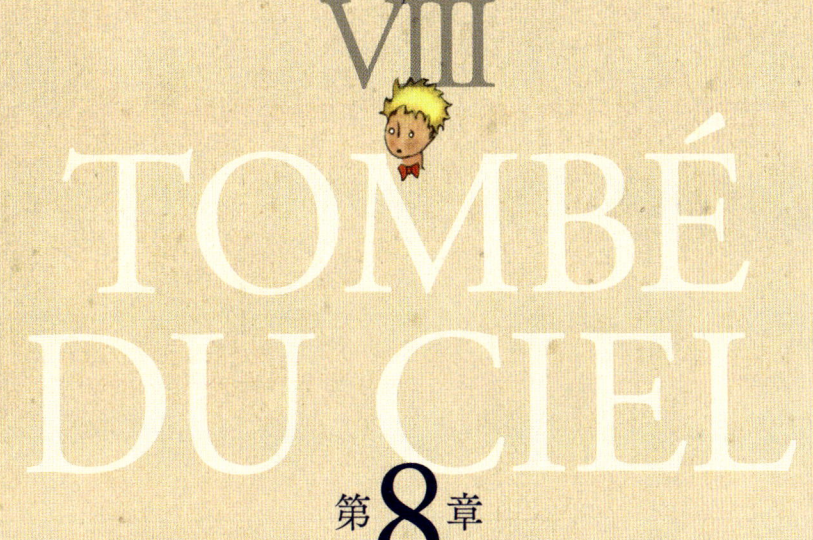

TOMBÉ DU CIEL

第 8 章
Saint–Exupery et la mort

撃墜

サン=テグジュペリと死

1904 年におとうさんが亡くなって、死は、ずいぶんと早いうちからきみの人生に刻印を残した。
続いて、1909 年にはおじいさん、1914 年に叔父さん、
1917 年に弟のフランソワ、1927 年に姉さんのビッシュが逝ってしまった……。
きみはひどく悲しんだが、これらは一つの序章にすぎない。
大勢の仲間たちの死が、この先きみを待ちうけていた。
アエロポスタル社、1940 年の第 33–2 飛行集団、
たくさんのパイロットが、危険な職務、任務に殉じたのだった。

> だとすれば、世界との絆を維持していたのはひとりの子供であって、
> その子供を中心に世界が整えられていたということなのか？
> 『南方郵便機』

大切な写真

> 1917年7月10日。弟のフランソワが14歳で逝ってしまった。その顔には，はじめて聖体拝領を受けた日とおなじ表情が浮かんでいた。明け方の4時だった。きみは，永遠の眠りについた弟を写真に収めた。1枚は，ベッドの天蓋のカーテンを壁に押しやって，正面から見おろすようにして。1枚は真横から，フランソワの横顔とまわりのユリの花がフレームにおさまるようにして。のちのちまで，きみは弟の写真を肌身離さず持っていた。

死の床で

朝の4時ごろ，ぼくは看護婦に起こされた。「弟さんがお呼びです」「具合が悪いんですか」看護婦はなにも答えない。ぼくは急いで着替え，弟のところにかけつけた。弟はいつもと変わらない声で言う。「死ぬ前に兄さんと話がしたかったんだ。ぼくはもうすぐ死ぬから」発作でけいれんが起き，弟は口を閉ざしてしまう。発作のあいだ，弟は「ちがう」というように，手を横に振る。ぼくにはそのしぐさの意味がわからず，弟は死を拒否しているのかと思われた。しかし，小康状態になると，弟はこう説明する。「こわがらないで……。苦しかないんだ。痛くもない。でも，とめられないんだ。体が勝手にやっていることだから。」弟の肉体は，異域となり，すでに別のものとなっていた。それでもこの弟は，20分後には死を迎えようとしているときも，厳粛であろうとしている。そして，急いで遺産の贈与を自らおこなわなければと考えている。弟は言う。「ぼく，遺言がしたいんだ」と。そして顔を赤らめる。もちろん，大人として振舞うことに誇りを感じている。弟がもし建築家だったら，ぼくに建てるべき塔を委ねるだろう。もし父親だったら，教育すべき息子たちを委ねるだろう。もし軍用機を操縦していたら，機内の書類を委ねるだろう。だが，弟は子供にすぎない。だから，蒸気エンジンと，自転車1台と，空気銃1丁とを託すだけなのだ。

ひとは死ぬのではない。ひとは死を怖れているつもりでいた。ひとは不測の事態や，突発の出来事を怖れ，自分を心配する。死ぬ？　いや，ちがう。死に出会ったときには，もう死は存在していない。弟はぼくに言った。「忘れずに全部書きとめておいて……」と。肉体が崩壊すると，本質的なものが現れる。人間は関係の結び目にほかならない。人間にとっては，関係だけが重要なのだ。老馬のような肉体は捨てられていく。死に際して，だれが自分自身のことを気にかけよう？　ぼくは，そんな人間にこれまで出会ったことがない……。

『戦う操縦士』

喪　失

死は，いまわしいもの。死は，死者の考えや身の回りのものや習慣との関係を新たに築き上げる。死は，世界を新たにつくり変える。見たところ，なにも変わってなどいないのだ。でも，すべてが変わってしまっている。本のページがおなじでも，本の意味はおなじではない。死を実感するには，ぼくたちが死者にいてほしいと思う時間がなければならない。されば，彼の不在はひしひしと感じられる。さらに，死者がぼくたちを必要とした時間を想像すべきだ。ところが，死者のほうでは，もはやぼくたちを必要としないのだ。また，友情に満ちあふれた訪問の場面を想像してみるとしよう。そして，それが空しいことに気づかなければならない。ぼくたちは，これからの人生を見通す必要がある。だが，埋葬の日にはまだ，見通しもなければ，隔たりもない。死者の存在といっても断片的である。埋葬の日のぼくたちは，気もそぞろで，もたついていて，真の友人や友人きどりの連中と握手を交わし，実際的な事柄に気をとられている。その翌日になって，はじめて死者は，静寂のなかで死ぬことになる。死者は，ぼくたちのもとに完全なものとして姿を現す。完全なものとして，ぼくたちという実体から自らを引き離そうとする。そのときぼくたちは，去りゆく彼のために，泣き叫ぶだろう。なぜなら彼を引きとめることはもはやできないのだから。

『戦う操縦士』

LAETATUS SUNT IN HIS, QUÆ DICTA SUNT MIHI :
« IN DOMUM DOMINE IBIMUS ». *(Psaumes)*

"主の家に行こう，とひとびとが言ったとき，わたしはうれしかった。"（詩篇 122 篇 1 節）

ぼくは死んだみたいになるだろう。
でも、ほんとうはそうじゃない……。
わかるよね。遠すぎるんだ。
この体を持っていくのは
無理だよ。
重すぎるもの。
でも、それは古いぬけがらを
捨てていくようなものだから。
悲しかないよ、
古いぬけがらなんて……。
『星の王子さま』

永遠の少女

> 1927年6月2日。ビッシュが息を引きとる。姉さんのマリー=マドレーヌは逝ってしまった。まだ30歳そこそこの若さで。結核がその命を奪ったのだ。ビッシュは、動物と話せるひとだった。星一つ一つの名前を知りたがるひとだった。ヴァイオリンをきみにあわせて弾いてくれるひとだった。姉さんの死とともに、きみの子供時代の大切な部分がまた一つ消えていった。空がきみに安らぎをくれても、砂漠がきみの心を苛んだ。きみの悲しみの涙が涸れることは、永遠にない。

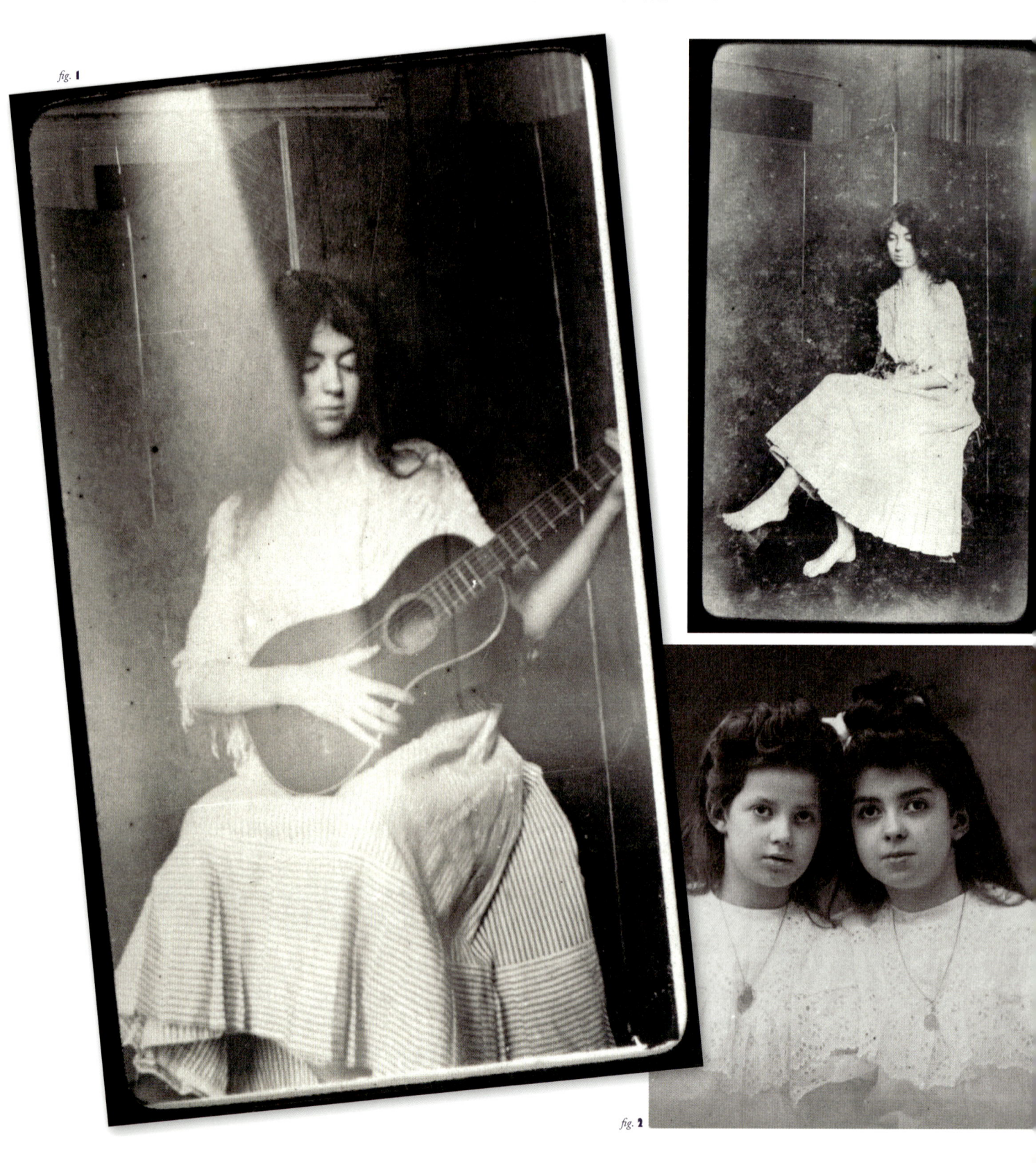

fig. 1

fig. 2

大地のざわめき

　　　月がのぼった。するとあなたは、ぼくたちの手を取って、耳を澄ませるように言った。なぜなら、それらは大地のざわめきだったからだ。安らぎを与えてくれる、えもいわれぬ声だったからだ。あなたはその家に、大地の生き生きとしたそのガウンに、しっかりと守られていた。あなたはボダイジュや、カシワや、家畜たちと多くの協定を結んでいたので、ぼくたちはあなたのことをみんなの姫君と呼んでいた。夕方、夜を迎えるために世界が整えられはじめると、あなたの表情はしだいに穏やかになっていく。「小作人が家畜を小屋に入れたのよ」あなたはそれを、遠くに見える家畜小屋の明かりによって読みとるのだ。鈍い音がする。「水門を閉めているわ」すべてが秩序のなかにあった。やがて、広すぎてほの暗い食堂での夕食となる。そこでのあなたは夜の女王となる。ぼくたちは間諜のように、たえずあなたを見張っていた。あなたは、黙って、あの木製の食卓の中央で、年上のひとたちにはさまれて座っていた。前かがみになったあなたのその髪だけがランプシェードの金色の輝きに囲まれる。光の冠をいただいたあなたは、その場に君臨していた。ぼくたちにとって、あなたは永遠のように思われた。さまざまなものたちと、そこまでしっかりとした関係を築き、さまざまなものと、自分の考えと、自分の未来にそこまでの自信を持っているあなたは。あなたは君臨していたのだ……。

『南方郵便機』

fig. 1
マリー＝マドレーヌ・ド・サン＝テグジュペリ

fig. 2
マリー＝マドレーヌ（右）とシモーヌ。1908年。

途絶えた通信

> 朝早く、メルモーズは、ピショドゥー、ラヴィダリ、エザン、クリュヴェイェの4名の乗員とともに飛びたった。大西洋を横断するのはこれで24回目。乗っていたのは、ラテ300型飛行艇〈クロワ＝デュ＝シュッド（南十字星）号〉だった。1936年12月7日10時47分、「右後部エンジン停止……」これを最後に、ジャン・メルモーズとの通信は途絶えた。35歳の誕生日を2日後に控えたこの日、メルモーズの機体は、セネガルとブラジルのあいだの海のどこかに沈んだ……。砂漠や山脈、海と夜を制してきた偉大な英雄の最後だった。

fig. 1

fig. 2

fig. 3

fig. 1
亡き友ジャン・メルモーズ。

fig. 2
アントワーヌが描いたメルモーズのイラスト。

fig. 3
『人間の大地』のタイプ原稿。

fig. 4
アエロポスタル社のヨーロッパ—アフリカ—南アメリカ路線のポスター。

fig. 5
ラテコエール社の飛行艇521。1942年、ダカールにて。

困ったやつだよ、おまえは

　すまない、ジャン・メルモーズ、おまえについて記事を書くようにしつこく頼まれた。だが、どう書いてよいものやら？　おまえが救助要請をしなかったということ以外、ぼくは知らない。海の底に沈んでいるのか、あるいは、食虫植物の罠にかかった虫さながらに海に囚われ、もはや逃れられなくなっているのか、それもわからない。かろうじて救命ボートで脱出したとしても、おそらくは、ごくわずかな食糧と絶望的な海の広さに打ちのめされたのだろう。だが、ぼくはなにも知らない。だれも、なにも知らないのだ。後部エンジンが停止したことと、おまえがなんら救助を求めなかったこと以外は。

　おまえが消息を絶った2時間後には、もう涙するものがいた。行方不明から5日目を迎えようという今日、みんなの敬愛の念を一層強く深めるために、ぼくはおまえの追悼文を書くように言われた。だが、ぼくはおまえのことを追悼したりはしない。こんなに早いうちから、おまえに亡霊の仲間入りをさせるわけにはいかないからだ。

　ああ！　おまえの美徳を称える歌が4日前から聞こえている。だが、いまはおまえの美徳を語ることなどできない。何日かしたら、そうせざるを得ないときが来るのかもしれない。まったく、おまえというやつは、愛すべき欠点を持った友だ。だから、ぼくはおまえのことを待つ。面と向かって、おまえのそのすばらしい欠点をあげつらってやるために。ぼくはまだ、おまえに敬意を表するつもりはない。よく待ちあわせをしたビストロで、おまえに席をとっておいてやろう。相変わらず、おまえは遅れてやってくるのだろう。困ったやつだよ、おまえは！　おまえは不意にたち現れるのだろう。言い訳もしなければ、謝りもしない。だが、おまえがその存在感もあふれんばかりに、そこにいるというだけで、待たされたというこちらの思いなどは消し飛んでしまう。ふたりで古い議論をまた蒸し返そうじゃないか……。もっと言わせてくれ。「おまえのその考えはまちがっている、おまえはもう自分で全部認めようとしているじゃないか！」と、声を大にして言わせてくれ、すぐにでも。侮辱するつもりなどないから……。議論は穏やかに進めよう。ぼくは、もう二度とおまえを怒らせることができないのではと、不安でしかたない。ああ、ジャン、おまえのことをあまり好かなかったものたちも、おまえを偲んでいる。その賛辞が全部おまえに聞こえていたら……。すまない、おまえが申し分のない人物だったなどと思うことなどまだ無理だ。死者たちの常として称えられる美点など、考えられるものか。

　　　　　　　　　　　　　　　　　　1936年12月　〈マリアンヌ〉誌

喪に入る

　いまではもう、ずいぶん久しくメルモーズに会っていないように思えるようになった。彼の遺影を見ても、心が痛まないし、涙をこぼすこともない。しかし、彼の存在を恋しく思う気持ちは、ますます深く、ますます強いものとなっている。まるでパンを切らしてしまったときのようだ。あの明るい笑い声はもう聞けない。いまでは自分に問いかけるようになった。心のなかで思うのではない。ふとした拍子に、昔からの癖でつい声に出して言ってしまう。「ところで、あいつはいまごろどの辺りかな？」と。今日から、ぼくたちは喪に入る。彼の存在に飢えている以上は。そして、この友に代わるものなどなに一つないことを、ゆっくりと時間をかけて知ろうと思う。

　　　　　　　　　　　　　　　　　　1937年　『メルモーズよ、永久に』

老いてゆくのが恨めしい

　こんなふうに人生は過ぎていく。ぼくたちは豊かになり、何年もかけて木を植えてきた。そして、何年かが過ぎ去り、死がこの作業を片づけ、伐採する。すでに、メルモーズがぼくたちの前から消え去った。寂しくてたまらない。彼のせいで、わびしい、経験したことのない感情を知った。そんな感情を覚えることに、ぼくたち自身も驚く。老いてゆくのをひそかに恨めしく思う。

　　　　　　　　　　　　　　　　　　1937年　『メルモーズよ、永久に』

CHAPITRE VIII　04　TOMBÉ DU CIEL　撃墜

もうぼくには友がいない

> 1940年11月27日。きみの友だちアンリ・ギヨメが乗った4発のファルマン機が、イタリア領サルデーニャ島沖でイタリアの戦闘機に撃墜されてしまった。ギヨメのほかに同乗者が4名。そのなかには、友だちのマルセル・レーヌもいた。気の毒に、彼らは、銀色の地中海深くにのみこまれていった。今度ばかりは、あのメンドサでのような奇跡の再会が待っていることもなかった。海は、アンデスの山よりずっといじわるだったのだ。

fig. 1
1939年、ビスカロスにて。ジュヌイヤックとギヨメとともに（中央がアントワーヌ）。

fig. 2
ブエノス・アイレスの遊園地にて、ノエル＆アンリ・ギヨメ夫妻とともに。

fig. 3
ラテ521型の操縦席にて、アンリ・ギヨメと。1939年、ビスカロスにて。

fig. 4
同僚であり友人であったアンリ・ギヨメ操縦士。

fig. 5
ブロック174型　第52-2飛行集団　第3小隊。

Ce soir je n'ai plus d'amis

最後の友

　ギヨメが死んだ。今夜で、ぼくにはもう友だちがいなくなってしまったような気がする。彼のことを哀れんだりはしない。これまで、ぼくは死者を哀れむことはなかった。だが、彼の死については、慣れるまでに長い時間がかかるだろうし、すでにもう、このおぞましい作業が重荷になっている。それは、この先何カ月にもわたって続くだろう。ブレゲー14型を飛ばしていた偉大なる時代に生まれあの日々を駆け抜けた仲間たち、コレ、レーヌ、ラサール、ボールガール、メルモーズ、エチエンヌ、シモン、レクリヴァン、ヴィル、ヴェルネイユ、リゲル、ピショドゥー、そしてギヨメ、みんな死んでしまった。ぼくには、もうこの地上で思い出を共有する友がひとりもいない。このとおり、歯の抜けた老いぼれが、その思い出のすべてをひとりで反芻しているというわけだ。南米の路線にも、もうひとりも残っていない、ただのひとりも……。「覚えているか？」と声をかけられる仲間は、もはやこの世にただのひとりもいない。砂漠での経験がどんなにすばらしかったことか。ぼくの人生でもっとも熱いあの8年間で得た友のうち、残っているのは、いまではもうリュカだけだ。といっても、彼は管理職にすぎないし、古参というわけでもない。あとはデュブルデューがいるが、彼とはともに生きたとはいえない。彼はトゥールーズを離れたことがないのだから。
　生きているうちに、自分の友人全員に、ひとり残らず先に逝かれてしまうなんてことは、よっぽど年老いた人間にしか起こらないことと思っていたのに。

1940年12月1日　Xへの手紙

fig. 4

燃え尽きた命

　いつかは死ぬのだということを、ぼくは戦争によって、そしてギヨメによって知らされた。それは、詩人たちが考えるような観念的な死ではない。感傷的な出来事や悲哀でもない。そんなものとは一つも似ていない。"人生に疲れた"とかいう16歳の坊やが考えるようなそんな死など問題外だ。そうではなくて大切なのは人間の死、真剣な死、燃え尽きた命なのである。

1941年9月8日、ネリー・ド・ヴォギュエへの手紙

死者の席

　たぶんあなたも知っているとは思うが、ぼくは、食卓に死者の席を残しておく変わったひとたちを知っている。彼らはとりもどすことの不可能な事実を否定していた。けれども、ぼくには、そういった抵抗が慰めになるとは思えなかった。死者は死者として扱わなければならない。そうすれば、死者は、死者という役割において、別の存在のかたちを作る。しかし、そのひとたちは、去っていこうとする死者を引きとめようとした。死者のことを、永遠の欠席者、永遠に遅刻したままの会食者にしてしまっていた。喪を中身のない期待にすり変えていた。ぼくには、その家が、悲しみとはいえない、息がつまるような、容赦ない不安のなかに沈んでしまっているように思われた。ぼくが失った最後の友、操縦士のギヨメは、不幸にも輸送飛行中に撃墜された。ぼくはその喪に服することを受け入れた。ギヨメはもう変わらない。彼が目の前に現れることは決してないが、いなくなることもないはずだ。ぼくは、自分の食卓に彼の食器を並べるという無駄な気休めは一切せず、彼のことをほんとうに死んだ友としたい。

『ある人質への手紙』

fig. 5

死ぬのはこわくない

CHAPITRE VIII ─── 05

TOMBÉ DU CIEL　　　　　　　　　　　　　　　　　　撃墜

> 1944年7月31日。きみは最後の出撃からもどってこなかった。帰投したら、きみには2週間後に迫っていた連合軍のプロヴァンス地方上陸作戦の決行日が明かされるはずだった。機密情報を知ることで、きみのパイロットとしてのキャリアは終わるはずだった。だが、だいぶ前からきみは死についてひんぱんに口にしていた！　自分は死以上に孤独だと、はばかることなく言っていた。数週間前からは、きみのすぐそばに死の影がちらつくようになっていた。死は、ドイツ軍のメッサーシュミット［訳注：ナチスドイツの主力戦闘機］に姿を変え、ハゲタカが待ち伏せるようにプロヴァンス上空を徘徊していた。

気高い死がいくつもあった。自己犠牲の死だ。郵便機を飛ばすため、不帰順民族の蛮行を止めさせるため、犠牲となったきみの仲間たちの死。自然死もあった。いまわのとき、あとのものに足跡や遺産を残す死、宝ものが受け継がれていく死。けれども、犬死にや、非常識な死や、事故死もある。きみ自身の死は、おしまいのこの三つの死にざまの境界にあるんじゃないのか。きみは自分を委ねた。ゆずり渡した。きみの死については、わけありなのか事故なのか、計画的だったのか、運命のいたずらなのか、どれが真実かなんて、いったいだれに判断がくだせるだろう？

空がある。星が一つある。きみはぼくを追って、この星にやってきた。先立った愛すべきひとたちに、まさかここで会えるとも知らず。そう、お父さんのジャンに、弟のフランソワ、姉さんのビッシュ、ジャン・メルモーズに、アンリ・ギヨメ、ほかにも大勢の仲間たち……。この星にはヒツジがいるはずだ。キツネも、バラも、点灯夫も、地理学者も……。ほかのひとたちはどうしたかって？　王さま、うぬぼれ屋、呑み助、実業家は、自分らのシロアリ社会を捨てることができなかったようだ。

きみは、その精神的な遺作『城砦』のなかで、きみの考える生から死への移ろいについてふれている。生から死へと渡ったことで、きみは祖国や文明を変えた。実際、きみの死は、きみの再生の最初の兆しにほかならない。

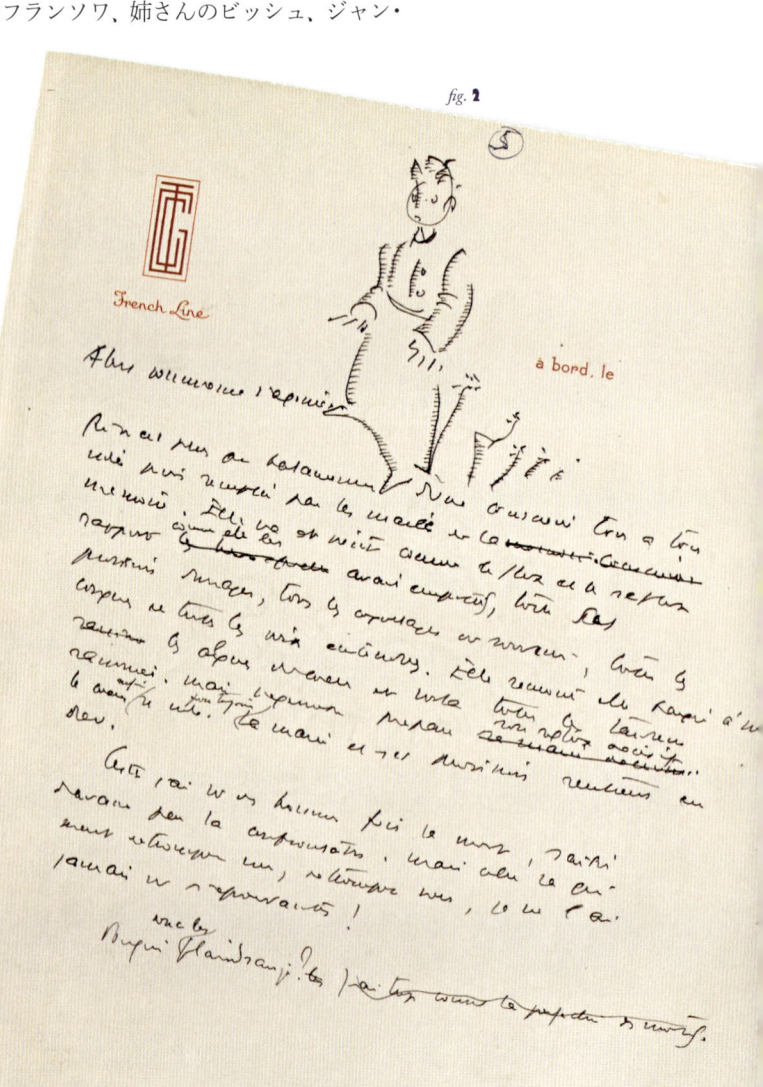

fig. 1

fig. 2

fig. **1, 2**
1944年7月30日、ピエール・ダロスへの手紙。

fig. **3**
『城砦』の手書き原稿。

fig. **4**
1937年、甥たちと。

この身のすべてを投げうって

　ルーズヴェルト写真偵察隊で、P38型を操縦することになった。高空飛行で、遠隔地へと出撃する。自分にあまりにいや気がさしていて、帰還したいという気も起こらない。このおんぼろの肉体は居心地が悪すぎる。だから、この星にそれほど執着もわかない。今日、この身のすべてを投げうつことで、自分が純粋なことが証明できて、ぼくは心からうれしい。

1944年、アルジェにて
シルヴィア・ハミルトンへの手紙

最後の引き潮

　そのとき、臨終の苦しみがはじまる。もはやそれは、記憶の波にかわるがわる満たされては干される意識の揺らめきにすぎない……。その波は、潮の満ち引きのように行きつもどりつする。そして、心象の蓄積、思い出のつまった貝殻の数々、耳にした声をそっくり閉じこめたホラガイ、それらのいっさいを運び去り、また運び寄せてくるのだ。潮位が上がり、心のなかの藻がまた浸される。すると、あらゆる情愛が生気をとりもどす。しかし、分点がその決定的な引き潮を用意して、心は虚ろとなり、波はその蓄えもろとも神のもとへ引いていく。なるほど、わたしは、あらかじめ死との対決をつきつけられた人間たちが、死から逃れようとするのは見てきた。しかし、死にゆく人間については、――みなのもの、誤りを悟るのだ――わたしは、怖れおののくところを見たことは一度もない。

『城砦』

　メッサーシュミットの電光石火の一撃があれば十分だろう。それで木のように一気に炎上する。澄みきった空で爆発が起こる。あとは、音もなく垂直に落下する。

　まだ生きていられたら、夜を待とう。愛する孤独に包まれたまま、この村を縦断している国道を少し歩いてみよう。自分が死ななければならない理由を知るために。

『戦う操縦士』

　ぼくは死を怖れてはいない。むしろ終わろうとしていることがこわいのだ。
1940年1月4日　ネリー・ド・ヴォギュエへの手紙

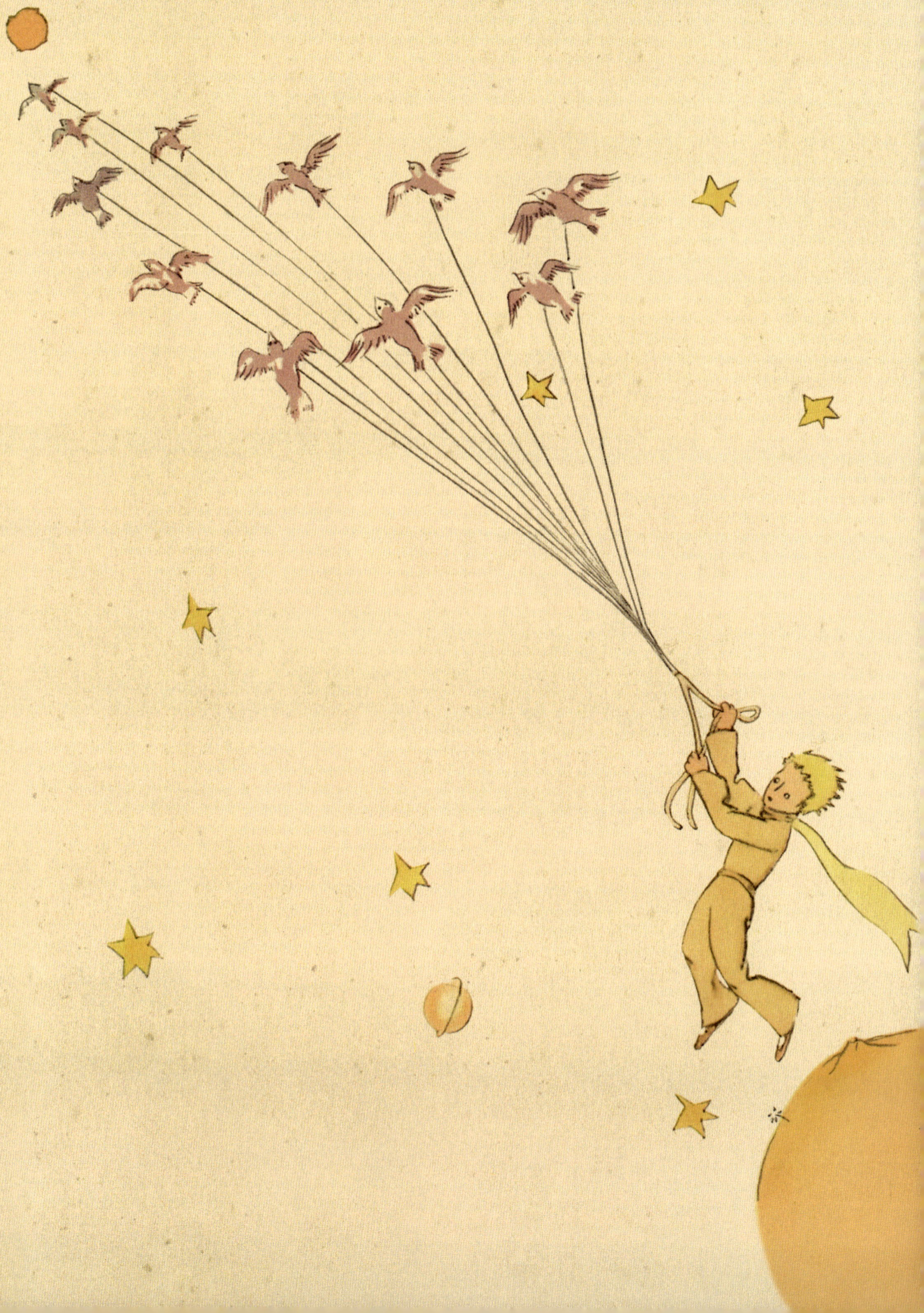

Chapitre IX

PASSEUR D'ÉTOILES

第 9 章

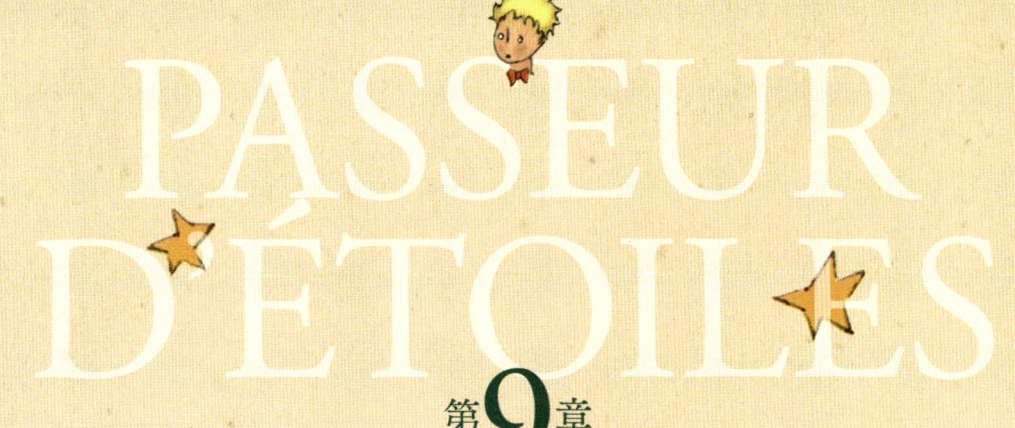

L'héritage de Saint-Exupéry

星の案内人

サン=テグジュペリの遺産

> 自分で描いた絵も見せていない。だが、わが友にはぜひ見てほしい。
> これらの絵は、思い出なのだから。

> よそもののぼくだから、自分が大人社会の人間ではないことを、
> 大人たちに話したことはない。
> いまだに心のなかは5、6歳だということも黙っておいた。

ふたたび地球へ

> きみが砂漠に迷いこんだのは、そういうさだめだったからだ。ぼくという存在を創りだすために。出会ったのも砂漠なら、ぼくのエピソードが語られ、ぼくが消えていったのも砂漠だ。それからしばらくしたら、きみ自身も消えてしまった。それはきみの飛行機がマルセイユ沖で消息を絶ったときだ。だが、ぼくのほうは、こうしてまたもどってきた。ぼくの場合、インクと絵の具と紙さえあれば、そんなことはわけない。そもそもぼくがもどってきたのには、わけがある。きみの生涯を追っていくにあたって、ぼくからもいろいろ説明しておきたいことがあったからだ。そして、心あるひとたちには、ぜひ話しておきたかった。きみがみんなに遺していった宝ものが、どんなに貴重で豊かなものであるかを。そして、きみが伝えようとしたことを、今度はそのひとたちが受け継いで、つぎの世代に伝えていってくれればいいと思う。

Je suis revenu pour transmettre

発明家アントワーヌ

きみは、ヒツジの絵を描いてくれた。でも、飛行機は一度も描いてみせてくれなかった。まあ、ぼくのほうも、描いてくれとは頼まなかったけれど。「飛行機の絵は手に負えない」とぼやいていたきみが関心を寄せたのは、飛行機の頭脳のほうだ。いわば飛行機の中枢神経。計測したり、コントロールしたり、位置を知ったりするための装置のことだ。すぐれた装置があれば、きみの仲間たちは死なずにすんだかもしれない。夜や霧や悪天候に立ち向かうこともできる。針路もぶれたりしない。エンジンを回すのも、離着陸もスムーズにいく……。航空術に関して、きみはいくつも特許をとった。まず、それがきみの遺産といえる。きみのアイディアは、のちにほかのひとたちによって作られた航空装置のなかに生きている。大西洋上で安全で快適な旅を続ける最近のパイロットや乗客は、たぶん気づいていないだろう。その旅路をかげながら見守るきみの姿に……。

サン=テグジュペリの遺産　　Passeur d'idées　**185**

L'héritage de Saint-Exupéry

ブタがトリュフを見つけだすように、
彼らはなんでも見つけだす。
見つけだせるものはいくらでもあるからだ。
だが、それらはどれ一つとして、おまえの役には立たない。
なぜなら、おまえはものの意味を糧としているからだ。
しかし、彼らがものの意味を見つけだすことはない。
それは、見つけだされるものではなく、
創りだされるものだからである。

『城砦』

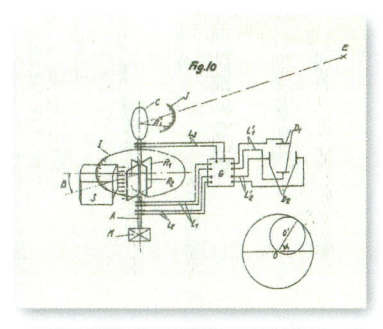

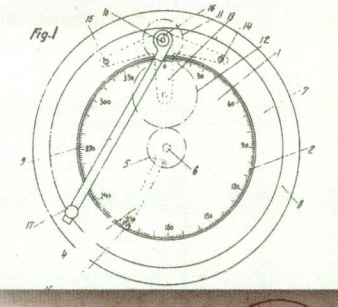

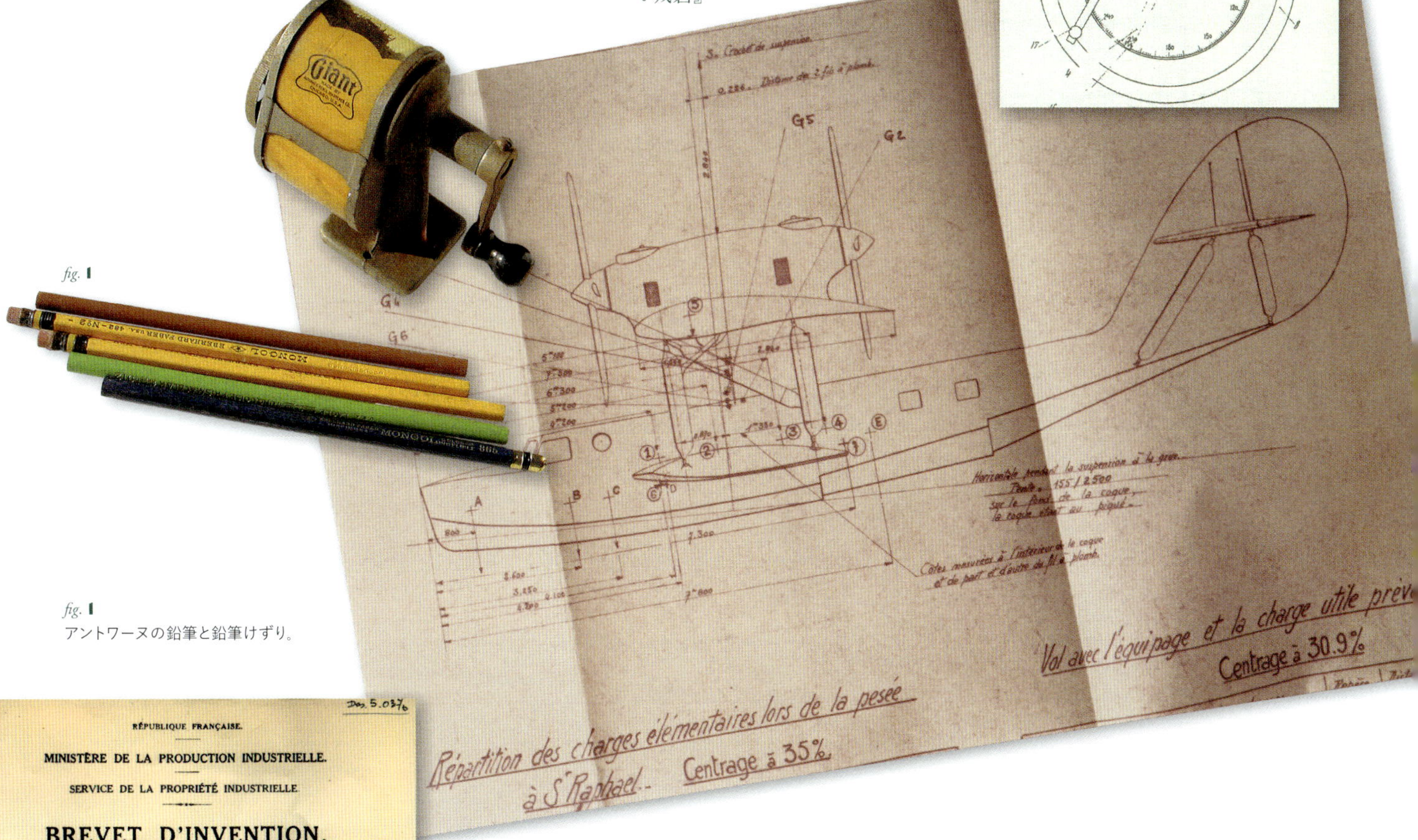

fig. 1
アントワーヌの鉛筆と鉛筆けずり。

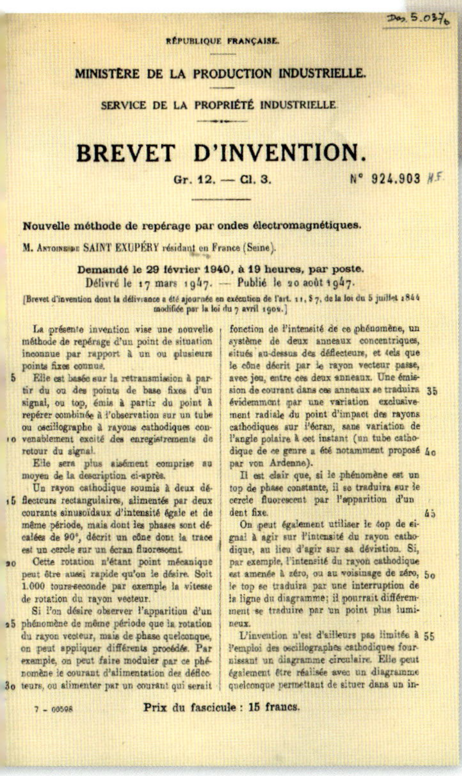

ペルピニャンで昼食をともにしたあの技師、
彼は自分の仕事で使う方程式と
ポーカー以外のことはなに一つ知らなかった。
彼にはなにかが欠落していた。
自分はしあわせだと思いこみ、
そういう自分が好きなのかもしれないが、
ほんとうの幸福というものは知らない。
彼は、外洋の味わいを少しも知らないのだ。

『手帖』

人間への敬意

> ヒトラーやスターリンはきみの星の悪魔だ。マルクス主義、ナチズム、全体主義といっても、いろいろな顔がある。大衆社会という全体主義もあれば、"消費社会"──きみの死後、よく聞かれるようになったことばだ──という全体主義もある。
> きみは、この２匹の悪魔や、人類の存続を脅かすその恐ろしい思想と戦った。だが、きみは、その先の将来のこともしっかりと見すえていた。戦争が終わって、世界が落ち着きをとりもどしてきたら、ほんとうの問題に取り組まなければならないと。物質に対する精神の勝利が約束されなければならないと。

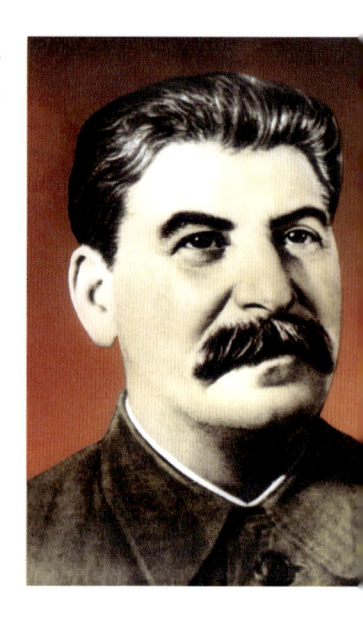

敬 意

> 人間への敬意を！ 人間への敬意をもて！ そこで真価が問われるからだ。ナチスはひたすら自分と似たものだけに敬意を払っている。それは、自分自身に対してしか敬意をもたないということ。彼らは、反論が生みだされるのを拒否し、あらゆる向上の見込みを打ち砕き、1000年にわたって、ひとりの人間のかわりにアリ塚社会のロボットをつくりあげる。秩序のための秩序は、人間から、世界と自分自身とを変えるための本質的な能力を抜きとってしまう。
>
> 『ある人質への手紙』

fig. 1
1933年12月20日水曜日の〈マリアンヌ〉紙。

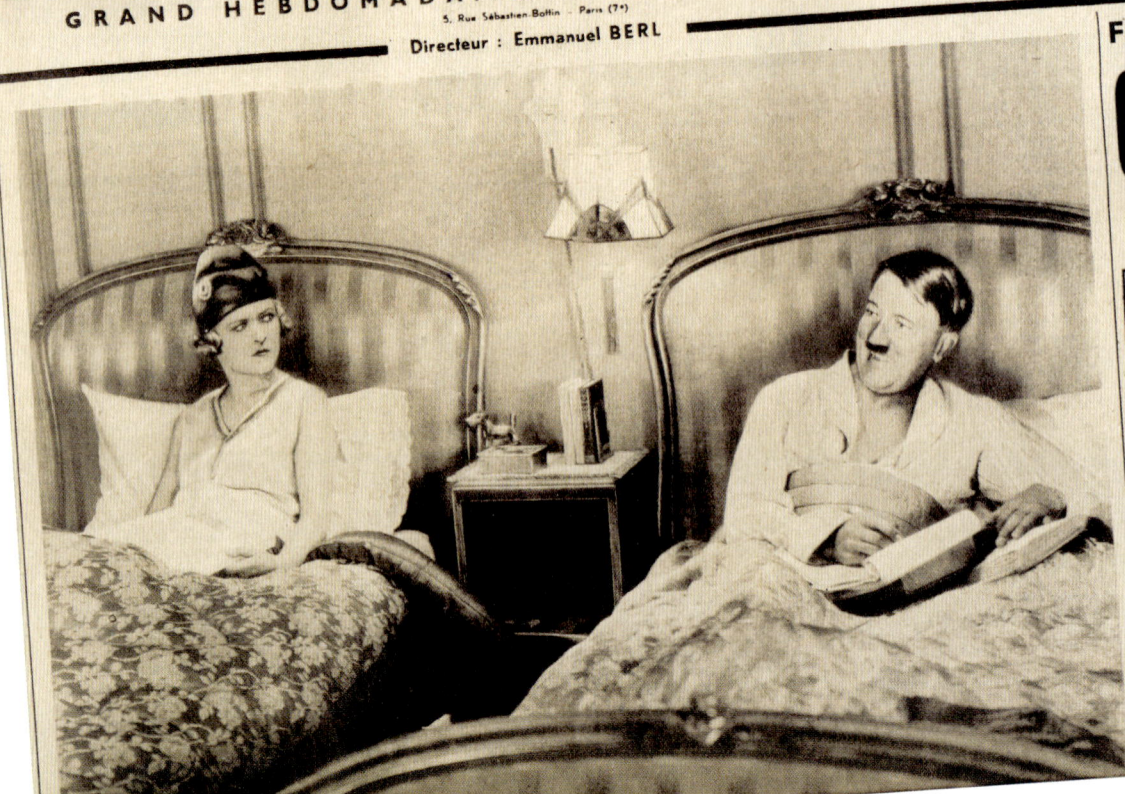

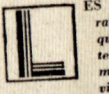

人間の意味

　むろん、初期の段階からが肝心なのです。フランスの子供たちが何世代にもわたってドイツのモロク神［訳注：古代セム族が子供を人身御供にして祭った恐ろしい犠牲を要求する神］の胃袋に呑みこまれてしまうと思うと、我慢なりません。いまは本質までもが脅威にさらされている状況にあります。しかし、本質が救われても、今度は根本的な問題が生じてくるでしょう。それは現代の問題なのです。人間の意味が問われています。その答えは少しも示されていません。

『X将軍への手紙』

まやかしの自由

　そうやって、やっと自由にさせてもらえるのです。両腕両脚を切断されたうえで、自由に歩かせてもらえるのです。ぼくはいまの時代を憎んでいます。いま、世界的な全体主義のもとで、人間は、すっかり手なずけられた害のないおとなしい家畜になりさがっています。それを精神の向上だと思わされているのです！　マルクス主義の憎むべきところは、全体主義へと導こうとしているところです。この思想によれば、人間は、生産者と消費者とに定義されます。基本的な問題が、配分の問題にあるからです。ナチズムで憎むべきは、もとより全体主義を押しつける点です。ルール地方［訳注：ドイツ屈指の重工業地帯］の労働者たちに、ファン・ゴッホ、セザンヌ、俗悪彩色画の前を行進させたとする。すると、彼らは当然のように彩色画がいいと言う。それが民衆の真実なのです！　第二のセザンヌやファン・ゴッホになるべき人間、抵抗を続ける立派なひとたちはみんな強制収容所に閉じ込められてしまいます。従順な家畜たちは俗悪彩色画という餌を与えられているのです。

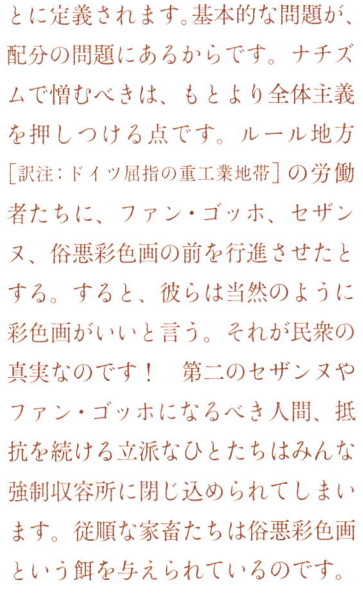

『X将軍への手紙』

アリ塚社会に立ち向かえ

> ロボットたちの存在に、きみは息がつまりそうだった。自分のために"未来のアリ塚"が潤うことを望んでいるひとたちのことだ。財産をもつこと、地位を占めることがしあわせだという幻想におぼれ、獲得することや享楽ばかり追いかけているひとたち。生産する以上に消費して、与える以上に搾りとるひとたち。交換することしか頭にない連中は、ひたすら硬化していくいっぽうだ。そのエゴが人間を干からびさせてしまう。そんなアリ塚の毒性を予言していたきみは、ひそかに解毒剤を示してくれていた。

彼らの不安が明確になれば、
彼らを救える。

『手帖』

| サン=テグジュペリの遺産 | L'humanisme contre la termitière |

" この絶縁の時代において、ひとは、ものを手放すように安易にひととの縁を切っています。冷蔵庫なら取り換えが利きます。ただの寄せ集めにすぎないのなら、家もそうです。ところが、女性もそう、宗教もそう、党派もそうなのです。ひとが不誠実であっていいはずなどありません。では、この場合、なにに対する不誠実を指しているのでしょう？ 遠いって、どこから？ 不誠実って、なにに対して？ もはやこれでは人間の砂漠となっています。

『X将軍への手紙』

ぼくたちは思いこんでいた。たとえ堕落した魂を持っていても、巧みに立ちまわって高貴な大義の勝利に手を貸せるかもしれない。抜け目のないエゴイズムが、犠牲の精神を高揚させるかもしれない。凪いだ心でも、演説の風にのせられて、友愛や愛を築きあげることができるかもしれない、と。ぼくたちは、存在というものに目を向けていなかったのだ。

『戦う操縦士』

ロボット人間に、シロアリ人間。流れ作業、ベドー賃金制度［訳注：シャルル・E・ベドーが考案した仕事の出来高に比例して特別報奨金を支払う賃金制度］からブロット［訳注：トランプのゲーム］まで、規則正しく行きつもどりつする人間。ものを創りだす力をすっかり抜かれ、もはや、自分の村を題材にした歌も踊りも創作できなくなった人間。ウシに干し草を与えるように、既成の文化、規格の文化で養われている人間。これが今日の人間です。

『X将軍への手紙』

ぼくたちは、人間を無視した集団のモラルが少しずつ導入されているのがわかった。このモラルは、なぜ個人が共同体のために自己を犠牲にしなければならないのかを、明確に説明している。だが、なぜ共同体がたったひとりの人間のために自らを犠牲にしなければならないかについては、多くの説明がいるだろう。不正な牢獄からただひとりの人間を解放するために1000人が犠牲になることが、公正といえるのか。ぼくたちはその理由をまだ覚えてはいるが、徐々に忘れていっている。しかし、なによりぼくたちの偉大さが存在するのは、ぼくたちとアリ塚をはっきりと識別するこの原則においてこそなのだ。

『戦う操縦士』 "

1936年、マドリッド。総選挙での人民戦線側の勝利。

生きた言葉で伝えたい

> きみは、人間に対して責任があるように、言葉に対しても責任があるという。言葉は人間とおなじだ。重々しいときもあれば、嘘もつく。気どることもある。きみは言葉を解き放つすべを知っている。言葉のもつ魅力を引きだすすべも。きみは言葉を地に根づかせて、みんなを空の世界へと駆りたてていく。言葉と言葉が結びつき、星までの道が描かれる。きみの言葉は、もっと先を見すえることを教えてくれる。きみの言葉は、世界を伝えてくれる。そして、泉の水のさわやかさ、空の魅力、子供時代の味わいをとりもどしてくれる。

文学のための文学は嫌いだ。
強烈な体験があったからこそ、
ぼくは、
具体的な事実を
書き述べることができたのだ。
ぼくの作家としての
義務の範囲を決定づけたのは職業である。

1942年4月29日付 〈ラ・プレス〉紙

ぼくは、ああいった、暇つぶしでものを書き、結果を求めるひとたちが嫌いです。
意見をもつべきなのです。
1924年 母マリーへの手紙

書くことではなく、見ることを学ぶべきだ。書くということは一つの結果だから。
自分にはこう問うべきだ。「この印象はどうやって描写したらいいだろう？」と。すると、その対象は、自分自身の反応から生まれ、心の底から表現されることになる。
リネットへの手紙

ありのままのぼくを知るには、ぜひ、ぼくの書いたものをお読みください。ぼくが書くことは、自分で見たり感じたりしたことを綿密に考え抜いた結果なのです。ですから、ぼくは、自分の部屋やビストロで静かに自分自身と向きあい、言葉のトリックである常套句など一切使わず、苦しみながらも自分の考えを表現できるのです。そういうときの自分は、正直でまじめな気がします。

1925年 モンリュソン 母マリーへの手紙

---

fig. 1
現実離れした宛て先でありながら、受取人に配達された手紙（住所：フランス—南米航空路線会社　フランス航路のどこか　宛て名：『南方郵便機』および『夜間飛行』（NRF）著者、民間機パイロット A・ド・サン＝テグジュペリ殿）。

fig. 2
花畑の人物とチョウ。『城砦』の手書き資料。

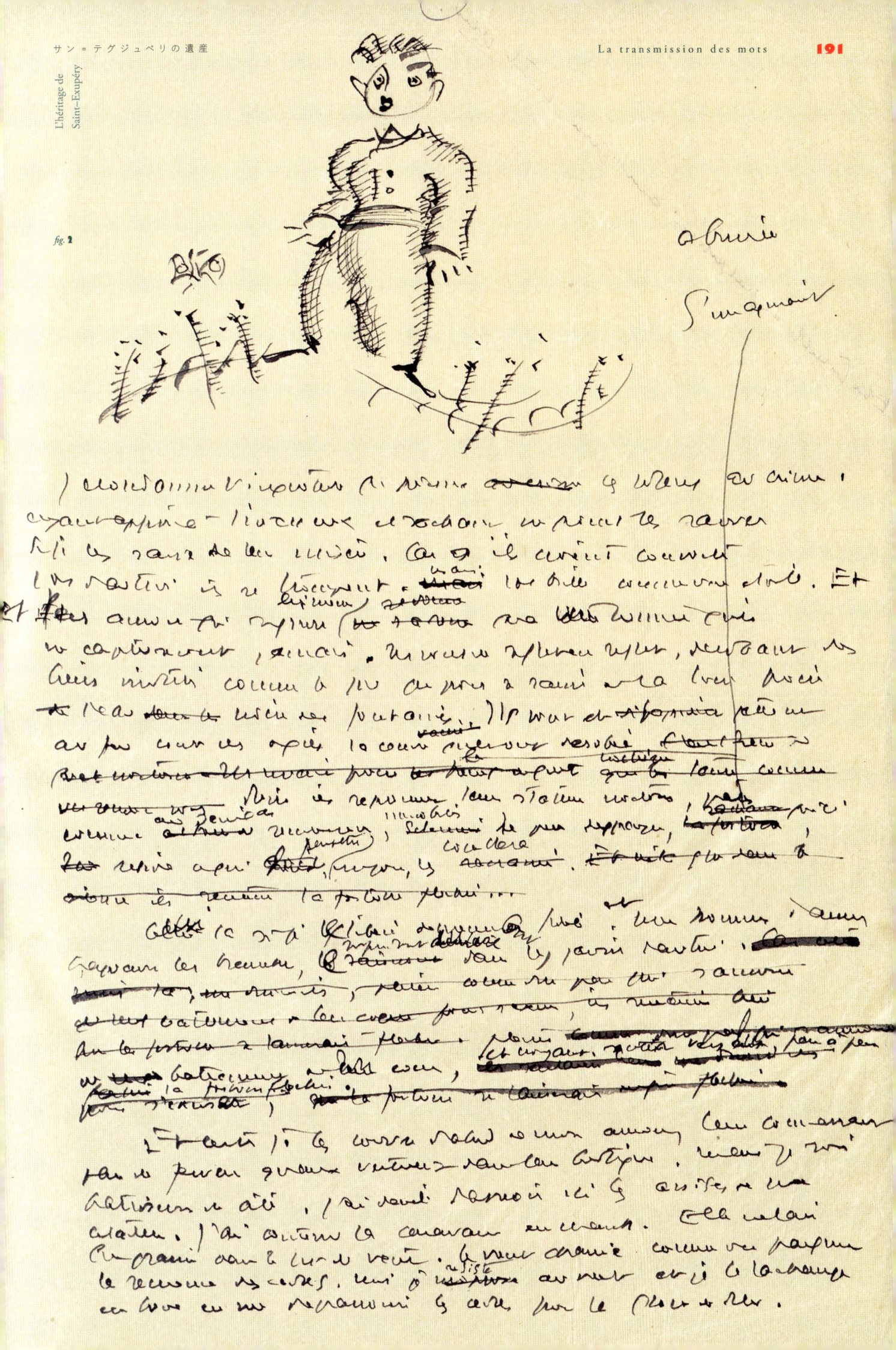

fig. 2

ゆだねられた時間

> きみは、空間と時間について、含蓄のある言葉を残している。知ってのとおり、ぼくの星では、バオバブの芽を抜いたり、火山のすす掃いをしなくちゃいけない。きみのほうも、地球が危機にひんしていることがわかっていた。地球の存続を考えるなら、続く世代は、まぼろしなどに囚われている場合ではない。世界の調和をめざすしっかりとした設計図をつくる時間が必要だ。漫然と時を過ごしているうちに、"民衆が裸の地表に進むべき方向もなく置かれる"日がやってきてしまう。そうなったら、みんなの住む場所はもうどこにもなくなる。きみにはそれがわかっていた。

飛行中にアントワーヌが撮影したイグアスの滝の写真のなかの1枚。

サン=テグジュペリの遺産　La transmission du temps　**193**

> 人間と森林。もう自分しかいなくなれば、人間は元気がなくなるだろう。すでに野獣との接触を失い、部分的には自然の力との接触も失われている。いままさに、人間はこの星を野菜畑へと変えつつある。
>
> 『手帖』
>
> おまえは、自分の蓄えを日々配分することで豊かになると信じた。だがほんとうはすべてを破壊し、すべてを使いつくしてしまった。
>
> 『城砦』
>
> 時間のなかの儀式は、空間における住まいにあたる。流れる時間が、握られた砂さながらに、われらをすり減らし、失わせていくのではなく、むしろ、完成させていくものと考えるほうが賢明である。時間は一種の建築なのだから。
>
> 『城砦』
>
> わが国では住民を必要としている。野営して暮らすものはいらない。また、そういうものたちが、いずこより来たることもないだろう。
>
> 『城砦』
>
> おまえが結婚をする、おまえに子ができる、おまえが死ぬ、おまえが別れる、おまえが帰ってくる、家を建て、そこに住みはじめる、穫り入れを納屋におさめる、ブドウの収穫をはじめる、戦をはじめ、そして終える。そうしたとき、わたしは儀式を求める。それゆえ、おまえの子がおまえに似るように、子供たちの教育をすることを求める。のちに、彼らが喜びもなく、空しい野営地と化した祖国をうろつくことになるのではと危惧するのであれば、子供たちをおまえに似せて育てあげよ。彼らがその鍵を知らなければ、宝は朽ち果ててしまうから。
>
> 『城砦』
>
> 返してくれと、まず人間は言う。永遠を返してくれ。宗教を返してくれ。たとえその宗教が、家族を祝い、誕生日を祝い、祖国を祝し、自分が植え、やがて息子が育てるオリーブの木を祝ってくれようと、われわれ以外のなにものでもないもの、のちの世代まで続いてゆくものを返してくれ。腐敗していく肉体を貴石に変えてもらいたい。
>
> 『手帖』

朝、自分自身の身づくろいを済ませたら、
つぎは念入りに
星の掃除をしなければならない。

『星の王子さま』

魂は永遠に

> きみは、魂のエコロジーともいうべき考え方を打ちだした。きみは、魂が希望を見失わずに育まれるように、みずみずしさがなくならないように、手をさしのべた。人間の生成を助けた……。きみはみんなに存在と無生物の比重をはからせようとした。ところで、ぼくの話のなかには登場しなかったけれど、きみにはお気に入りの人物がいる。"チョウを採るひと"だ。きみが彼を好きなのは、そこに"理想を現実的に追うひと"の姿があるからだ。

個人から特有の独創性がすっかり奪われた根源的理由は、コミュニケーション手段がみごとにそろったという逆説的状況に根ざしている（ひとそれぞれに移動はするが、なにより情報源は一致しているのだ。たとえば、新聞、ラジオ、電話、公共交通機関）。そこには、不思議なことに沈黙と祈りが欠けている。現代人の魂は、すっかり角質化してしまった。

『手帖』

奇妙なことに、ぼくらは無生物の言いなりになっている。それは、長年ぼくらが受けてきたプロパガンダ的教育のせいだ。その点でいえば、ぼくらはまだ未開人である。むしろ多くの未開人は――ぼくらは漠然とそう感じるのだが――、ぼくらの目には文明人として映る。宗教の後退は一つの災いであり、その結果ぼくらの生活から精神世界が抜けおちてしまっている。

『手帖』

大きさの観念が人間を支配し、拡大させる。ただ自分のなかにこもるばかりで、自らの飼槽（かいばおけ）とささいな代理物で満足し、自分の信念を広く普及させようとしない。そういう人間は、自己満足に甘んじた人間、死んだ人間である。

『手帖』

偉大さは、まずなによりも――そして、いつでも――自分以外の目的のために生まれる。人間は自分に閉じこもると、とたんに貧しくなる。

『手帖』

人間に、精神的意義を、精神的不安の数々をとりもどしてやることです。頭上にはグレゴリオ聖歌を降りそそいでやることです。ひとは、冷蔵庫、政治、バランスシート、クロスワードパズルでは生きてはゆけません！　そして詩、色彩、愛なくしては生きてはゆけません。

『X将軍への手紙』

fig. **1**
チョウを採るひと。『星の王子さま』のために描かれた挿絵。最終稿には採用されなかった。

サン=テグジュペリの遺産　　　　　　　　　　　　　　　Une âme en héritage　**195**

癒されるべき大きな不安とは、
まさに、大人と子供の心の底にひそむ不安である。

『手帖』

fig. **1**

196

VA, VIS ET DEVIENS!

おわりに
Cher lecteur

行け、生きろ、生まれ変われ！
親愛なる読者へ

　アントワーヌにまつわる話には、『星の王子さま』と重なるところがある。アンデルセン童話に通じるものもある。その生き方にしてもそうだ。彼の一生は悲しい結末をむかえている。

　それでも、アントワーヌは、わたしたちのことを思ってくれていた。惰眠をむさぼっていたわたしたちは、彼のおかげで目が覚めた。眠りこけていた門番たちは起こされたのだ。地上に未来をもたらすには、わたしたちが魂の庭師となる必要がある。アントワーヌはそれを気づかせてくれた。

　彼の没後65年となる2009年、わたしがこうしてペンをとっているいま現在、この地球上には70億近くの人間がいる。一日あたり誕生し死亡するひとの数を計算すると、毎日、20万人ずつ増加していることになる。そのなかで7億人が危機的な状況のなかで暮らしている。ともすればわたしたちの心のなかにも芽を出すバオバブが、いままた、地上にはびこっている。地球のバラには相変わらず棘がある。わたしたちは、自分がどのように老いていくかを知らない。この地球にしても、温暖化によって破壊されるのか、氷河期がきて滅亡するのか、わからない。夜は夜で、つぎつぎと襲ってくる悪夢にうなされることもある。だが、わたしたちはアントワーヌにゆり起こされたのだ。ちょうど、砂漠で彼が王子さまに起こされたときのように。わたしたちがうつつを抜かしていると、わたしたちの子供たちは夢のなかでずっとヒツジを描きつづけることにもなりかねない。

　アントワーヌは無限に探求をしつづけている。もういっぽうで、コンスエロは小惑星B–612のどこかで夫の帰りをおとなしく待っている。彼女は、アントワーヌにとって永遠のバラなのだ。そして、空にまたたく星という星は静かに笑って見守ってくれている。

　親愛なる読者諸君、アントワーヌの言葉が世界を開いてくれたのだ。さあ、前進だ。生きて、生まれ変わろうではないか！

ジャン＝ピエール・ゲノ

> 　主よ、盲目のものは火についてなにも知りません。しかし、火のほうへとまっすぐ引き寄せられる力は手のひらに感じるのです。それで、盲人は茨を横切って歩いていけるのです。脱皮というのはすべて苦しいものです。主よ、わたしはあなたの恩寵にしたがって、人間を生成させる坂をたどり、あなたのほうへ向かっています。
>
> 　わたしは歩いていきます。報われることのない祈りを唱えながら。この目が見えぬため、しなびたこの手のひらにかすかに感じる熱だけをたよりにします。それでも、主よ、あなたが決して答えてくれないことを称えつつ歩きます。わたしが求めるものを見いだしたとき、主よ、そのときわたしはすっかり生まれ変わっていることでしょう。
>
> 　　　　　　　　　　　　　　アントワーヌ・ド・サン＝テグジュペリ
> 　　　　　　　　　　　　　　　　　　　　　　　『城砦』
>
> 愛しいひと、
> わたしも、あなたのことをおとなしくずっと待ちつづけます。
> 昼でも夜でも毎日、歌を口ずさみますわ。それが通りがかりのひとたちのためにもなるのですもの。
> あなたはあなたで、不安におののくひとたちのため、星たちから、正義と啓蒙の詩を導きだしてね。
> あなたのために、とり肉を焼いて、甘いフルーツを用意します。
> 眠っているあいだは、あなたから離されないように、そっと手を差しのべるわ。
> どうかわたしのもとに帰ってきてください、愛するひと。
> あなたに心からのキスを送りつづけるわ。お帰りになるまで。
>
> 　　　　　　　　　　　　　　　　　　　あなたの妻より
> 　　　　　　　　　　　　　　コンスエロ・ド・サン＝テグジュペリ

行け、生きろ、生まれ変われ！

謝 辞
Remerciements

オリヴィエ・ダゲーと、デルフィーヌ・ラクロワと、アントワーヌ・ド・サン＝テ＝グジュペリ遺産管理人会へ、
ホセ・フルクトゥウォーソと、マルティヌ・マルティネス・フルクトゥウォーソと、コンスエロ・ド・サン＝テグジュペリ遺産管理人会へ、
アルバン・スリジエと、ジュヌヴィエーヴ・フュムロンと、ガリマール社へ、アラン・ヴィルコンドレへ、
ドニ・パラントーと、エール・フランス博物館へ、ロズリーヌ・ド・アヤラへ、ベネディクト・ルゲと、ブノワ・ブロンスタインと、ルイ・ド・マルイユへ、
そして、忘れてならないイカール誌へ、おなじくレ・ザレーヌ社へ、著者およびジャコブ＝デュヴェルネ社より、なにより感謝を捧げる。

参 考 文 献
Bibliographie

Œuvres complètes. Antoine de Saint-Exupéry T 1 et 2 Pléiade, Gallimard 1994-1999
Lettres à l'inconnue Antoine de Saint-Exupéry Gallimard 2008
Écrits de guerre Antoine de Saint-Exupéry Folio Gallimard 1994
　　（『平和か戦争か　戦時の記録 1』『ある人質への手紙　戦時の記録 2』『心は二十歳さ　戦時の記録 3』　みすず書房　2001 年）
Manon danseuse et autres textes inédits Antoine de Saint-Exupéry NRF Gallimard 2007
Album Antoine de Saint-Exupéry Pléiade Gallimard 1994
Les plus beaux manuscrits de Saint-Exupéry Nathalie des Vallières Roselyne de Ayala La Martinière 2003
Dessins, aquarelles, plumes, pastels et crayons Gallimard sous la direction d'Alban Cerisier 2006
　　（『サン＝テグジュペリデッサン集成』みすず書房　2007 年）
La vie de Saint-Exupéry Les Albums Photographiques Gallimard 1954
Revue Icare numéros 30, 30bis, 69 tome i, 71 tome ii, 75 tome iii, 78 tome iv, 84 tome v, 96 Tome vi, 108 Tome vii.
Saint-Exupéry vérité et légendes Alain Vircondelet Éditions du Chêne 2000
Saint-Exupéry L'archange et l'écrivain Nathalie des Vallières Gallimard 1998
　　（ナタリー・デ・ヴァリエール『「星の王子さま」の誕生──サン＝テグジュペリとその生涯』創元社　知の再発見双書　2000 年）
Saint-Exupéry Une vie à contre-courant Stacy de la Bruyère Albin Michel 1994
Cahiers Saint-Exupéry Gallimard
　　（『手帖』みすず書房　1963 年、1984 年）
Saint-Exupéry Luc Estang Point Seuil 1989
　　（リュック・エスタン『サン＝テグジュペリの世界──星と砂漠のはざまに』岩波書店　1990 年）
Saint-Exupéry Vie et mort du petit prince Paul Webster Le félin 2002
　　（ポール・ウェブスター 『星の王子さまを探して』角川出版　1996 年）［訳者注：原書では 2002 年刊となっていますが、
　　　邦訳が刊行された 1996 年以前に出版されたとの情報もあるため、2002 年以前の版をもとにしている可能性があります］
Saint-Exupéry Marcel Migeo Flammarion 1958
Saint-Exupéry le sens d'une vie Le cherche Midi 1994
Au revoir Saint-Ex John Phillips Gallimard 1994
　　（ジョン・フィリップスほか『永遠の星の王子さま──サン＝テグジュペリの最後の日々』みすず書房　1994 年）
Il était une fois le Petit Prince Alban Cerisier Folio 2006
Antoine de Saint-Exupéry Hors série Le Figaro juillet 2006
Le petit Prince Hors série Lire mars 2006
Cinq enfants dans un parc Simone de Saint-Exupéry folio Gallimard 2000
　　（シモーヌ・ド・サン＝テグジュペリ『庭園の五人の子どもたち──アントワーヌ・ド・サン＝テグジュペリとその家族のふるさと』吉田書店　2012 年）
Lettres du Dimanche Consuelo de Saint-Exupéry Plon 2001
Mémoires de la Rose Consuelo de Saint-Exupéry Plon 2000
　　（コンスエロ・ド・サン＝テグジュペリ『バラの回想──夫サン＝テグジュペリとの 14 年』文藝春秋社　2000 年）
Antoine et Consuelo de Saint-Exupéry Un amour de légende Alain Vircondelet Les Arènes 2005
　　（アラン・ヴィルコンドレ『サン＝テグジュペリ　伝説の愛』岩波書店　2006 年）
C'étaient Antoine et Consuelo de Saint-Exupéry Alain Vircondelet Fayard 2009
Consuelo de Saint-Exupéry La rose du petit prince Paul Webster Le félin 2002
Louise ou la vie de Louise de Vilmorin Jean Bothorel Grasset 1993
　　（ジャン・ボトレル『ルイーズ──ルイーズ・ド・ヴィルモランの生涯』東京創元社　1997 年）

図版クレジット
Crédits iconographiques

図版リサーチ：ベネディクト・ルゲ、ブノワ・ブロンスタイン（アシスタント）

資料に関する権利は、特に記載のないかぎり、当社に帰属するものとする。

アントワーヌ・ド・サン＝テグジュペリは、アントワーヌと略して表記する。
ガリマール社（パリ）のご好意により掲載した原稿のクレジットは、© Ed. Gall. と表記する。
アントワーヌ・ド・サン＝テグジュペリ遺産管理人会（パリ、ダゲー家）由来の資料・写真のクレジットは、© S. St.-Ex. と表記する。
コンスエロ・ド・サン＝テグジュペリ遺産管理人会（マルティネス・フルクトゥウォーソ家）由来の資料・写真のクレジットは、© S. Cons. StEx. と表記する。
フランス国立中央文書館（パリ）所蔵資料の抜粋については、© Arch. Nat. と表記する。
フランス国立図書館（パリ）所蔵資料の抜粋については、© B. N. F. ＋文書番号と表記する。
フランスの航空専門誌〈イカール〉誌──1957年、SNPL（全国航空パイロット組合）より創刊──の掲載資料のクレジットについては、Icareと表記する。
ジョン・フィリップス財団（ニューヨーク）所蔵のジョン・フィリップスの撮影写真のクレジットは、© F. J. Phillips. と表記する。
エール・フランス博物館（パリ、エスパス・デ・ザンヴァリッド）のクレジットは、© Musée Air France と表記する。
航空宇宙博物館（ル・ブルジェ）のクレジットは、© M. A. E. と表記する。
大戦歴史博物館（ペロンヌ）所蔵コレクションのクレジットは、© Péronne と表記する。

カバー表

モントリオールでのアントワーヌ　1942年　© S. Cons. StEx.
『星の王子さま』の挿絵　1943年　© Ed. Gall. ／© S. St.-Ex.

カバー裏

アントワーヌ　1921年　© S. Cons. StEx.
写真装飾（J・ペクナール）
ウロブレウスキー機　© M. A. E.
リビア砂漠で大破したシムーン機の残骸の前のアントワーヌ　© S. Cons. StEx.
『城砦』の自筆原稿　© B. N. F. ms Naf 18264-16, 5／© S. St.-Ex.
アントワーヌが描いた『横顔の婦人の肖像』1930年ごろ（個人所蔵）© Ed. Gall. ／© S. St.-Ex.
アントワーヌがコンスエロに宛てた電報　アルジェ　1943年12月31日　© S. Cons. StEx.
アントワーヌが描いた『口髭の男』カサブランカ　1921年　© Ed. Gall. ／© S. St.-Ex.
アントワーヌからレオン・ウェルトに宛てたイラスト入りの手紙（C・ウェルト所蔵）© Arch. Nat.
操縦服のアントワーヌ、アエロポスタ・アルヘンティーナ社のクルーたちの中央で　アルゼンチン　© S. Cons. StEx.
アントワーヌの素描入りの披露宴のメニューカード　© S. Cons. StEx.
アントワーヌの絵の具箱　© S. Cons. StEx.

カット

著者の文章の各冒頭部の王子さまの顔（アントワーヌの水彩画の部分）『星の王子さま』1946年版より　© S. St.-Ex.

見返し1

フライトプランを検討するアントワーヌ　1944年5月　J・フィリップス撮影　© S. Cons. StEx. ／© F. J. Phillips.

見返し2

P38-F5B機の操縦かんを握るアントワーヌ　1944年　J・フィリップス撮影　© S. Cons. StEx. ／© F. J. Phillips.

口絵

コンスエロが描いた飛行士姿のアントワーヌ　1944年　〔p. 001〕
アントワーヌが描いた『星の王子さま』の表紙絵　1943年　© Ed. Gall. ／© S. St.-Ex. 〔p. 004〕
母が描いたアントワーヌの肖像　1922年　© S. St.-Ex. 〔p. 006〕
アントワーヌの櫃　© S. St.-Ex. ／O. d'Agay 〔p. 007〕

第1章

アントワーヌの顔　1907年ごろ　© S. Cons. StEx. 〔p. 010〕
サン＝テグジュペリ家の子供たち　1907年ごろ　左から順に、マリー＝マドレーヌ、ガブリエル、フランソワ、アントワーヌ、シモーヌ　© S. St.-Ex. 〔p. 012-013〕
母マリー・ド・サン＝テグジュペリ、旧姓ド・フォンコロンブ　1900年ごろ　© S. St.-Ex. 〔p. 014〕
ガブリエル・ド・レトランジュ（マリーの大叔母で代母）1900年ごろ　© S. St.-Ex. 〔p. 014〕
ラ・モールの城館（元 A・ド・フォンコロンブ所蔵）© S. St.-Ex. 〔p. 014〕
父ジャン・ド・サン＝テグジュペリ　1902年ごろ　© S. St.-Ex. 〔p. 014〕
マリー・ド・フォンコロンブとジャン・ド・サン＝テグジュペリの結婚式、サン＝モーリス＝ド＝レマンスにて　1896年　© S. St.-Ex. 〔p. 015〕
アントワーヌ（左から2番目）、弟と友だちとともに　© S. St.-Ex. 〔p. 014〕
サン＝モーリスの庭にて　© S. Cons. StEx. 〔p. 015〕
サン＝モーリスでのアントワーヌ　1905年　© S. St.-Ex. 〔p. 015〕
アントワーヌの出生証明書　© S. Cons. StEx. 〔p. 015〕
アントワーヌと叔母のマドレーヌ・ド・フォンコロンブ、ラ・モールにて　1906年　© S. St.-Ex. 〔p. 016〕
ジャン・ド・サン＝テグジュペリの死亡を伝える記事（1904年3月24日付〈ラ・クロワ〉紙の地中海地方版を復元した、J・ペクナールによる合成写真）〔p. 016〕
ジャン・ド・サン＝テグジュペリのポートレート　© S. St.-Ex. 〔p. 016〕
ラ・フー駅　© Groupe d'Etudes pour les Chemins de fer de Provence 〔p. 016〕

アントワーヌ（前列右から 2 番目）、ル・マンのいとこチャーチル家にて　1910 年 3 月 24 日　© S. St.-Ex.〔p. 017〕

5 人の子供たち（中央アントワーヌ）　1907 年ごろ　© S. Cons. StEx.〔p. 018–019〕

仮装ごっこ、サン＝モーリスにて　1912 年ごろ　© S. St.-Ex.〔p. 020〕

サン＝モーリスの柵に上って遊ぶ子供たち　1907 年ごろ　©S. St.-Ex.〔p. 020〕

サン＝モーリスの城館　1907 年ごろ　© S. St.-Ex.〔p. 020〕

サン＝モーリスでのアントワーヌ（左端）、弟フランソワと友だちとともに　1907 年ごろ　© S. St.-Ex.〔p. 020〕

サン＝モーリスでのマリー、フランソワ、イヴォンヌ、ガブリエル　1905 年ごろ　© S. St.-Ex.〔p. 021〕

従弟たちとともに撮った家族の写真　© S. St.-Ex.〔p. 021〕

カナックでの釣り遊び　© S. Cons. StEx.〔p. 021〕

フランソワ（左端）、マリー＝マドレーヌ（左から 3 番目）、シモーヌ（右端）、そしてガブリエルを車に載せて引っぱるアントワーヌ　1905 年ごろ　© S. St.-Ex.〔p. 021〕

マリーとふたりの息子たち　1909 年ごろ　© S. St.-Ex.〔p. 022–023〕

数え玉、縄とび、おもちゃの車（J・ペクナール所蔵）© Jérôme. Pecnard〔p. 022–023〕

20 世紀初頭の木馬　© D. R.〔p. 023〕

ル・マンのノートル＝ダム＝ド＝サント＝クロワ学院のクラスの集合写真（アントワーヌ最後列左から 5 番目）　1910–1911 年　© S. St.-Ex.〔p. 024〕

校庭でのボール遊び　1914 年　Icare No.69　© D. R.〔p. 025〕

ル・マンのノートル＝ダム＝ド＝サント＝クロワ学院のローネ神父のクラスにて（アントワーヌ後列右から 2 番目）　1914 年ごろ　Icare No.69　© D. R.〔p. 025〕

蛇腹式暗箱カメラ　1900 年ごろ（J・ペクナール所蔵）　cl. Jérôme. Pecnard〔p. 024〕

母への手紙「あしたはぼくのおたん生いわいです」　1910 年　© Arch. Nat. 153AP-1／© S. St.-Ex.〔p. 026〕

サン＝モーリスでの仮装ごっこ　1912 年ごろ　© S. Cons. StEx.〔p. 026〕

20 世紀初頭の筆箱、2 デシメートルの定規、ペンホルダー、インク壺　© Musée de l'Ecole de Chartres／cl. Jérôme. Pecnard〔p. 026〕

アントワーヌのフランス語作文　1914 年（ノートル＝ダム＝ド＝モングレ学院所蔵）　© S. St.-Ex.〔p. 027〕

〈おたのしみ帳〉　サン＝テグジュペリ家の子供たちが順にまわして日記風につけていたノートの表紙と内部　© S. St.-Ex.／cl. Gallimard Jeunesse〔p. 027〕

学校の制服を着たフランソワ　1911 年ごろ　© S. St.-Ex.〔p. 028〕

昔のおもちゃとプロパガンダのカード　© Péronne／cl. Jérôme. Pecnard〔p. 028–029〕

ポストカード"国旗のために"　1914 年　© D. R.〔p. 029〕

アンベリューで看護師を務めるマリー（個人所蔵）　© D. R.〔p. 028〕

赤十字の腕章と玩具の兵隊　© Péronne／cl. Jérôme. Pecnard〔p. 028〕

フリブール（スイス）のサン＝ジャン学院でのアントワーヌ　1917 年　© S. St.-Ex.〔p. 029〕

1918 年 3 月 11 日、ドイツによる空爆後の廃墟の写真 3 枚（デューヌ通り、メジエール通り、グラン・タルメ大通り）　© Maurice Branger／Roger-Viollet, Paris〔p. 030–031〕

第 1 次大戦中に投下された羽根つき爆弾 2 種とヘルメット　© Péronne／cl. Jérôme. Pecnard〔p. 030–031〕

アントワーヌのポートレート　1918 年ごろ　© S. Cons. StEx.〔p. 032〕

各種サイズの羽根つき爆弾　© Agence Rue des Archives, Paris〔p. 032〕

東部戦線の空爆、ラトビア上空のドイツ機　1916–1917 年　© Ullstein Bild／Roger-Viollet, Paris〔p. 032–033〕

フェリックス・ブラール作『ガッサンディ通り、7 階からの眺め――1918 年、空襲の夜』（カルナヴァレ博物館所蔵）　© Musée Carnavalet／Roger-Viollet, Paris〔p. 032–033〕

ボシュエ学院のシュドゥール神父のクラス（アントワーヌ左端）　1919 年　© S. St.-Ex.〔p. 034〕

アントワーヌのポートレート　1919 年ごろ　© S. Cons. StEx.〔p. 034〕

1914 年の動員　〈イリュストラシオン〉誌より　1914 年　cl. Jérôme. Pecnard〔p. 034–035〕

アントワーヌのまたいとこイヴォンヌのポートレート（ド・レトランジュ家所蔵）　© D. R.〔p. 034〕

ヴァイオリンを演奏するアントワーヌと姉マリー・マドレーヌ　1917 年夏、サン＝モーリスにて　© S. Cons. StEx.〔p. 035〕

鳥撃ちに興じるアントワーヌと母　© S. Cons. StEx.〔p. 036–037〕

第 2 章

サン＝テグジュペリ士官候補生　1922 年秋　© S. St.-Ex.〔p. 038〕

ウロブレウスキー機　© M.A.E.〔p. 040–041〕

アントワーヌと兵舎の仲間たち　1921 年　© S. Cons. StEx.〔p. 042–043〕

アントワーヌの登録カード　© D. R.〔p. 042〕

アントワーヌのつばなし帽　© S. Cons. StEx.〔p. 042〕

アントワーヌが母に宛てた手紙　© Arch. Nat. 153 AP-1／© S. St.-Ex.〔p. 043〕

"パリ―ジュネーヴ"間を飛ぶソッピース機　1919 年　© Musée Air France〔p. 044〕

1921 年にカサブランカで描かれたアントワーヌのデッサン 4 点　整備士アンリ・ギロー、同カミーユ・ルロワ、口ひげの男性の横顔、兵舎の 6 号室　© Ed. Gall.／© S. St.-Ex.〔p. 044〕

飛行中のスパッド軍用機　© D. R.〔p. 045〕

機関銃について勉強中のアントワーヌ　1922 年　© S. Cons. StEx.〔p. 044〕

軍服姿のアントワーヌの横顔　1921–1922 年　© S. Cons. StEx.〔p. 045〕

アントワーヌの飛行日誌　© S. Cons. StEx.／cl. Jérôme. Pecnard〔p. 046〕

ソッピース機とコードロン C59 型機　© D. R.〔p. 046–047〕

1919 年 3 月 12 日、ラテコエール社のカサブランカ―トゥールーズ路線初就航のスタンプ　© Roger-Viollet, Paris〔p. 048〕

カサブランカから母に出した手紙　© Arch. Nat. 153 AP-1／© S. St.-Ex.〔p. 048–049〕

カサブランカの街の眺め、背景には港　© Roger-Viollet, Paris〔p. 048〕

モロッコでクスクスを売る商人たち　1928 年　© Jacques Boyer／Roger-Viollet〔p. 049〕

手前に映画館、背景に大聖堂を望むカサブランカの街　© ND／Roger-Viollet〔p. 049〕

母宛ての手紙に描かれた飛行服姿の自画像　© Arch. Nat. 153 AP-1／© S. St.-Ex.〔p. 050〕

羊を連れる羊飼いたち、フランス占領下のモロッコ（1907–1914 年ごろ）　© Albert Harlingue／Roger-Viollet〔p. 050–051〕

蓄音機　1930 年ごろ（J・ペクナール所蔵）　© Jérôme. Pecnard〔p. 052〕

エッサウィラ（モロッコ）近くの砂漠を行くキャラバン　© Roger-Viollet〔p. 052–053〕

アントワーヌのポートレート（背景）　1922 年ごろ　© S. Cons. StEx.〔p. 052–053〕

1919 年 4 月 6 日、アヴォールから母に出した手紙　© Arch. Nat. 153 AP-1／© S. St.-Ex.〔p. 054–055〕

ル・ブルジェの士官候補生たち　1921 年　© S. Cons. StEx.〔p. 054–055〕

制服姿のアントワーヌ　© S. Cons. StEx.〔p.054〕
第1次世界大戦で活躍したフランスの戦闘機ニューポール、愛称 "ベベ"　© A. Harlingue／Roger-Viollet〔p.055〕
アントワーヌのポートレート　1920年ごろ（元 H・ド・セゴーニュ所蔵）　© S. St.-Ex.〔p.056〕

第 3 章
執筆中のアントワーヌ　1930年ごろ　© S. St.-Ex.〔p.058〕
パリのカフェテリア〈ル・リド〉　1928年ごろ　© A. Harlingue／Roger-Viollet〔p.060〕
社交界のディナーの様子　1912年12月　© Maurice Branger／Roger-Viollet〔p.061〕
画家たちの人気モデルであり、自らも画家であったモンパルナスのキキ、パリのカフェ〈ル・ドーム〉にて　1929年　© Ullstein Bild／Roger-Viollet〔p.060〕
モンパルナスのとあるカフェ。中央は黒人モデルのアイーシャ　1930年ごろ　© A. Harlingue／Roger-Viollet〔p.061〕
7月14日に街頭で踊るふたりの若い女性　1920年代　© Agence Delius／Leemage, Paris〔p.062–063〕
オゾン（オート゠ロワール県）　1912年　© Ernest Roger／Roger-Viollet〔p.064–065〕
ソーレ社のトラック　© Saurer〔p.065〕
ジャン・エスコへの手紙に添えられたアントワーヌのユーモラスなイラスト　1925年　Icare／© S. St.-Ex.／© D. R.〔p.065〕
1900年ごろのモンリュソン駅　© L. L.／© Roger-Viollet〔p.066–067〕
アンリ・ド・セゴーニュやジャン・エスコに宛てたイラスト入りの手紙。友人イザックの家に続く階段を上るアントワーヌ〔p.066〕ヴィエルゾンで出した差出日が1925年 "昨日の明日" となっている手紙。代理店と顧客のイラスト入り　Icare No. 69／© D. R.〔p.067 左上〕プロヴァンスでの生活を象徴するようなイラスト　1925年ごろ（元ジャン・エスコ所蔵）〔p.067 左下〕ブルジュの街のスケッチ　1925年（元ジャン・エスコ所蔵）〔p.067 右〕4通ともに　© S. St.-Ex.
宝くじを選ぶ若い女性　1935年ごろ　© A. Harlingue／Roger-Viollet〔p.068〕
バル・ミュゼット［訳注：アコーディオンなどの伴奏で踊る大衆舞踏会］、パリのフォーブル゠デュ゠タンプル通り105番地の〈ラ・ジャヴァ〉で　© A. Harlingue／Roger-Viollet〔p.068〕
オーヴェルニュ地方サン゠ジェルマン゠デ゠フォッセのヴィシー街道辻　1920年ごろ　© L. L.／Roger-Viollet〔p.069〕
パリのオープン・カフェ　1925年ごろ　© M. Branger／Roger-Viollet〔p.068〕
キュナード汽船会社のリヴァプールとニューヨーク、ボストンを結ぶ大西洋航路の宣伝ポスター　1908年（パリ装飾芸術美術館所蔵）　© cl. Josse／Leemage〔p.070〕
ニューヨーク、マンハッタンから摩天楼を望む　1930年ごろ　© Laure Albin-Guillot／Roger-Viollet〔p.070–071〕
ニューヨークで執筆中のアントワーヌ　© S. St.-Ex.〔p.072〕
ニューヨーク、シダー・ストリートから南にブロードウェイを望む　1910年ごろ　© Roger-Viollet〔p.072–073〕
アメリカでの『アラス偵察飛行』の宣伝用ビラ　© S. Cons. StEx.〔p.073〕
『アラス偵察飛行』（レイナル＆ヒチコック社）アメリカ初版本　© S. Cons. StEx.〔p.072〕
チェスのセット　© S. Cons. StEx.／cl. J. Pecnard〔p.074〕
チェスを指すアントワーヌ　© S. Cons. StEx.〔p.074–075〕
1942年、アントワーヌが夏の別荘として暮らしたロングアイランドの〈ベヴィン・ハウス〉（個人所蔵）　© D. R.〔p.076〕
1942年11月、NBCラジオで公開状を読み上げるアントワーヌ（個人所蔵）　© S. St.-Ex.〔p.076〕
ニューヨーク、ハーレム地区のジャズ・ライブで有名だった〈コットン・クラブ〉　© Levrecht／Leemage〔p.076〕
コンスエロ、〈ベヴィン・ハウス〉の前で　1942年　© S. Cons. StEx.〔p.077〕
ニューヨークの風景──セントラル・パーク　1920年代のポストカード　© S. Cons. StEx.〔p.077〕
ニューヨークの友人で画家のベルナール・ラモットのアトリエのテラスでの写真2点（個人所蔵）　© S. St.-Ex.〔p.077〕
『星の王子さま』フランス語オリジナル版　1945年　ガリマール社　© S. Cons. StEx.〔p.076〕
ニューヨークにて、ユージン＆エリザベス・レイナル夫妻とともに　1942年　Icare No.84　© S. St.-Ex.〔p.078〕
ニューヨーク、ブロンクスの北部のノース・ブロードウェイ・ストリート　20世紀　カラー写真　© Lebrecht／Leemage〔p.078–079〕
『風と砂と星々と』の初版本　© S. Cons. StEx.〔p.079〕
〈ニューヨーク・ヘラルド・トリビューン〉紙の記事　1942年　© S. St.-Ex.〔p.079〕

第 4 章
仕事机に向かう制服姿のアントワーヌ　1940年　© S. St.-Ex.〔p.080〕
アヴォールから母宛てに出した手紙　© Arch. Nat., cart. 153-AP. 1〔p.082〕
アントワーヌの万年筆　© S. Cons. StEx.／J. Pecnard〔p.083〕
宿舎の自分の部屋で　ジョン・フィリップス撮影　© F. J. Phillips.〔p.082–083〕
仕事机の前のアントワーヌ　© S. Cons. StEx.〔p.083〕
『人間の大地』用のメモノート　© S. St.-Ex.〔p.084〕
庭で執筆するアントワーヌ　© S. Cons. StEx.〔p.085〕
アントワーヌの鉛筆と革の書類ケース　© S. Cons. StEx.／J. Pecnard〔p.084〕
アリカンテの飛行場に降り立ったジャック・ベルニス、背景には整備士。『南方郵便機』の自筆原稿に描かれた絵　（マルタン・ボドメール財団所蔵、ジュネーヴ）　© S. St.-Ex.〔p.084–085〕
船の絵が描かれたアントワーヌの手紙　© Arch. Nat., cart. 153AP〔p.085〕
空から見たキャップ・ジュビーの要塞　1919年　© Musée Air France〔p.086〕
『南方郵便機』の下書き原稿と飛行機のスケッチ　1928年　© Ed. Gall.／© S. St.-Ex.〔p.086〕
1919年6月27日、ヴィリャ・シスネロス近くの砂漠に着陸したアエロポスタル社の飛行機　© Musée Air France〔p.086〕
パリの街角の商人風の外套を羽織った女性の絵　1928年　（マルタン・ボドメール財団所蔵、ジュネーヴ）　© S. St.-Ex.〔p.087〕
ヴァイスの献辞が書かれた1929年の飛行機の写真　1929年6月　© S. Cons. StEx.〔p.087〕
『夜間飛行』自筆原稿　© B. N. F. ms. NaF 26279-106／© S. St.-Ex.〔p.089〕
『夜間飛行』の中間原稿　© S. Cons. StEx.〔p.088〕
ゴンクール賞に関するジャン・ポーランからの手紙　1931年　© S. Cons. StEx.〔p.088〕
アントワーヌのレジョン・ドヌール勲章　© S. Cons. StEx.〔p.089〕
『夜間飛行』の中間原稿　タイトルが "重い夜" から "夜間飛行" へ　© B. N. F.／© S. St.-Ex.〔p.088〕
フェミナ賞受賞の祝電　© S. Cons. StEx.〔p.088〕
フェミナ賞受賞を報じる新聞の切り抜き　© S. Cons. StEx.〔p.088〕
『夜間飛行』用のメモ書き　Ph. Fuzeau／© S. Cons. StEx.,／© D. R.〔p.089〕
〈ブラッスリー・リップ〉で、ジャーナリスト2名からインタビューを受ける詩人レオン゠ポール・ファルグと、コンスエロ、アントワーヌ　1931年　© S. St.-Ex.〔p.088〕
画家ベルナール・ラモットによる『戦う操縦士』アメリカ版の宣伝用見本刷りのための挿絵　© S. Cons. StEx.〔p.090–091〕
アントワーヌの公式ポートレート　1939年　© S. St.-Ex.〔p.091〕

『夜間飛行』のための〈新フランス評論〉のポスター　1931 年　© S. Cons. StEx.〔p. 090〕

（背景）サンタ・クルスを離陸するファルマン機　© S. Cons. StEx.〔p. 092–093〕

『人間の大地』の下書き原稿　folio 15 © S. St.-Ex.〔p. 093〕

アントワヌの双眼鏡と救命胴衣　© S. Cons. StEx. / J. Pecnard〔p. 092〕

アメリカ版『風と砂と星々と』　1939 年　レイナル＆ヒチコック社　© S. Cons. StEx.〔p. 092〕

アントワヌからH・ド・セゴーニュに送られたゲラ刷り、自筆でタイトルが『人間の大地』に訂正されている　© Arch. Nat. / © S. St.-Ex.〔p. 093〕

『戦う操縦士』のタイプ原稿　© D. R.〔p. 094〕

全米図書賞のブロンズの記念品　1939 年　© S. Cons. StEx.〔p. 094〕

トゥーロンで執筆中のアントワヌ　1942 年　© S. St.-Ex.〔p. 094〕

ベルナール・ラモットによる木炭と墨汁を使った挿絵 3 点。レイナル＆ヒチコック社の『アラス偵察飛行』の見本刷りからの抜粋　1942 年　© S. Cons. StEx.〔p. 095〕

アメリカ版『アラス偵察飛行』の書店向け見本刷りのカバー　© S. Cons. StEx.〔p. 094〕

レオン・ヴェルトに宛てたイラストつきの手紙（C・ウェルト所蔵）　© Arch. Nat.〔p. 096〕

レオン・ヴェルトのポートレート　© D. R.〔p. 096〕

ユダヤ人に黄色い星の携行を促すフランスのプロパガンダのポスター。ミシェル・ジャコによる絵で、1942 年ヴィシー体制のもとで発行された　© Rue des Archives / The Granger Collection, Paris〔p. 096〕

言葉遊びに興じるアントワヌの写真（部分）　J・フィリップス撮影　© F. J. Phillips.〔p. 097〕

1941 年のオーステルリッツ駅でのユダヤ人一斉検挙。のちに彼らはピチヴィエ、ボーヌ＝ラ＝ローランドの強制収容所に送られた　© B. H. V. P. / Keystone-France〔p. 097〕

『ある人質への手紙』初版本　ブランタノズ社　1944 年　© S. Cons. StEx.〔p. 096〕

『星の王子さま』の挿絵 4 点　© Ed. Gall., Paris / © S. St.-Ex.〔p. 098–099〕

アントワヌの絵の具箱　© S. Cons. StEx.〔p. 098〕

1945 年にフランスで出版された本のカバーと 1943 年に出版された本のカバー　© S. Cons. StEx.〔p. 099〕

モロッコ、ダンカラ近くの砦　1963 年 1 月　© Roger-Viollet, Paris〔p. 100–101〕

『城砦』の自筆原稿 2 点　© B. N. F., mf NaF 18264-16, 5 / © S. St.-Ex.〔p. 100〕

ベルナール・ラモットへの献辞が書かれたアントワヌの写真（個人所蔵）Icare No. 75　© D. R.〔p. 100〕

アンドレ・ドランによる『城砦』の挿絵　ガリマール社　1950 年　© S. Cons. StEx. / © ADAGP, 2009〔p. 101〕

1936 年 8 月 19 日付の〈ラントランシジャン〉紙　Icare No. 75　© D. R.〔p. 102〕

サン＝ラザール駅に到着したアントワヌ　1939 年　© S. Cons. StEx.〔p. 102〕

1936 年、マドリッドのレティーロ公園にて　© S. Cons. StEx.〔p. 102〕

スーツ姿のアントワヌのポートレート 2 点　1931–1936 年ごろ　© S. Cons. StEx.〔p. 102–103〕

〈パリ・ソワール〉紙のシリーズ連載"冒険と着陸"のなかの記事　1938 年 11 月〔p. 102〕

〈パリ・ソワール〉紙のスペイン取材の連載記事　"カラバンチェルの前線"〔p. 103〕

"3 人の夜間のクルー"〔p. 103〕　以上記事 3 件は、ともに Icare No. 75　© D. R.

アルゼンチンでのアントワヌ（部分）　© S. Cons. StEx.〔p. 103〕

ル・アーヴルを出港するノルマンディー号の船上で　1938 年　© S. St.-Ex.〔p. 103〕

第 5 章

1938 年 1 月、アントワヌの写真（部分）　© S. St.-Ex.〔p. 104〕

初期のトゥールーズ―ダカール郵便航路を飛ぶブレゲー 14 型機　1928 年　© Patrimoine Air-France, Roissy〔p. 106–107〕

ブエノス・アイレスのアエロポスタ社内のアントワヌ宛てに送られたポストカードの裏と表　© S. Cons. StEx.〔p. 106–107〕

ジャン・ジャクラン作、1925 年のアエロポスタル社の記念ポスター（部分）　© Musée Air France〔p. 108〕

キャップ・ジュビーの要塞前のアントワヌ　1928 年ごろ　© S. Cons. StEx.〔p. 110〕

アントワヌのアフリカ製灰皿　© S. Cons. StEx. / J. Pecnard〔p. 111〕

キャップ・ジュビーの要塞の空撮写真 2 点　1926 年ごろ　© Musée Air France〔p. 110–111〕

アントワヌ、キャップ・ジュビーにてムーア人たちとともに　1928 年　© S. Cons. StEx.〔p. 112–113〕

デ・ラ・ペーニャ大佐とムーア人たちとともに　1926 年　© S. Cons. StEx.〔p. 114–115〕

ブエノス・アイレスの海岸の若い女性　1930 年代　© D. R.〔p. 117〕

アンデス山脈を飛ぶアエロポスタ・アルヘンティーナ社のポテーズ 25 型機　1929 年　© Roger-Viollet, Paris〔p. 116–117〕

ブエノス・アイレスの金融街バルトロメ・ミトレ通り　1910 年　© Roger-Viollet, Paris〔p. 116–117〕

人物証明、勘定書、営業開発主任という立場にはつきものの書類等　1929 年　© S. Cons. StEx.〔p. 116–117〕

飛行士姿のアントワヌ、アエロポスタ・アルヘンティーナ社の従業員たちの中央で　1937 年　© S. Cons. StEx.〔p. 118–119〕

アルゼンチンの運転免許証　© S. Cons. StEx. / J. Pecnard〔p. 119〕

アエロポスタ・アルヘンティーナ社のレターヘッド　© S. Cons. StEx.〔p. 119〕

飛行士姿のアントワヌ　1937 年ごろ　© S. St.-Ex.〔p. 119〕

アエロポスタ社の給与明細書　1930 年　© S. Cons. StEx.〔p. 119〕

1930 年 6 月 25 日、ラグーナ・デル・ディアマンテで転覆したギヨメの事故機ポテーズ 25 型　© Roger-Viollet, Paris〔p. 120–121〕

1927 年のアエロポスタル社の宣伝　© Musée Air France〔p. 120〕

アンデス山中を 5 日間歩き通したギヨメにトゥヌヤンで再会したアントワヌ　© S. Cons. StEx.〔p. 121〕

スーツ姿のギヨメのポートレート　© S. Cons. StEx.〔p. 120〕

アエロポスタル社のロゴ　© Musée Air France〔p. 121〕

リビア砂漠で事故を起こしたアントワヌのシムーン機　© S. St.-Ex.〔p. 122〕

パリ―サイゴン間長距離飛行を翌日に控えたアントワヌと整備士のジャン・プレヴォー　1935 年　© Agence Keystone, Paris〔p. 122〕

シムーン機の操縦席のアントワヌ　1935 年　© S. St.-Ex.〔p. 123〕

アントワヌ、レストランにて　1936 年　© S. St.-Ex.〔p. 124〕

グアテマラに向け、離陸前にコンスエロを抱擁するアントワヌ　© S. Cons. StEx.〔p. 124〕

コンスエロ　© S. Cons. StEx.〔p. 125〕

シムーン機の状態を確認するアントワヌ　© S. Cons. StEx.〔p. 125〕

リビア砂漠で大破したシムーン機の残骸の前にたたずむアントワヌ　© S. Cons. StEx.〔p. 126–127〕

写真上部のメッセージ　© S. Cons. StEx.〔p. 126–127〕

第 6 章

アントワヌへのメッセージを添えたコンスエロの 1920 年ごろの

ポートレート ©S. Cons. StEx.〔p. 128〕
カサブランカで書かれた「いとしいママン」ではじまる自筆の手紙。インクで描いた絵が貼りつけられている 1921年 ©Arch. Nat., cart. 153 AP © S. St.-Ex.〔p. 130〕
手紙を読むマリー・ド・サン゠テグジュペリ ©S. St.-Ex.〔p. 130〕
マリー・ド・サン゠テグジュペリ、サン゠モーリスの庭園にて 1910年ごろ ©S. St.-Ex.〔p. 131〕
アントワーヌのカメラとケース ©S. Cons. StEx. / J. Pecnard〔p. 133〕
ルコンヴィリエの風景のポストカード ©D. R.〔p. 132〕
1920年ごろのルイーズ・ド・ヴィルモランの写真3点 （グラッセ＆ファスケル社刊） 1993年 ©D. R.〔p. 132–133〕
17歳のアントワーヌの全身写真 ©S. Cons. StEx.〔p. 133〕
アントワーヌからルイーズ・ド・ヴィルモランに宛てた自筆の手紙 ©D. R.〔p. 134〕
1920年ごろのルイーズ・ド・ヴィルモラン （グラッセ＆ファスケル社刊） 1993年 ©D. R.〔p. 134–135〕
ニース市役所の結婚証明書 1931年 ©S. Cons. StEx.〔p. 136〕
アゲーの教会で結婚式を挙げたアントワーヌと黒服をまとったコンスエロ・スンシン 1931年 ©S. Cons. StEx.〔p. 136–137〕
アントワーヌとコンスエロの告白証明書 1931年4月22日 ©S. Cons. StEx.〔p. 136〕
1931年4月22日、ニースで交付された家族手帳 ©S. Cons. StEx.〔p. 137〕
結婚通知 1931年4月23日 ©S. Cons. StEx.〔p. 139〕
シャンパンの入ったアイスペールと花嫁のブーケ （J・ペクナール所蔵） ©cl. J. Pecnard〔p. 138〕
アントワーヌの素描入りの披露宴のメニューカード ©S. Cons. StEx.〔p. 139〕
アゲーの教会で介添役の子供たちに囲まれるアントワーヌとコンスエロ ©S. Cons. StEx.〔p. 138–139〕
ベッドでポーズをとるコンスエロ 1934年ごろ ©S. Cons. StEx.〔p. 141〕
ニューヨークのアパートで横になるコンスエロ ©S. Cons. StEx.〔p. 140〕
モントリオールでのポートレート 1947年 ©S. Cons. StEx.〔p. 140〕
コンスエロ、ニースのミラドールの別荘でアントワーヌとともに ©S. Cons. StEx.〔p. 141〕
互いの体に手をまわすアントワーヌとコンスエロ、南フランスにて ©S. Cons. StEx.〔p. 140〕
〈ベヴィン・ハウス〉で日光浴をするコンスエロ 1942年 ©S. Cons. StEx.〔p. 140〕
レストラン〈ル・プチ・ドーフィノワ〉のカフェテラスの席にて グルノーブル 1935年 ©Rue des Archives, Paris〔p. 140〕
コンスエロのクラッチバッグと帽子 ©S. Cons. StEx. / cl. J. Pecnard〔p. 140–141〕
〈ラ・フィユレー（緑陰荘）〉でのコンスエロ ©S. Cons. StEx.〔p. 141〕
アルジェでアントワーヌがコンスエロに打った電報 1943年12月31日 ©S. Cons. StEx.〔p. 141〕
ニューヨークでのコンスエロ ©S. Cons. StEx.〔p. 140〕
ピクニックをするアントワーヌとコンスエロ 1931年ごろ ©S. Cons. StEx.〔p. 140〕
ミラドールの別荘でのコンスエロ ©S. Cons. StEx.〔p. 141〕
ニースのホテル〈ネグレスコ〉で、花の置かれた席に座るコンスエロ 1930年ごろ ©S. Cons. StEx.〔p. 141〕
ポーズをとるコンスエロのポートレート 1930年代 ©S. Cons. StEx.〔p. 141〕
オペードでのコンスエロ 1940年 ©S. Cons. StEx.〔p. 141〕
アントワーヌがコンスエロに書いた「毎晩唱えることになっているお祈り」（自筆） 1944年1月 ©S. Cons. StEx.〔p. 143〕
コンスエロのポートレート 1945年ごろ ©S. Cons. StEx.〔p. 142–143〕
コンスエロの帽子、ドレス、トランク ©S. Cons. StEx. / cl. J. Pecnard〔p. 144–145〕
グアテマラに向け、離陸前にコンスエロを抱擁するアントワーヌ ©S. Cons. StEx.〔p. 144–145〕
1938年1月、サン゠ラザール駅を発車するル・アーヴル行きの列車で ©S. Cons. StEx.〔p. 144〕
1942年ごろ、冬のアメリカで ©S. Cons. StEx.〔p. 144〕
コンスエロからアントワーヌに宛てた電報 1944年 ©S. Cons. StEx.〔p. 145〕
客船のデッキでの湯浴みと船上パーティー ©S. Cons. StEx.〔p. 144〕
雪上の夫妻 ©S. Cons. StEx.〔p. 144〕
1936年1月、リビア砂漠の事故後、マルセイユに到着したアントワーヌを迎えにきたコンスエロ （個人所蔵） Icare No. 2 ©D. R.〔p. 145〕
アルゼンチンに向かう〈マッシリア〉号の船上で、R・ヴィニェス［訳注：ピアニスト］、B・クレミュ［訳注：フランス・ペンクラブ会長、翻訳家、アントワーヌの知人］らに囲まれるコンスエロ ©S. Cons. StEx.〔p. 145〕
アントワーヌの財布のなかの夫婦の写真 ©S. Cons. StEx. / cl. J. Pecnard〔p. 144〕
"コンゴ・ファッション"シリーズとして、マン・レイが撮影したコンスエロのポートレート4点 ADAGP, 2009〔p. 146–147〕
アントワーヌが描いたデッサン6点 Ed. Gall., 2006/©S. St.-Ex. 『すらりとした裸体の女性』 1930年代（個人所蔵）/"ブタの葬式"と名づけた食事のメニューの挿絵『羊飼いの女』 アルジェ 1943年（個人所蔵）/『男女両性の人物の上半身』（元N・ド・ヴォギュエ所蔵）/『ショートヘアの女性の上半身』（元N・ド・ヴォギュエ所蔵）/『体の線がくっきりと出るドレスを着た女性』（個人所蔵）/『真珠の首飾りをつけた裸体の女性』（元N・ド・ヴォギュエ所蔵）〔p. 148–149〕
シルヴィア・ハミルトンに宛てたイラスト入りのアントワーヌの手紙 アルジェ 1944年 Ed. Gall, 2006/©S. St.-Ex.〔p. 151〕
ナタリー・パレの写真2点 ©D. R.〔p. 150〕
アントワーヌが描いたデッサン2点 『横顔の婦人の肖像』 1930年ごろ（個人所蔵）/『裸体の女性』 1920年 coll. Gnell, Ed. Gall., 2006/©S. St.-Ex.〔p. 150〕
アナベラ・パワーのポートレート（個人所蔵） Icare No. 5 ©D. R.〔p. 151〕

第7章

P38機の操縦かんを握るアントワーヌ 1944年 J・フィリップス撮影 ©S. Cons. StEx. / ©F. J. Phillips.〔p. 152〕
アティ゠スー゠ラン基地の第33-2飛行集団の作戦テーブルにて 1939年12月 ©S. Cons. StEx.〔p. 154〕
アントワーヌのトランク、双眼鏡、制服 ©S. Cons. StEx. / J. Pecnard〔p. 154〕
第33-2飛行集団の小型ポスター ©S. Cons. StEx.〔p. 155〕
トゥールーズ゠フランカザル基地に赴いたサン゠テグジュペリ大尉 1939年9月 ©S. St.-Ex.〔p. 155〕
第33-2飛行集団の身分証明書 1939年9月 ©S. St.-Ex.〔p. 155〕
『戦う操縦士』アメリカ版（『アラス偵察飛行』）初版本の挿絵（ベルナール・ラモット作） ©S. Cons. StEx.〔p. 157〕
ファルマン F-AROA ©M. A. E.〔p. 158〕
城砦からアルジェを望む ©N.-D. / Roger-Viollet〔p. 158–159〕
操縦服を着たアントワーヌ、コルシカ島カルヴィにて ©S. Cons. StEx.〔p. 159〕
原稿に描いたデッサン ©S. St.-Ex.〔p. 161〕
机に向かうアントワーヌ 1938年 ©S. Cons. StEx.〔p. 160〕
作家サン゠テグジュペリについてのアメリカの新聞記事 ©S. St.-Ex.

〔p. 160〕
ジャン・ルノワールとアントワーヌ　1941 年　© S. St.-Ex.〔p. 160〕
コンスエロ、ニューヨークにて　1943 年　© S. Cons. StEx.〔p. 161〕
アメリカ滞在のためのアントワーヌの身元保証書　© S. Cons. StEx.〔p. 161〕
チュニジアに発つ前、夫妻でとった最後の写真　1943 年　© S. Cons. StEx.〔p. 160〕
ビークマン広場のアントワーヌ　© S. Cons. StEx.　1943 年〔p. 161〕
アリアス隊長とアントワーヌ、アルジェにて　© S. Cons. StEx.〔p. 160〕
モントリオールでのアントワーヌのポートレート　1942 年 5 月　© S. Cons. StEx.〔p. 161〕
ニューヨーク時代のトランプ　© S. Cons. StEx. / cl. J. Pecnard〔p. 160〕
離陸前のコックピットのアントワーヌ　1944 年　J・フィリップス撮影　© S. Cons. StEx. / © F. J. Phillips.〔p. 162–163〕
コンスエロからの手紙　1944 年 2 月 22 日　© S. Cons. StEx.〔p. 163〕
サルデーニャ島アルゲーロにて、軍服姿の写真 2 点　(元ジュルダン所蔵)　© S. St.-Ex.〔p. 165〕
アントワーヌに宛てたコンスエロの悲しげな手紙　1944 年 5 月 27 日　© S. Cons. StEx.〔p. 165〕
P38–F5B 機の翼に座るアントワーヌ　コルシカ島　1944 年　J・フィリップス撮影　© S. Cons. StEx. / © F. J. Phillips.〔p. 164〕
バスティアそばのボルゴ基地を離陸するアントワーヌの偵察機　J・フィリップス撮影　© S. Cons. StEx. / © F. J. Phillips.〔p. 166–167〕

第 8 章

出撃に際し、装備をつけるアントワーヌ　ボルゴにて　1944 年　© S. St.-Ex.〔p. 168〕
臨終のフランソワの写真 2 点　1917 年　© S. Cons. StEx.〔p. 170–171〕
マリー=マドレーヌ・ド・サン=テグジュペリの写真 2 点　© S. St.-Ex.〔p. 172〕
マリー=マドレーヌとシモーヌ　1908 年ごろ　© S. St.-Ex.〔p. 172〕
『星の王子さま』の挿絵　Ed. Gall., Paris / © S. St.-Ex.〔p. 173〕
アエロポスタル社のヨーロッパ─アフリカ─南アメリカ路線用のポスター　1933 年　© Musée Air France〔p. 175〕
ジャン・メルモズと整備士　© Rue des Archives / Tal., Paris〔p. 174〕
アントワーヌが描いたメルモズのイラスト　1930 年　© D. R.〔p. 174〕
『人間の大地』のタイプ原稿　© Cahiers de St-Exupéry, tome 3〔p. 174〕
ジャン・メルモズ　1930 年　© Rue des Archives〔p. 174〕
ラテコエール社の飛行艇 521　ダカール　1942 年　© LAPI / Roger-Viollet〔p. 175〕
ノエル&アンリ・ギヨメ夫妻と、ブエノス・アイレスの遊園地で　1930 年　© S. St.-Ex.〔p. 176〕
ラテ 521 の操縦席の H・ギヨメとアントワーヌ　1939 年 5 月　© S. Cons. StEx.〔p. 176〕
ビスカロスにて　J・ジュヌイヤック、H・ギヨメとともに、中央がアントワーヌ　1939 年　© S. Cons. StEx.〔p. 176〕
ブロック 174 型　第 52–2 飛行集団　第 3 小隊　© M.A.E.〔p. 177〕
アンリ・ギヨメ　© S. Cons. StEx.〔p. 177〕
ピエール・ダロスへの手紙　1944 年 7 月 30 日　© Arch. Nat. cart. 153 AP-1-641 © S. St.-Ex.〔p. 178〕
アントワーヌのデッサン『地上で遠くを眺める人物』　© S. St.-Ex.〔p. 178〕
『星の王子さま』の「まるで 1 本の木が倒れでもするかのように静かに倒れた」場面の挿絵から　© Ed. Gall., Paris / © S. St.-Ex.〔p. 179〕
『城砦』の自筆原稿　© B. N. F. ms NaF, 18264-5 / © S. St.-Ex.〔p. 179〕
アントワーヌと甥たち　1937 年　© S. St.-Ex.〔p. 179〕

第 9 章

『星の王子さま』の挿絵　Ed. Gall. © S. St.-Ex.〔p. 180–181〕
王子さまを連想させる 12 人の人物　coll. Ph. Zoummeroff, Ed. Gall. © S. St.-Ex.〔p. 182〕
自筆原稿の上に描かれた飛行機　coll. Ph. Zoummeroff, Ed. Gall. © S. St.-Ex.〔p. 182〕
タキシードの人物 (元ド・ヴォギュエ所蔵)　Ed. Gall. © S. St.-Ex.〔p. 182〕
アントワーヌの手帳に描かれた王子さまのスケッチ　1943 年 (個人所蔵)　Ed. Gall / © S. St.-Ex.〔p. 183〕
レイナル&ヒチコック社のアメリカ版『星の王子さま』の扉に書かれた献辞。砂漠のなかで王子さまが話しかけている様子が描かれている (個人所蔵)　Ed. Gall. / © S. St.-Ex.〔p. 182〕
テラス席に座るアントワーヌ　グルノーブル　1935 年　パコー撮影　© D. R.〔p. 183〕
アントワーヌの本とパイプ　© S. Cons. StEx. / cl. J. Pecnard〔p. 183〕
『星の王子さま』の挿絵　Ed. Gall. © S. St.-Ex.〔p. 184〕
アントワーヌが特許をとった発明の設計図やスケッチ　© S. St.-Ex.〔p. 184–185〕
アントワーヌの鉛筆と鉛筆けずり　© S. Cons. StEx. / cl. J. Pecnard〔p. 185〕
〈マリアンヌ〉紙の一部 (J-P・ゲノ所蔵)　1933 年〔p. 186〕
ソビエト連邦共産党中央委員会書記長ヨシフ・スターリン　1922 年　© Rue des Archives / Tal〔p. 186〕
『星の王子さま』の王さまの挿絵　Ed. Gall © S. St.-Ex.〔p. 187〕
1920 年 2 月 24 日、ミュンヘンのビアホール (ホーフブロイハウス) にて、ナチス突撃隊と信奉者に囲まれるヒトラー　© Daily Herald Archive at the National Media Museum / SSPL〔p. 187〕
フリブールのサン=ジャン学院時代のアントワーヌ　Icare No. 1　© D. R.〔p. 189〕
第 2 共和制期のスペイン、マドリッド。選挙で人民戦線が勝利する　1936 年 2 月　© Aisa / Roger-Viollet〔p. 188–189〕
宛て先住所が"南アメリカとフランスのあいだのどこか"となっているアントワーヌ宛ての手紙　1929 年　© S. Cons. StEx.〔p. 190〕
『城砦』の原稿に描かれた"花畑の人物とチョウ"　© B. N. F., ms. NaF 18 264 © S. St.-Ex.〔p. 191〕
アントワーヌが撮影したイグアスの滝　1942 年ごろ　© S. Cons. StEx.〔p. 192–193〕
『星の王子さま』のためのデッサン　Ed. Gall. / © S. St.-Ex.〔p. 194〕
最終決定稿では採用されなかった"チョウを採る人"　ニューヨーク　1942 年 (ピアモント・モルガン・ライブラリー所蔵)〔p. 195〕

おわりに

コンスエロとアントワーヌ、1942 年冬、ニューヨークにて　© S. Cons. StEx.〔p. 196〕

訳者あとがき

　本書は，Jean-Pierre Guéno: La mémoire du Petit Prince, Antoine de Saint-Exupéry Le journal d'une vie (Editions Jacob-Duvernet, 2009) の邦訳である。

　著者のジャン゠ピエール・ゲノはフランス国立図書館勤務の後，2008年までラジオ・フランスで出版ディレクターを務めており，自らが企画したノンフィクション作品を多数世に送り出している。すでに日本でも紹介されているサン゠テグジュペリ夫妻の愛と葛藤の日々を写真や書簡でたどる『サン゠テグジュペリ　伝説の愛』（アラン・ヴィルコンドレ著，岩波書店）も，ゲノの企画で生まれた作品らしい（その制作陣のなかには，本書で多数の撮影資料を提供しているジェローム・ペクナールもいる）。

　さて，『星の王子さま』の作者アントワーヌ・ド・サン゠テグジュペリの生涯について書かれた本は国内外を問わず多数あるが，そのなかでも本書は独特な位置づけがなされるのではないだろうか。ゲノは，本書に写真集のような体裁をもたせながらサン゠テグジュペリの作品や書簡の抜粋を各所に配し，「ルーツ」「空」「孤独」「言葉」「冒険」「女たち」「戦争」「死」「後世に遺したもの」という九つのキーワードをとりあげて，その切り口から飛行士であり作家であるサン゠テグジュペリという人物の多面性をあぶりだそうと試みている。とりたてて斬新な手法ではないかもしれないが，なんといっても作家の手によって生まれた"星の王子さま"が本書では語り部となり，ときには反芻するように，読者とともに作家の軌跡をたどっていくという構成がユニークである。王子さまの話を本にした作家について，今度は王子さまが語るという逆転の構図が興味深いだけでなく，語り部のこの王子さまは，日本で一般的に抱かれていると思われる無邪気な坊やのイメージと比べると，妙にうがっていて大人びたところがある。

　本書には，豊富な写真（有名な写真から珍しいスナップまで），友人や家族に宛てた手紙，原稿，出版本の挿絵，本人の手によるデッサン（少年時代のユーモラスなイラストから愛人をモデルにしたと思われる裸婦像まで）などがそれこそ宝物のように収められている。また古い記録写真などもその時代の匂いや空気や温度を伝えているようで，本書にさらなる奥行きを与えている。サン゠テグジュペリは幼少時代を過ごしたサン゠モーリスの館に大きな櫃を持っていて，そこに写真や手紙や思い出の品々を後生大事にしまい，ときおりそれを床に広げて眺めていたというが，なんとなく本書がその櫃にだぶって見えてくるようである。

　本書では時間軸に沿った章立てとなっていないため，時間の流れが分断されている。予備知識なしで伝記ものとして読もうとすると，いささか混乱するかもしれない。だが，サン゠テグジュペリの生涯について簡単な予備知識を得たうえで読めば，古きよき時代から革新・繁栄・激動の時代へと移りゆくなかで，喜怒哀楽に満ち，矛盾に満ち，不器用でいながら慧眼も備えていた作家の多面性をページの合間に垣間見ることができるのではないだろうか。

　本書の翻訳にあたっては，ステイシー・シフ著『サン゠テグジュペリの生涯』（新潮社，1997），アラン・ヴィルコンドレ著『サン゠テグジュペリ　伝説の愛』（岩波書店，2006），リュック・エスタン著『サン゠テグジュペリの世界』（岩波書店，1990），稲垣直樹著『サン゠テグジュペリ』（清水書院，1992）などを参考にした。また，サン゠テグジュペリの作品や書簡の引用は拙訳だが，その大部分については既訳を参考にさせていただいたことをここにお断りしておきたい。

　最後に本書を翻訳する機会を与えてくださった編集者の石田和男さんとリベルの皆様に厚くお礼を申し上げます。

大林 薫

著者紹介

ジャン=ピエール・ゲノ
JEAN-PIERRE GUÉNO

高等師範学校卒業。
著書に、《声シリーズ（Paroles de）》『第 1 次大戦の兵士の声（Paroles de poilus）』
『ユダヤ人子らの声（Paroles d'étoiles）『D デー関係者の証言（Paroles du Jour J）』
『服役者たちの声（Paroles de detenus）』『女たちの声（Paroles de femmes）』等（リブリオ社、レ・ザレーヌ社）、
『火を盗むものたち（Voleurs de feu）』（フラマリオン社）、『陰の声（Paroles de l'ombre）』（レ・ザレーヌ社）。
他にも図版本多数。

そこには、ゲノによって価値を見いだされ、光をあてられた美しい手書きの書簡や草稿が紹介されている。
ゲノの案内で、読者は文豪や名もなき人々の歩んだ道のりや記憶の世界をたどる。
飽くなき探求心によって明かされる、彼らの心の秘密の園に埋もれていた宝の数々。
ゲノの作品世界を成しているのは、まさにそれら宝なのだ。

訳者紹介

大林 薫
OBAYASHI Kaoru

フランス語翻訳業。
訳書に『原発大国の真実　福島、フランス、ヨーロッパ、ポスト原発社会に向けて』（長崎出版、2012 年）など。

星の王子さまのメモワール

2013年11月1日　初版発行

著者	ジャン=ピエール・ゲノ
訳者	大林 薫
発行者	井田洋二
発行所	株式会社　駿河台出版社
	〒101-0062　東京都千代田区神田駿河台3丁目7番地
	電話 03-3291-1676（代）
	FAX 03-3291-1675
	http://www.e-surugadai.com
振替	00190-3-56669
製版・印刷	音羽印刷株式会社
編集	石田和男
装幀	宗利淳一＋田中奈緒子

© Jean-Pierre Guéno 2013 Printed in Japan
万一落丁乱丁の場合はお取り替えいたします。
ISBN978-4-411-04024-4 C0098 ¥4500E